L'ÉVANGILE SELON PILATE

ERIC-EMMANUEL SCHMITT

L'Évangile selon Pilate

suivi du

Journal d'un roman volé

ROMAN

ALBIN MICHEL

A mon père

PROLOGUE

Confession d'un condamné à mort
le soir de son arrestation

Dans quelques heures, ils vont venir me chercher.
Déjà ils se préparent.

Les soldats nettoient leurs armes. Des messagers s'éparpillent dans les rues noires pour convoquer le tribunal. Le menuisier caresse la croix sur laquelle je vais sans doute saigner demain. Les bouches chuchotent, tout Jérusalem sait déjà que je vais être arrêté.

Ils croiront me surprendre... je les attends. Ils cherchent un accusé, ils trouveront un complice.

Mon Dieu, faites qu'ils ne soient pas modérés ! Rendez-les sots, violents, expéditifs. Epargnez-moi la fatigue de les exciter contre moi ! Qu'ils me tuent ! Vite ! Et proprement !

Comment tout cela est-il arrivé ?

J'aurais pu être ailleurs, ce soir, à festoyer dans une auberge à puces, au milieu des pèlerins, comme tout Juif à la Pâque. Je serais reparti dimanche à Nazareth avec l'allégresse tranquille du devoir accompli. Dans une maison que je n'ai pas, m'auraient peut-être attendu une femme que je n'ai pas non plus, et derrière

la porte, ravies de revoir leur père, des petites têtes
bouclées et souriantes. Voici à quoi ce rêve m'a réduit :
attendre en ce jardin une mort que je redoute.

Comment cela commença-t-il ? Y a-t-il un début au
destin ?

J'ai vécu une enfance rêveuse. A Nazareth, chaque
soir, je m'envolais au-dessus des collines et des
champs. Lorsque tout le monde dormait, je passais la
porte silencieuse, j'ouvrais les bras, je prenais mon
élan et mon corps s'élevait. Je me souviens très bien
de la résistance de l'air sous mes coudes, un air plus
compact, plus solide et consistant que l'eau, un air
embaumé de l'odeur humide des jasmins qui me portait
sans un souffle de vent. Souvent, par paresse, je traînais
ma paillasse jusqu'au seuil et je planais, étendu sur
elle, au-dessus de la campagne grise. Les ânes dressaient la tête pour regarder, de leurs beaux yeux noirs
de filles, mon navire passer au milieu des étoiles.

Et puis il y eut cette partie de chat perché. Après,
plus rien ne fut jamais semblable.

A la sortie de l'école, nous ne pensions qu'à
faire courir nos jambes. Nous étions quatre insépa-
rables, Mochèh, Ram, Kèsed et moi. Dans la carrière
de Gzeth, nous avons commencé à jouer. Eprouvant
comme jamais l'envie de gagner, je me mis à grimper
sur une immense pointe rocheuse, les prises s'enchaî-
naient, je ne respirais même plus, je montais, je montais
et je me retrouvai sur la plate-forme, seize coudées au-
dessus du sol. En bas, mes camarades n'étaient plus que
des calottes de cheveux avec des petits pieds autour. Ils

ne me trouvaient pas. Devenu inaccessible, je ne parti-
cipais plus au jeu. Au bout de quelques minutes, je
poussai un grand cri pour signaler ma présence. Ils se
cassèrent le cou, m'aperçurent et applaudirent.

– Bravo, Yéchoua ! Bravo !

Jamais ils ne m'auraient cru capable d'aller si haut.
J'étais heureux. Je savourais ma victoire.

Puis Kèsed cria :

– Maintenant viens avec nous ! On s'amuse mieux
à quatre.

Je me levai pour redescendre et là, la peur me saisit.
Je ne voyais absolument pas comment revenir...
Accroupi, je palpai le rocher par lequel j'étais venu :
lisse. Je suais. Comment faire ?

Soudain la solution m'apparut : Il suffisait que je
vole. Comme chaque nuit.

Je m'approchai du bord, les bras écartés... L'air
n'était pas dense, liquide sous mes bras, comme
dans mon souvenir... Je ne me sentais plus porté, au
contraire, c'étaient mes épaules, mes seules épaules,
qui soutenaient avec peine le poids de mes bras
tendus... Du bronze... D'ordinaire, il suffisait que je
soulève légèrement les talons pour décoller mais
là, mes pieds, rebelles, restaient au sol... Pourquoi
étais-je subitement si lourd ?

Le doute fondit sur moi, me plombant les épaules.
Avais-je jamais volé ? N'était-ce pas un rêve, un pur
rêve ? Tout se brouilla.

Je me réveillai sur le dos de mon père, Yoseph,
que Mochèh était allé chercher en hâte. J'avais perdu
conscience. Mon père descendait le rocher, sachant
trouver les prises imperceptibles.

En bas, il m'embrassa. Mon père était ainsi : tout autre m'aurait grondé, lui m'embrassait.

– Au moins, tu as appris quelque chose aujourd'hui.

Je lui souris mais je ne saisis pas tout de suite ce que j'avais appris.

Je le sais maintenant : je venais de quitter l'enfance. Démêlant les fils des songes et de la réalité, je découvrais qu'il y avait d'un côté le rêve, où je planais mieux qu'un rapace, et d'un autre côté le monde vrai, dur comme ces pierres sur lesquelles j'avais failli m'écraser.

J'avais aussi entrevu que je pouvais mourir. Moi ! Yéchoua ! D'ordinaire, la mort ne me concernait pas. Oh, bien sûr, çà et là, je croisais des cadavres à la cuisine et dans les cours des fermes, mais quoi ? C'étaient des animaux ! De temps en temps, on m'annonçait qu'une tante, qu'un oncle venaient de décéder, mais quoi ? Ils étaient des vieillards ! Ce que moi je n'étais et ne serais jamais. Ni bête, ni vieillard. Non, moi j'étais parti pour vivre toujours... Moi, je m'estimais impérissable, je ne trouvais la pourriture nulle part en moi... Je n'avais rien à voir avec la mort. Et pourtant, là, chat perché sur mon rocher, j'avais senti son souffle humide sur ma nuque. Dans les mois qui suivirent, j'ouvris des yeux que j'aurais préféré garder fermés. Non, je n'avais pas tous les pouvoirs. Non, je ne savais pas tout. Non, je ne m'avérais pas immortel. En un mot : je n'étais pas Dieu.

Car je crois que, comme tous les enfants, je m'étais d'abord confondu avec Dieu. Jusqu'à sept ans, j'avais ignoré la résistance du monde. Je m'étais senti roi, tout-puissant, tout-connaissant et éternel... Se prendre pour Dieu, le penchant le plus ordinaire des enfants heureux.

Grandir fut rapetisser. Grandir fut une chute. Je n'appris la condition d'adulte que par les blessures, les violences, les compromis et les désillusions. L'univers se désenchanta. Qu'est-ce qu'un homme ? Simplement quelqu'un-qui-ne-peut-pas... Qui-ne-peut-pas tout savoir. Qui-ne-peut-pas tout faire. Qui-ne-peut-pas ne pas mourir. La connaissance de mes limites avait fêlé l'œuf de mon enfance : à sept ans, je cessai définitivement d'être Dieu.

Le jardin demeure paisible ce soir, banal comme une nuit de printemps. Les grillons chantent l'amour. Les disciples dorment. Les peurs que je ressens n'ont pas d'échos dans l'air.

Peut-être l'escorte n'a-t-elle pas encore quitté Jérusalem ? Peut-être Yehoûdâh a-t-il eu peur ? Va, Yehoûdâh, dénonce-moi ! Confirme-leur que je suis un imposteur, que je me prends pour le Messie, que je veux leur arracher le pouvoir. Charge-moi. Appuie leurs pires soupçons. Vite, Yehoûdâh, vite. Et qu'ils m'arrêtent et m'exécutent, vite.

Comment se font les choses ?

Comment en suis-je arrivé là ?

Ce sont les autres qui m'ont annoncé mon destin ; ils savaient lire le parchemin que j'étais et qui, pour moi, restait indéchiffrable. Oui, toujours, ce sont les autres qui m'ont diagnostiqué, comme on repère une maladie.

– Que veux-tu faire plus tard ?

Un jour, mon père vint me chercher sous l'établi, dans les blonds copeaux, là où, sous un rayon d'or, je rêvassais en laissant couler la sciure entre mes doigts.

– Que veux-tu faire plus tard ?

– Je ne sais pas... Comme toi ! Menuisier ?

– Et si tu devenais rabbi ?

Je le regardai sans comprendre. Rabbi ? Le rabbi de notre village, rabbi Isaac, m'apparaissait si vieux, si branlant avec sa barbe moisie, sans doute plus ancienne que lui, que je ne pouvais m'imaginer ainsi. Et puis, il me semblait que l'on ne devenait pas rabbi ; on l'était dès le départ ; on naissait rabbi. Moi, je n'étais né que Yéchoua, Yéchoua ben Yoseph, Yéchoua de Nazareth, c'est-à-dire bon à pas grand-chose.

– Réfléchis bien.

Et mon père reprit le rabot pour dégrossir une planche. J'étais d'autant plus étonné par sa proposition qu'à l'école biblique les journées ne se passaient pas sans heurts. Si Mochèh, Ram, Kèsed n'exigeaient jamais d'explications et retenaient sans broncher ce que l'on nous donnait à apprendre, on m'appelait « Yéchoua aux mille questions ». Tout déclenchait mes interrogations. Pourquoi ne pas travailler le jour du Sabbat ? Pourquoi ne pas manger du porc ? Pourquoi Dieu punit-il au lieu de pardonner ? Comme les réponses ne me satisfaisaient pas, notre instructeur se retranchait derrière un « C'est la Loi » définitif. J'insistais alors : « Qu'est-ce qui justifie la Loi ? Qu'est-ce qui fonde la tradition ? » Je demandais tant d'éclaircissements, que, parfois, on m'interdisait de parole pour une journée entière. J'avais besoin que tout ait un sens. J'avais trop soif.

– Papa, rabbi Isaac pense-t-il du bien de moi ?

– Beaucoup. C'est lui qui est venu me parler hier soir.

Cela m'étonna davantage. A force de harceler le rabbi Isaac, j'avais cru lui faire sans cesse toucher les arêtes de son ignorance.

– Le saint homme estime que tu ne trouveras la paix que dans une démarche religieuse.

Cette remarque m'impressionna plus que les autres. La paix ? Moi, rechercher la paix ?

Néanmoins, la phrase avait été prononcée. Elle me revenait en tête chaque jour : « Et si tu devenais rabbi ? »

Peu après, mon père mourut. Il tomba d'un coup, sous le soleil de midi, alors qu'il livrait un coffre à l'autre bout du village ; son cœur s'était arrêté sur le bord du chemin.

Je sanglotai éperdument pendant trois longs mois. Mes frères et mes sœurs avaient séché leurs larmes, ma mère aussi, soucieuse de ne pas nous attrister, mais moi je ne pouvais pas m'interrompre, je pleurais l'absent bien sûr, ce père au cœur plus tendre que le bois qu'il sculptait, mais surtout je souffrais de ne pas lui avoir dit que je l'aimais. J'en venais presque à souhaiter qu'au lieu de cette mort rapide, il eût traversé une longue agonie : au moins aurais-je pu lui répéter mon amour jusqu'à son dernier souffle.

Le jour où je cessai de gémir, je n'étais plus le même. Je ne pouvais rencontrer personne sans lui confier que je l'aimais. Le premier à qui j'infligeai cette déclaration, mon camarade Mochèh, devint violet.

– Mais pourquoi dis-tu des stupidités pareilles ! ?

– Je ne dis rien de stupide. Je te dis que je t'aime.

– Mais on ne dit pas ces choses-là !

– Et pourquoi ?

– Ah, Yéchoua, ne fais pas l'imbécile !

« Idiot, crétin, niais », je rentrais chaque soir les poches pleines de nouvelles insultes. Ma mère tenta de m'expliquer qu'il y avait une loi non écrite qui obligeait à taire les sentiments.

– Laquelle ?

– La pudeur.

– Mais, maman, il n'y a pourtant pas de temps à perdre pour leur dire qu'on les aime : ils peuvent tous mourir, non ?

Elle pleurait doucement lorsque je disais cela, me caressant les cheveux pour apaiser mes pensées.

– Mon petit Yéchoua, il ne faut pas trop aimer. Sinon tu vas beaucoup souffrir.

– Mais je ne souffre pas. Je suis indigné.

Car chaque jour m'apportait de nouveaux arguments pour nourrir ma rage.

Mes colères avaient des noms de femme, Judith, Rachel...

Judith notre voisine, dix-huit ans, s'était prise d'affection pour un Syrien ; lorsqu'il vint la demander en mariage, ses parents refusèrent : leur fille n'épouserait pas un homme qui ne vit pas sous la loi juive. Ils enfermèrent l'adolescente chez eux. Une semaine plus tard, Judith se pendait.

Rachel avait été mariée de force à un riche

propriétaire de bétail, un homme plus âgé qu'elle, ventru, fessu, poilu, rougeâtre, énorme, intolérant, qui la battait. Il la trouva un jour dans les bras d'un jeune berger de son âge. Tout le village lapida l'adultère. Elle mit deux heures à mourir des pierres qu'on lui jetait. Deux heures. Des centaines de pierres sur une chair de vingt ans. Rachel. Deux heures. C'est comme cela que la loi d'Israël protège les mariages contre nature.

Tous ces crimes avaient un nom : la Loi.

Et la Loi avait un auteur : Dieu.

Je décidai donc que je n'aimerais plus Dieu.

Accusant Dieu de toutes les sottises, toutes les malversations des hommes, aspirant à un monde plus juste, plus aimant, je retournais l'univers, la preuve de sa nullité ou de sa paresse, contre Dieu, et j'instruisais son procès du matin au soir.

Ce monde me révoltait. Je m'étais attendu à ce qu'il fût beau comme une page d'écriture, harmonieux comme un chant de prière, j'avais espéré de Dieu qu'il se montrât un meilleur artisan, soigneux, attentif, qui soignerait les détails autant que l'ensemble, un Dieu soucieux de justice et d'amour. Or Dieu ne tenait pas ses promesses.

– Tu me fais peur, Yéchoua. Qu'est-ce qu'on va faire de toi ?

Rabbi Isaac se lissait la barbe.

Qu'allait-on faire de moi ? Devant le mal, la colère ne me quittait plus. De tous les sentiments, celui que j'ai le plus longuement éprouvé fut sans doute la colère, une indisposition à l'injustice, un refus de pactiser ; je n'accepte pas les choses telles qu'elles sont,

je les veux telles qu'elles doivent être. Qu'allait-on
faire de moi ?

Je rouvris l'atelier de mon père. En tant qu'aîné, je
devais faire vivre mes frères et sœurs. Je lissais et
assemblais des planches pour construire des coffres,
des portes, des charpentes, des tables ; j'y arrivais
moins bien que papa mais, seul menuisier du village,
je ne pâtissais pas de la concurrence.

L'atelier devint, selon le mot de ma mère, le temple
des pleurs. A la moindre contrariété, les habitants
du village venaient m'y raconter leurs difficultés. Je
ne leur disais rien ; j'écoutais, j'écoutais pendant des
heures, une simple oreille ; à la fin, je trouvais les
quelques mots gentils que m'inspirait leur situation ;
ils repartaient soulagés. Cela devait les rendre indul-
gents pour mes planches mal équarries.

Ils ne se doutaient pas que l'entretien me faisait autant
de bien qu'à eux, il dissipait ma colère. En essayant
d'emmener les Nazaréens dans une région de paix et
d'amour, j'y allais moi-même. Ma révolte s'effaçait
devant la nécessité de continuer à vivre, d'aider l'autre
à vivre. Je m'apercevais que Dieu était à faire.

C'est à cette époque que les Romains parcoururent
la Galilée et que je découvris que j'étais juif. Juif, il
fallait que je le reçoive comme une insulte pour m'en
rendre compte. A Nazareth, ils ne stationnèrent que le
temps d'une halte pour boire, mais ils le firent avec
l'arrogance, crachat aux lèvres, de ceux qui se jugent
supérieurs, de ceux qui s'estiment nés pour dominer.
Des autres villages nous arrivaient le bruit de leurs
exploits, le nombre de patriotes tués, de filles violées,
de maisons mises à sac. Notre peuple fut toujours

soumis à de multiples invasions, dominations, tutelles, comme si notre situation la plus courante devait être celle d'occupés. Israël a la mémoire de ses malheurs et je me dis même, certains soirs tristes, que si Israël n'avait sa foi, il ne serait peut-être que cette mémoire de ses malheurs. Quand les Romains eurent traversé et humilié la Galilée, je devins un vrai Juif. C'est-à-dire que je me mis à attendre. Attendre le sauveur. Les Romains humiliaient nos hommes, humiliaient nos croyances. A la honte que j'éprouvais, je ne trouvais que cette réponse active : espérer le Messie.

Les messies pullulaient en Galilée. Il ne se passait pas six mois sans qu'il en apparaisse. Invariablement, le sauveur arrivait sale, décharné, le ventre creux, le regard fixe, doté d'un bagou à se faire écouter des libellules. On ne le prenait pas bien au sérieux, mais on l'écoutait quand même, « au cas où », comme disait ma mère.

– Au cas où quoi ?

– Au cas où ce serait le vrai.

Chaque fois il annonçait la fin du monde, des ténèbres auxquelles ne survivraient que les justes, une nuit qui nous débarrasserait de tous les Romains. Il faut avouer que, dans une vie de labeur constant comme la nôtre, il faisait bon s'arrêter un instant à écouter les récits incendiaires de ces illuminés. Ils avançaient tant de folies auxquelles l'on n'aurait jamais pensé, ils nous faisaient si peur le temps d'un discours, une peur sans conséquences, qu'ils constituaient notre spectacle préféré. Les meilleurs se montraient capables de faire pleurer la foule. Très prisés, ils nous marquaient peu. En fait, ils étaient des conteurs d'histoires et les Juifs adorent les histoires.

Ma mère regardait mes meubles d'un air gentil et consterné.

– Tu n'es pas bien doué, Yéchoua.

– Je m'applique.

– Même en s'appliquant, un cul-de-jatte ne sautera pas un mur.

Je croyais que mon destin était de faire ce qu'avait fait mon père, abandonnant l'idée de devenir rabbi. Certes, je passais les longues heures de la sieste à prier et à lire, mais seul, librement, en multipliant les débats intérieurs. Beaucoup de Nazaréens me considéraient comme un mauvais pratiquant : j'allumais mon feu le jour du Sabbat, je soignais un petit frère ou une petite sœur malade le jour du Sabbat. Rabbi Isaac se désespérait de ces comportements tout en empêchant les autres de s'en agacer outre mesure.

– Yéchoua est plus pieux qu'il n'en donne l'apparence, laissez-lui le temps de comprendre ce que vous avez compris.

A moi, il parlait plus sévèrement :

– Sais-tu qu'on a lapidé des hommes pour ce que tu fais ?

– Quand vas-tu donc te marier ? ajoutait ma mère. Regarde Mochèh, Ram et Kèsed : ils ont tous des enfants déjà. Et tes plus jeunes frères m'ont déjà rendue grand-mère. Qu'est-ce que tu attends ?

Je n'attendais rien, je n'y pensais même pas.

– Allez, mon Yéchoua, hâte-toi de te marier. Il serait temps de te montrer un peu plus sérieux, maintenant.

« Sérieux ! » Alors, elle aussi, elle le croyait ! Comme tout le village, ma mère s'était mis dans la tête que j'étais un tombeur de femmes !

Le séducteur de Nazareth... Sous prétexte qu'on me voyait passer des heures à discuter ou me promener avec telle ou telle, on en avait conclu que j'avais dix liaisons. Il est vrai que j'aimais la compagnie des femmes et qu'elles aimaient la mienne. Mais nous ne disparaissions pas dans les buissons ou dans les granges pour nous frotter l'un contre l'autre, nous discutions. Rien d'autre. Nous discutions. Les femmes parlent plus vrai, plus juste : elles ont la bouche près du cœur.

Mochèh m'accueillait en ricanant.

– Tu ne vas pas me faire croire que vous ne faites rien ensemble ?

– Si. Nous parlons de la vie, de nos péchés.

– Oui, oui... Quand un homme parle à une femme de ses péchés, c'est généralement pour en rajouter un.

Ma mère s'inquiétait davantage.

– Quand vas-tu te marier ? Tu ne vas pas finir vieux garçon, tout de même ? Tu ne veux pas d'enfants ?

Non, en vérité, je ne rêvais pas d'enfants, je ne me sentais pas mûr pour engendrer, j'avais l'impression de demeurer un fils. Comment aurais-je pu prendre la main d'un enfant ? Pour l'emmener où ? Et lui dire quoi ?

Mais la pression s'exerçait continuellement, de la part de ma mère, mes sœurs, mes frères : pourquoi ne te maries-tu pas ?

Alors il y eut Rébecca.

Le sourire de Rébecca fendit l'air et vint se ficher en moi, me laissant paralysé, le cou en feu, la langue sèche. Elle s'empara de moi en une seconde. A quoi cela tenait-il ? Au noir bleuté de sa lourde natte ? A la blancheur du teint, tendre comme le cœur d'un liseron ? Aux yeux paisibles ? A sa démarche qui semblait regretter la danse ? A son corps svelte et souple qui jouait à apparaître puis disparaître sous sa tunique ? L'évidence s'imposa : Rébecca était plus femme que toutes les femmes, elle les résumait toutes, elle les dépassait toutes, c'était elle.

Je n'eus même pas besoin de faire ma cour. Mon attitude parla pour moi... Je crois qu'elle m'aima, elle aussi, au premier regard que je lui rendis. D'emblée, nous nous étions conquis.

Nos familles s'en rendirent vite compte et nous encouragèrent. Rébecca n'habitait pas Nazareth mais Naïn, dans une riche famille d'armuriers. Maman versa une larme de joie lorsqu'elle me vit consacrer mes économies à l'achat d'une broche en or : enfin son fils formulait les mêmes souhaits que tout le monde.

Un soir, pour faire ma demande, j'emmenai Rébecca dans une auberge au bord de l'eau. Là, sur une terrasse éclairée par des chandelles, à la fraîcheur des tilleuls, les tables attendaient les amoureux.

Se doutant de ce que j'allais lui proposer, Rébecca s'était parée plus que de coutume. Des bijoux encadraient son visage, comme de petites lampes destinées à l'éclairer elle et elle seule.

– Charité, s'il vous plaît !

Un vieillard et son enfant en guenilles tendaient leurs mains sales et cornées vers nous.

– Charité, s'il vous plaît !

Je poussai un soupir d'agacement.

– Repassez plus tard.

Le vieillard s'éloigna avec l'enfant.

On commença à nous servir. La chère était somptueuse, les poissons et les viandes agrémentés de mille détails qui chatouillaient le palais.

Le vieillard et l'enfant, assis au bord de la rivière, nous regardaient manger avec envie, guettant un signe pour nous rejoindre. Leurs yeux humiliés m'agaçaient tant que je me raidis le cou afin de ne plus me tourner dans leur direction.

Rébecca, le vin aidant, s'épanouissait, riait à tout propos. Moi aussi, entraîné dans cette griserie amoureuse, j'avais l'impression que nous constituions désormais le centre du monde, que jamais la terre n'avait porté un couple plus jeune, plus vif, plus beau que nous deux ce soir-là.

Au dessert, j'offris la broche à Rébecca. Etait-elle émerveillée par le bijou ou le geste ? Elle fondit en larmes.

– Je suis trop heureuse, parvint-elle à prononcer.

Par contagion, je me mis aussi à pleurer. Et ces larmes, qui nous réunissaient, nous pressaient l'un contre l'autre en nous donnant violemment envie de faire l'amour.

– Charité, s'il vous plaît.

Le vieillard et l'enfant étaient revenus, mains tendues, affamés. Rébecca eut un petit cri de rage et appela aussitôt l'aubergiste, s'indignant qu'on ne puisse pas dîner tranquillement. Lâche, j'approuvai de la tête. A cet instant, je ne songeais qu'à Rébecca, au corps de Rébecca, aux jambes de Rébecca...

L'aubergiste les chassa à coups de torchon.

Rébecca me sourit.

Le vieillard et l'enfant avaient disparu dans la nuit de la faim.

Je regardai nos plats, encore pleins de tout ce que, repus, nous n'avions pas mangé, je regardai le joyau que je venais de donner à Rébecca, je regardai notre bonheur et je devins muet.

Il faisait froid subitement.

– Je te raccompagne.

Le lendemain, je rompais nos fiançailles.

Ce soir-là, au bord du fleuve, par l'euphorie énamourée qui nous collait l'un contre l'autre, j'avais découvert ce qu'il y a d'égoïste dans le bonheur. Le bonheur est à l'écart, fait de huis clos, de volets tirés, d'oubli des autres ; le bonheur suppose que l'on refuse de voir le monde tel qu'il est ; en un soir, le bonheur m'était apparu insupportable.

Au bonheur, je voulais préférer l'amour. Et surtout pas l'amour que j'éprouvais pour Rébecca, l'amour exclusif, partagé, tissé d'intérêts mutuels. Je ne voulais plus l'amour en particulier, je voulais l'amour en général. L'amour, je devais en garder pour le vieillard et l'enfant affamés. L'amour, je devais en dispenser à ceux qui n'étaient ni assez beaux, ni assez drôles, ni assez intéressants pour l'attirer naturellement, de l'amour pour les gens non aimables.

Je n'étais pas fait pour le bonheur. Et n'étant pas fait pour le bonheur, je n'étais donc pas fait pour les femmes. Malgré elle, Rébecca m'avait appris tout cela.

Six mois plus tard, elle se mariait avec un très beau cultivateur de Naïn dont elle devint la femme fidèle et amoureuse.

– Mon pauvre garçon : comment peux-tu être aussi intelligent et commettre autant de sottises ? disait ma mère. Je ne te comprends pas.

– Maman, je ne suis pas fait pour le cours ordinaire de la vie.

– Et pour quoi es-tu fait, mon Dieu, pour quoi ?

– Je l'ignore. Ce n'est pas grave. Le mariage n'était pas mon destin.

– Et qu'est-ce que c'est, ton destin, malheureux ? Qu'est-ce que c'est ? Si au moins ton père était toujours là...

Serais-je là, en ce jardin, à espérer et transpirer ma mort si papa était en vie ? Aurais-je osé ?

Tout en pratiquant la menuiserie, je devins à Nazareth une sorte de sage qu'on venait consulter, en cachette du rabbi, lorsqu'on était aux prises avec les difficultés de la vie. J'aidais les villageois à se mettre plus haut que les situations qu'ils vivaient.

Ainsi Mochèh, mon ami Mochèh, que je n'avais pas quitté depuis l'enfance, perdit son fils. Il était rare, dans notre village, qu'on vît un homme pleurer un enfant car les pères, sachant toute vie précaire, prenaient bien garde à ne pas trop s'attacher aux petits pendant leurs premières années.

Bouleversé, Mochèh vint sangloter à l'atelier.

– Pourquoi lui ? Il n'avait que sept ans.

Pauvre Mochèh, les paupières closes pour retenir ses larmes, Mochèh, la tête fermée comme un poing, des épingles à l'intérieur du crâne, Mochèh qui souffrait, qui n'acceptait pas cette mort, qui protestait.

– Pourquoi lui ? Pourquoi si jeune ? Il n'avait jamais péché : il n'avait pas eu le temps ! C'est injuste.

Injuste... Sa raison saignait : il voulait comprendre et n'y parvenait pas.

– Pourquoi Dieu l'a-t-il repris ? Est-ce que ça peut exister, un Dieu qui laisse périr les enfants ?

Je parlai doucement à Mochèh.

– N'essaie pas de saisir l'insaisissable. Pour supporter ce monde, il faut renoncer à toucher ce qui te dépasse. Non, la mort n'est pas une punition puisque tu ignores ce qu'est la mort. Tout ce que tu sais, c'est qu'elle te prive de ton fils. Mais où est-il ? Que sent-il ? Tu ne dois pas te révolter : tais-toi, n'argumente plus, espère. Tu ne sais pas et tu ne sauras jamais comment pense Dieu. Ce dont tu es sûr, c'est que Dieu nous aime.

– Un amour qui n'est pas juste.

– Qu'est-ce que la justice ? La même chose pour tous. Alors Dieu nous donne à tous, également, la vie puis la mort. Les différences dépendent des circonstances.

Peu convaincu, Mochèh ne voulait plus croire. En face du mal, sa foi démissionnait. Il revenait tous les jours à l'atelier, pleurait, tempêtait, et parfois s'agaçait de mon calme.

– Enfin, toi, tu n'éprouves rien ? Lorsque ton père est mort, tu as pleuré pourtant ! Qu'est-ce que tu pensais ?

– Lorsque papa est parti, je me suis dit que je n'avais plus une heure à perdre pour aimer ceux que j'aime. Comme toi, Mochèh, devant le mal, je souffre, cependant la souffrance n'est pas une occasion de haïr mais une occasion d'aimer.

Il releva la tête vers moi, semblant m'entendre enfin. Je continuai.

– Ton fils aîné est mort ? Aime-le encore plus. Et surtout aime les autres, ceux qui te restent, et dis-le-leur. Vite. C'est la seule chose que nous apprend la mort : qu'il est urgent d'aimer.

De ce jour, Mochèh cessa de pleurer. Certes, il ne cessa pas de regretter l'absent mais il convertit son désarroi en affection envers les siens. Rien ne supprime le chagrin ; mais le courage peut le rendre utile et bénéfique.

Quelques années passèrent.

Il me semblait que j'avais enfin trouvé ma place. Si mes meubles et mes charpentes ne s'étaient pas améliorés, mes conseils énormément. J'apaisais les villageois.

Le vieux rabbi Isaac s'étouffa sous le poids des ans et le Temple de Jérusalem nous envoya un nouveau prêtre, Nahoum, grand spécialiste des Ecritures. En quelques semaines, il comprit qu'il y avait une autre voix que la sienne écoutée au village. Il se fit répéter mes conversations et pénétra, furieux, dans mon atelier.

– Qui es-tu pour croire que tu peux commenter les Ecritures ! Qui es-tu pour donner des conseils aux autres ? As-tu fait une école rabbinique ? As-tu pratiqué les textes comme nous les avons pratiqués ?

– Mais ce n'est pas moi qui conseille, c'est la lumière qui brille au fond de mes prières.

– Comment oses-tu ? Tu n'es bon qu'à produire des copeaux et tu voudrais guider un peuple ? Tu n'as pas le droit de dire quoi que ce soit au nom des Ecritures et encore moins au nom de Dieu ! Le Temple condamne les présomptueux de ton espèce. A Jérusalem, tu serais déjà mort lapidé !

Nahoum me fit peur.

Pendant quelques jours, je fermai l'atelier et allai m'isoler dans de longues promenades.

Nahoum avait sans doute raison : sans m'en rendre compte, j'étais devenu le conseiller spirituel du village, divisant ici, réconciliant là, attisant les justes colères, parlant au nom de Dieu... J'avais gagné cette influence si naturellement que je n'avais même pas conçu qu'elle fût exceptionnelle. Voilà que ce jeune rabbi me révélait que je péchais par aveuglement et par orgueil !

Lapidé ! Nahoum voyait juste. Ma singularité, mon opposition au Temple, cela devait me conduire à la lapidation.

Deux choses lui échappaient pourtant : que cette mort je la souhaiterais un jour et que les Romains importeraient à Jérusalem le supplice de la croix. C'est sur une poutre que, sans doute, j'agoniserai demain, une poutre préparée par un charpentier pour un autre charpentier...

– Sais-tu qu'on ne parle plus que de ton cousin Yohanân ?

Ma mère avait le regard brillant.

– Lequel ?

– Le fils d'Elisabeth, ma cousine, tu sais bien... On raconte qu'il est doué de la parole prophétique.

Elle tombait mal. J'avais épuisé toute la curiosité que je pouvais consacrer aux faux prophètes et aux soi-disant messies. J'essayais de trouver ma place dans ma propre vie.

Ma mère insistait. Etait-ce par intérêt religieux ou par fierté familiale ? Elle revenait sans cesse sur ce cousin.

– Yohanân se tient au bord du Jourdain et lave de leurs péchés les hommes qui viennent le voir en leur mettant la tête sous l'eau. C'est pour cela qu'on l'appelle Yohanân le Plongeur.

Je rouvris mon atelier mais les villageois, effrayés par Nahoum, n'osaient plus y venir, même pour se procurer des planches.

Petit à petit, les gens me donnèrent des rendez-vous clandestins pour parler avec moi, comme avant. Nous nous retrouvions, à la fin du jour, loin du village, auprès du lac où j'avais le sentiment que la paix nous gagnait, que je saisissais dans les eaux mauves du cré-puscule le silence réconfortant de Dieu, celui qu'on trouve au fond de la prière, comme deux mains jointes sous le ciel étoilé.

Nahoum l'apprit et vint hurler après moi.

Il me terrorisa.

N'étais-je pas devenu un monstre de vanité ? Etait-il normal de prétendre trouver la vérité en moi et non plus dans les Livres ? Comment me fier autant à moi ? J'avais besoin de me purifier, j'avais besoin d'une aide, d'un guide, ou même d'un maître. Il fallait que j'aille voir Yohanân pour me laver de mes péchés.

J'ai suivi le cours sinueux du Jourdain.

Plus j'avançais, plus le chemin se grossissait de voyageurs, le flot des hommes s'épaississant plus vite que le fleuve, des marcheurs qui déboulaient de toutes parts, de Damas, de Babylone, de Jérusalem et d'Idumée.

A Béthanie, un campement s'était improvisé : quelques tentes, quelques feux, des familles entières, des centaines d'hommes et de femmes.

La silhouette de Yohanân le Plongeur se découpait au milieu des eaux basses, les jambes écartées, dans un enclos du fleuve dominé par les gorges rocheuses.

De grandes files de pèlerins se tenaient sagement, silencieusement, sur la berge. Seuls les appels criards des oiseaux traversaient les eaux.

Yohanân ressemblait à une caricature de prophète : trop maigre, trop barbu, trop hirsute, couvert d'immondes peaux de chameau autour desquelles bruissaient et voltigeaient des mouches attirées par la puanteur. Ses yeux immenses gardaient une fixité gênante. Sa rusticité paraissait tellement ostentatoire qu'elle sentait la pose. Humilié, j'assistais à la parodie de tout ce que je souhaitais, un simulacre de mes plus hautes aspirations.

Je détaillai la foule des pèlerins. Etonnamment, il n'y avait pas là que des Juifs, mais des Romains, des Syriens mercenaires, bref des gens qui n'avaient jamais pratiqué la Torah, ignorant tout de nos Ecritures saintes. Que venaient-ils chercher ici ? Que pouvait leur promettre le Plongeur que leurs cultes ne leur donnaient pas ?

Je m'approchai des deux derniers pèlerins qui attendaient leur tour sur la berge.

– J'y vais, dit le gros.

– Moi, je n'y vais pas, répondit le maigre. Après tout, je ne vois pas pourquoi je me ferais purifier, je respecte tout de notre loi.

– Misérables ! Puits de prétentions et d'ordures !

La voix de Yohanân le Plongeur nous parvint, tonitruante. Il devait avoir une ouïe fine car on pouvait douter qu'à cette distance un homme, à travers l'air battu par les eaux du fleuve, pût entendre.

Yohanân le Plongeur vociférait à l'adresse de l'efflanqué :

– Engeance de vipère ! Sale porc ! Tu te crois pur parce que tu te tiens aux formes creuses de la Loi. Il ne suffit pas de se laver les mains avant chaque repas et de respecter le Sabbat pour se garder du péché. Ce n'est qu'en te repentant dans ton cœur que tu peux obtenir la rémission de ton péché.

Ce discours-là me toucha comme une piqûre de taon. N'était-ce pas ce que je pensais, tout seul, depuis des années ?

Yohanân le Plongeur continuait, son grand corps maigre secoué par la colère, une colère inépuisable, alimentée au sentiment de l'impiété. Il m'apparut clairement que, si Yohanân outrepassait le titre de prophète, il devait être un homme droit.

Le maigre pèlerin, surpris de déclencher un tel déluge d'invectives, regardait son compagnon, gêné, sans plus savoir quoi faire.

– Approche, hurla Yohanân.

L'homme fit quelques pas dans l'eau.

– Et nu ! Nu comme tu sortis du ventre de ta mère !

L'homme, sans comprendre lui-même pourquoi, obéit, se délesta de ses vêtements et avança vers Yohanân qui saisit son crâne dans sa grande main osseuse. Il regardait l'efflanqué dans les yeux, plus attentif que s'il y enfonçait un clou.

– Regrette tes péchés. Espère le Bien. Veux la rémission. Sinon...

Que se passa-t-il en l'homme, peur, acquiescement ? Toujours est-il qu'il sembla se livrer à un sincère repentir et Yohanân, après quelques secondes, l'enfonça durement sous l'eau, l'y maintint si longtemps que des bulles s'échappèrent du fond. Enfin, il le laissa remonter, haletant, à la surface.

– Va. Tu es pardonné.

L'homme regagna le rivage en titubant. Sitôt sur la terre ferme, il se recroquevilla, tête dans les genoux, et se mit à sangloter.

Son gros camarade se précipita pour le consoler mais l'efflanqué releva le front et murmura :

– Merci, mon Dieu, merci... Merci pour la rémission de mes péchés. J'étais tellement impur.

Le crépuscule devint violet. Yohanân le Plongeur s'éloigna, se retirant dans une grotte où il passait ses nuits. Au campement, le soir, autour du feu, on m'apprit qu'il ne buvait que de l'eau et ne mangeait presque rien. J'admirai sa force d'âme car moi, je me sentais incapable de me priver de viande, de pain ou de vin.

– Mais pourquoi un homme saint comme lui porte-t-il une peau de chameau, s'exclama un pèlerin, c'est un animal impur comme le porc ou le lièvre ? C'est contre la Loi !

Je constatais que même ses plus grands admirateurs ne semblaient pas comprendre un message essentiel de Yohanân : seule l'observance, non de la lettre de la Loi, mais de son esprit, rend le cœur pur. Après le repas, je fis connaissance d'André et Syméon, ses jeunes disciples. Nous passâmes une partie de la nuit à parler de Yohanân, de son enseignement qui rompait avec le Temple, ce qui rendait sa situation fragile ; nous le comparions à ce que nous savions des moines du Qumran, ces Esséniens, qui eux aussi baignaient les pécheurs.

Le lendemain, je m'installai au bord de l'eau, sur un rocher d'où je pouvais observer Yohanân sans être vu de lui.

Il exigea de purifier d'abord les étrangers.

– Approchez, Romains. Et écoutez, vous, les Juifs, tâchez d'en tirer une leçon. Etre juif ne suffit pas pour gagner son salut. Ne vous contentez pas de répéter « J'ai pour père Abraham », car Dieu peut faire naître des enfants d'Abraham de tous les pays du monde, et même des pierres.

Les cinq soldats romains avancèrent.

– Comment devons-nous nous comporter ?

– Ne faites violence ni tort à personne. Et contentez-vous de votre solde.

Puis il reçut les collecteurs d'impôts.

– N'exigez rien de plus que ce qui est fixé.

Puis de riches bourgeois.

– Celui qui a deux tuniques doit partager avec celui qui n'en possède aucune. Et celui qui a de quoi manger doit faire de même.

Lorsque le soleil était au plus haut, arriva une délégation en provenance de Jérusalem. Le Temple envoyait une commission de prêtres et de lévites pour enquêter sur Yohanân.

– Qui es-tu ?

– On m'appelle Yohanân le Plongeur.

– On dit que tu es le prophète Eliyyahou revenu à la vie.

– C'est ce qu'on dit. C'est ce que je n'ai jamais dit.

– D'autres colportent que tu es le Messie mentionné par les Ecritures.

– Je ne suis pas le Messie mais celui qui l'annonce, la voix qui crie dans le désert : « Aplanissez le chemin du Seigneur. »

– Tu ne prétends donc pas être le Messie ?

– Je ne suis même pas digne de dénouer ses sandales. Lorsqu'il viendra, justice sera rendue, vengeance accomplie. Il brûlera les pécheurs comme on brûle la paille après l'avoir séparée du bon grain.

– Alors si tu n'es pas le Messie, ni Eliyyahou, pourquoi plonges-tu les corps dans l'eau ? Qui te donne le droit de les laver de leurs péchés ?

– Je précède le Christ. Il arrive. Au milieu de vous se tient celui qui vient et devant qui je m'effacerai ce soir.

Sur la rive, tout le monde se regarda : on se demanda si la parole de Yohanân était encore une parabole à interpréter ou si elle signifiait que le Messie se trouvait vraiment au bord du Jourdain.

– Je ne suis que l'éclaireur chargé de frayer le chemin du roi en frayant le chemin du repentir. Mais il va venir, il est bientôt là, le Fils de Dieu annoncé par le prophète Daniel.

La foule conclut que c'était une image. Quant à moi, j'avais ressenti un léger malaise : j'avais cru, un instant, que, malgré la distance, Yohanân le Plongeur m'avait fixé.

La commission repartit, rassurée, pour Jérusalem : finalement, ce Yohanân ne s'avérait qu'un illuminé pas trop dangereux ; tant qu'il restait au milieu de sa mare à enfoncer les pèlerins dans la vase, il ne disputait le pouvoir à personne.

Un nuage passa et j'entrai résolument dans l'eau pour me faire purifier par Yohanân. En me voyant avancer vers lui, Yohanân fronça les sourcils.

– Toi, je te reconnais.

– Je suis ton cousin, fils de Myriam qui est parente de ta mère Elisabeth.

Il grimaça, comme s'il ne comprenait pas ce que je lui disais. Je répétai lentement.

– Tu me reconnais parce que je suis ton cousin de Nazareth.

– Je te reconnais comme l'élu de Dieu.

Lui-même avait l'air surpris par ce qu'il disait. Il me contemplait comme une chose tout à fait extraordinaire. Et soudain, il se mit à hurler pour que chacun l'entende :

– Voici l'agneau de Dieu qui enlève le péché du monde.

Il avait vociféré cela avec une force telle que j'en devins muet. Je sentis que, sur les berges, la foule s'était immobilisée pour contempler la scène. Les regards pesaient sur moi. Je ne savais plus quoi dire ni quoi faire. Je murmurai rapidement :

– Plonge-moi vite, qu'on en finisse.

Mais Yohanân s'exclama, indigné :

– C'est moi qui ai besoin d'être purifié par toi ! C'est moi qui t'appelle de tous mes vœux et c'est toi qui viens à moi ! Je t'aime.

Ce fut trop. Mes jambes chancelèrent, je perdis pied et m'évanouis. Yohanân me ramena dans ses bras sur la rive. Là, André et Syméon s'occupèrent de moi, tâchant d'écarter la foule qui voulait voir à quoi je ressemblais. Les femmes racontaient qu'au moment où mon esprit m'avait quitté, une colombe était descendue du ciel pour se poser sur mon front.

Moi, naturellement, je n'avais rien vu.

C'est là, en vérité, que tout a commencé...

Une nuit bleue, belle et bête. Un silence qui insiste.

Cette attente me vide. Je préférerais parler, me battre, agir... Au lieu de cela, je tends la nuque et les oreilles vers le moindre bruit, guettant le cliquetis des armes. Quoique je n'aie pas hâte de mourir, ma patience s'épuise. Plutôt la mort que l'agonie. Pourquoi les soldats tardent-ils ? Il ne faut pas longtemps pour aller du Temple au mont des Oliviers...

Les renards possèdent des tanières, les oiseaux des nids, et moi, je n'ai aucun lieu où reposer ma tête.

Après mon évanouissement, André et Syméon me
harcelèrent. Qui étais-je ? Qu'avais-je fait jusqu'ici ?
Pourquoi Yohanân m'avait-il désigné comme l'Elu ?

– Je ne comprends pas ce qu'affirme Yohanân. Je ne
suis qu'un mauvais charpentier et un mauvais croyant
qui vient de Nazareth.

– Es-tu né à Nazareth ?

– Non. En fait, je suis né à Bethléem, mais c'est une
histoire un peu compliquée...

– C'était écrit, Michée l'a annoncé : « L'Elu sortira
de Bethléem. »

– Vous confondez !

– Es-tu descendant de David ?

– Non.

– Es-tu sûr ?

– C'est-à-dire... Il y a bien une vieille légende qui
traîne dans la famille... qui voudrait que... Enfin,
soyons sérieux ! Connaissez-vous une famille juive de
Palestine qui ne prétende pas descendre de David ?

– C'est donc toi : l'Elu sera de souche davidique.

– Vous confondez !

– Qu'as-tu à nous enseigner ?

– Mais rien. Absolument rien.

– Nous estimes-tu indignes de toi ?

– Je n'ai pas dit cela !

– Pouvons-nous te suivre ? Te consacrer notre vie ?

– Hors de question !

Il n'y avait plus qu'une chose à faire : partir.

Je devais échapper aux bavardages, aux influences.

Depuis trente ans, tout le monde avait un avis sur mon destin, sauf moi. Ecrasé par les conseils, diagnostiqué comme très pieux par les uns ou impie par les autres, reconnu, ignoré, pressé, rappelé, retenu, adoré, insulté, moqué, vénéré, écouté, méprisé, interpellé, je n'étais plus un homme mais une maison vide que chacun meublait selon ses convictions. Je ne résonnais que du bruit des autres.

J'ai fui.

Je me suis enfoncé dans les terres incultes, là où il n'y a plus d'hommes, où la végétation est naturelle, sauvage, pauvre, où les points d'eau se raréfient, là où l'on ne risque plus les rencontres.

Dans le désert, je ne souhaitais qu'une seule rencontre : moi. J'espérais me découvrir au bout de cette solitude. Si j'étais bien quelqu'un ou quelque chose, je devais me l'apprendre.

D'abord, je ne trouvai rien. Je n'éprouvais que des sentiments impersonnels ; l'agacement, la fatigue, la faim, la peur du lendemain... Puis, après quelques jours, les salissures des dernières semaines s'éloignant, des habitudes frugales s'installant, je redevins l'enfant de Nazareth, cette attente pure de la vie, cet amour de chaque instant, cette adoration pour tout ce qui est. Je me sentais mieux mais je demeurais déçu. Ainsi, un homme, cela n'existait pas vraiment ? En grattant les oripeaux de l'adulte, on ne récupérait qu'un enfant ? Les années n'ajoutaient donc que des poils, de la barbe, des soucis, des querelles, des tentations, des cicatrices, de la fatigue, de la concupiscence, rien d'autre ?

C'est alors que je fis ma chute.

La chute qui bouscula ma vie. Qui me fit basculer.

Ce fut une chute immobile.

Je m'étais assis en haut d'un promontoire pelé. Il n'y avait rien à voir autour de moi que de l'espace. Il n'y avait rien à ressentir comme événement que le pur temps. Je m'ennuyais paisiblement. Je tenais mes genoux dans mes paumes, et là, subitement, sans bouger, j'ai commencé à tomber...

Je tombais...

Je tombais...

Je tombais...

Je dégringolais en moi. Comment aurais-je soupçonné qu'il y avait de telles falaises, un précipice aussi vertigineux, dans un seul corps d'homme ? Je traversais le vide.

Puis j'eus le sentiment de ralentir, de changer de consistance, de peser moins lourd. Je perdais ma différence d'avec l'air. Je devenais de l'air.

L'accélération me ralentissait. La chute m'allégeait. Je finis par flotter.

Alors, lentement, la transformation s'accomplit.

C'était moi et ce n'était pas moi. J'avais un corps et je n'en avais plus. Je continuais à penser mais je ne disais plus « je ».

J'arrivai dans un océan de lumière.

Là, il faisait chaud.

Là, je comprenais tout.

Là, j'éprouvais une confiance absolue.

J'étais parvenu aux forges de la vie, au centre, au foyer, où tout se fond, se fonde et se décide. A l'intérieur de moi, je ne trouvais pas moi, mais plus que moi, bien plus que moi, une mer de lave en fusion, un infini mobile et changeant où je ne percevais aucun mot, aucune voix, aucun discours, mais où je recevais une sensation nouvelle, terrible, géante, unique, inépuisable : le sentiment que tout est justifié.

Le bruit sec et furtif d'un lézard se faufilant dans les broussailles me fit sursauter. En un instant, j'étais remonté du cœur de la Terre.

Combien d'heures s'étaient écoulées ?

La nuit s'étalait en paix devant moi, comme un repos donné au sable brûlé, aux herbes sèches, récompense quotidienne.

J'étais bien. Je n'avais plus ni soif ni faim. Aucune tension ne me torturait. J'éprouvais un rassasiement essentiel.

Je ne m'étais pas trouvé, moi, au fond de ce désert. Non. J'avais trouvé Dieu.

Dès lors, chaque jour je refis le voyage immobile. Je grimpais sur le monticule et plongeais à l'intérieur de moi. J'allais vérifier le secret.

Je rejoignais l'insoutenable lumière, je me jetais dans ses bras où je passais un temps qu'on ne peut pas compter.

Cette clarté, je l'avais aperçue quelquefois, fugitivement, lors d'une prière d'enfance, sous l'éclat d'un regard, je savais qu'elle chauffait le monde, mais je n'avais pas imaginé qu'elle fût accessible. Il y a en moi plus que moi. Il y a en moi un être qui n'est pas moi et qui cependant ne m'est pas étranger. Il y a en moi un fond qui me dépasse et me constitue, un tout inconnu d'où part toute connaissance, une immensité incompréhensible qui rend possible toute compréhension, une unité dont je dérive, un Père dont je suis le Fils.

Au trente-neuvième jour de désert, je me décidai à revenir parmi les hommes, ravi d'avoir trouvé davantage que je ne l'espérais.

Cependant, au moment d'atteindre le cours frais et ombreux du Jourdain, je vis un serpent mort à terre. Il pourrissait, la gueule ouverte, attirant des colonnes de fourmis, mais les yeux jaunes de son cadavre semblaient encore se moquer.

Une pensée me frappa : et si j'avais été tenté par le diable ? Et si, pendant ces trente-neuf jours, j'avais cédé aux illusions de Satan ? Et si cette force qui me redressait n'était que l'action du Malin ?

Je devais passer une quarantième nuit au désert.

Ce fut la nuit de toutes les inversions. Ce qui me semblait clair me devenait obscur. Là où j'avais vu du bien, j'apercevais du mal. Lorsque j'avais cru repérer un devoir, je soupçonnais désormais la vanité, la présomption, l'arrogance fatale ! Comment pouvais-je croire être en relation avec Dieu ? N'était-ce pas une démence ? Comment pouvais-je avoir le sentiment de saisir ce qui est juste et ce qui ne l'est pas ? N'était-ce pas une illusion ? Comment pouvais-je m'attribuer le devoir de parler pour Dieu ? N'était-ce pas de la prétention ?

Je ne reçus jamais de réponses à ces questions. Simplement, au matin du quarantième jour, je fis le pari.

Je fis le pari de croire que mes chutes, lourdes méditations, me conduisaient à Dieu, non à Satan. Je fis le pari de croire que j'avais quelque chose de bien à faire. Je fis le pari de croire en moi.

Je ne savais pas encore que la suite des événements me forcerait à faire un pari encore plus grave, encore plus insensé, le pari qui, cette nuit, en ce jardin, me contraint à attendre ma mort.

Je rejoignis les pèlerins au bord du Jourdain en estimant légitime de parler au nom de la sagesse que j'avais trouvée au fond de mes prières.

André et Syméon m'attendaient au campement.

Lorsque je leur apparus, Syméon s'exclama en souriant, comme pour me tester :

– Qui es-tu ?

– A ton avis ?

– Es-tu envoyé par Dieu ?

– C'est toi qui l'as dit.

Cela nous suffit. Nous nous sommes tombés dans les bras, puis Yohanân le Plongeur me rebaptisa. Il pria André et Syméon, ses disciples préférés, de le quitter pour m'accompagner.

Les temps qui suivirent furent les plus heureux et les plus exaltants de ma vie. Je découvrais avec ivresse les secrets que Dieu avait déposés au fond de mes méditations et je tâchais de les exprimer au jour le jour. Tout à la joie de les apprivoiser, je n'en soupçonnais pas encore les conséquences.

André, Syméon et moi parcourions la Galilée verte, fraîche, fruitée. Nous vivions sans souci du lendemain, dormant à la belle étoile, mangeant ce que notre main saisissait sur les arbres ou ce que d'autres mains nous offraient. Avec Dieu, nous découvrions l'insouciance.

Lorsqu'une question se posait à nous, je m'écartais derrière un figuier ou un rocher et je descendais dans mon puits. J'en revenais toujours, sinon avec la réponse, du moins avec le sentiment qui devait inspirer la réponse.

J'avais retourné les cartes du monde. Les hommes jouaient mal : pensant devoir gagner, ils abattaient les mauvais atouts. La force. Le pouvoir. L'argent. Moi, je n'aimais que les exclus de cette partie stupide, les inadaptés, ceux que le jeu rejetait : les pauvres, les doux, les affligés, les femmes, les persécutés.

Les pauvres devinrent mes frères, mon idéal. Ils ne cherchent pas à se mettre à l'abri du besoin, car ce serait se mettre à l'abri d'eux-mêmes, non, ils aiment tant la vie qu'ils lui font confiance, estimant qu'il y aura toujours un homme qui passera pour jeter une pièce ou un bout de pain. Cette confiance, c'est de l'adoration. André, Syméon et moi, nous devînmes ainsi des errants qui recevaient des aumônes et distribuaient le surplus dans l'heure suivante. Car nous considérions que seule nous appartenait la part qui suffisait à nos besoins ; le reste était du luxe ; nous n'y avions aucun droit.

Il y avait tant de joie dans notre accomplissement que, naturellement, nous attirions de nouveaux jeunes gens et notre groupe s'agrandissait. Au grand scandale de certains, je m'adressais beaucoup aux femmes et je souhaitais qu'elles nous suivent. Car j'avais découvert, en descendant dans le puits d'amour, que les vertus que me donnait Dieu pour me guider n'étaient que des vertus féminines. Mon Père me parlait comme une mère. Il me montrait en exemple ces héroïnes ano-

nymes, celles qui le réalisent, toutes ces donneuses de
vie, donneuses d'amour, celles qui baignent les chairs
des enfants, apaisent les cris, remplissent les bouches,
ces servantes immémoriales dont les gestes apportent
le confort, la propreté, le plaisir, ces humbles des humbles, guerrières du quotidien, reines de l'attention,
impératrices de la tendresse, qui pansent nos blessures
et nos peines. Mais mes disciples, en vrais mâles de la
terre d'Israël, avaient du mal à accepter que les femmes
pratiquent spontanément ce qui, à eux, leur coûtait tant
de peines. Tout en tolérant mes rencontres avec les
femmes et leur cohorte qui nous accompagnait, ils
continuaient à se méfier d'elles ; sans doute, en cela,
se méfiaient-ils aussi de leur désir.

J'observais les puissants, ceux pour qui tous les
hommes n'ont pas la même valeur, et je découvris
qu'ils possédaient un don que je n'avais pas : celui
d'écraser les visages. Lorsqu'un collecteur d'impôts,
par exemple, vient harceler les membres d'une famille
nécessiteuse, il néglige leur souffrance et marche
sur eux comme sur de la viande. Moi, je suis singu-
lièrement dépourvu de ce don. En face d'un homme,
je vois toujours un homme ; je ne peux le regarder sans
percevoir le poids de sa vie, ses douleurs criées ou
tues, ses espoirs, tout ce qui creuse, anime et vivifie
les traits. Souvent, j'aperçois même davantage qu'un
homme, je devine l'enfant derrière, et le vieillard
devant, un chemin d'existence cahotant et fragile.

Rien ne peut être comparé à l'innocence joyeuse de
ces premiers mois. Nous défrichions. Nous inventions
une nouvelle manière de vivre. Nous abolissions la

défiance. Nous ne pouvions que recevoir ou donner. Nous étions libres. Nous avions pris le large.

Aux yeux des puissants, nous étions des faibles qu'ils laissaient tranquilles car nous ne comptions pas. Ils se trompaient : réunis, nous allions pouvoir transformer le monde.

Nous continuions à parcourir les routes en accumulant ces richesses qu'aucun argent ne peut donner lorsque nos pas nous amenèrent à Nazareth.

Je retrouvai ma mère avec joie mais je refusai de séjourner chez elle, continuant à vivre en plein air, au milieu de mes amis.

Mes frères me convoquèrent à la maison où Yacob, mon cadet, se mit en colère.

– Yéchoua, tu nous fais honte ! Que tu quittes l'atelier de notre père pour devenir rabbin sans prévenir personne, passe encore. Mais tu couches dehors, tu mendies dans ton propre village, où tout le monde nous connaît, où nous vivons, où nous traitons nos affaires. Que va-t-on penser de nous ? Cesse immédiatement !

– Je ne changerai rien à ma vie.

– Si tu n'es plus capable de travailler, tu peux au moins coucher et manger à la maison, non ?

– Et mes amis ?

– Justement, parlons-en de tes amis. Une troupe de vagabonds, de paresseux, d'inutiles et de filles perdues ! On n'a jamais vu ça ici. Il vaudrait mieux qu'ils décampent.

– Alors, je partirai avec eux.

– Tu veux vraiment nous humilier jusqu'au bout ?

Le coup était parti. Mon frère m'avait giflé, lui-même surpris par sa violence et soudain, sur le visage de l'adulte excédé, j'aperçus l'inquiétude de l'enfant qui se demandait comment son aîné allait réagir.

Je m'approchai et lui dis avec tendresse :

– Frappe aussi la joue gauche.

Sous la provocation, les narines palpitantes de fureur, il s'apprêtait à frapper lorsque j'offris vraiment ma face gauche, montrant que je consentais à sa colère.

Il poussa un hurlement de rage, referma son poing et quitta la pièce. Mes autres frères et sœurs se mirent à m'insulter, comme si, en tendant l'autre joue, j'avais commis un acte pire que la claque de mon frère.

J'avais appliqué là un autre enseignement de mes voyages au puits sans fond : aimer l'autre au point de l'accepter jusque dans sa bêtise. Répondre à l'agression par l'agression, œil pour œil, dent pour dent, n'avait pour résultat que de multiplier le mal, et pis, de le légitimer. Répondre à l'agression par l'amour, c'était violenter la violence, lui plaquer sous le nez un miroir qui lui renvoie sa face haineuse, révulsée, laide, inacceptable. Mon frère en avait fui.

– Taisez-vous tous et laissez-moi seule avec Yéchoua.

Ils obéirent et m'abandonnèrent à ma mère. Elle se jeta contre moi pour pleurer longuement. Je la serrai avec douceur, sachant que les larmes annoncent souvent les premiers mots de la vérité.

– Yéchoua, mon Yéchoua, je suis allée t'écouter ces jours-ci et je suis bien inquiète. Je ne te comprends plus. Tu t'es mis à parler sans cesse de ton père, à le citer, alors que tu l'as pourtant si peu connu.

– Le père dont je parle est Dieu, maman. Je le

consulte au fond de moi lorsque je m'isole pour
méditer.

– Mais pourquoi dis-tu « mon père » ?

– Parce qu'il est mon père comme il est le tien, et
notre père à tous.

– Tu parles toujours en général. Tu dis qu'il faut
aimer tout le monde mais toi, est-ce que tu aimes seulement ta mère ?

– Ce n'est pas difficile d'aimer les gens qui vous
aiment.

– Réponds !

– Oui. Je t'aime, maman. Et mes sœurs et mes frères
aussi. Mais cela ne suffit pas. Il faut aimer encore ceux
qui ne nous aiment pas. Et même nos ennemis.

– Alors, reprends ton souffle, parce que, des ennemis, tu vas en avoir ! Te rends-tu compte où tu vas ?
Quelle vie te prépares-tu ?

– Ma vie ne m'intéresse pas. Je ne veux ni vivre
pour moi ni mourir pour moi.

– Quoi ! tu n'as pas de rêve personnel ?

– Aucun. Je veux juste témoigner. Dire aux autres
ce que je trouve au fond de mes méditations.

– Les autres ! Les autres ! Pense donc à toi, d'abord !
Tu désespères ta mère. Je veux que tu réussisses ta vie
à toi !

– Maman, au fond de moi, ce n'est pas moi que je
trouve.

Elle pleura de nouveau, ce n'étaient plus les mêmes
larmes, celles-ci consentaient davantage.

– Tu deviens fou, mon Yéchoua.

– Aujourd'hui, j'ai le choix entre une carrière de fou

et une carrière de mauvais charpentier. Je préfère faire
un bon fou.

Elle rit dans ses sanglots. Je me sentais fragile face
au chagrin de ma mère. Je quittai Nazareth au plus
vite.

Les ennuis commencèrent avec mes premiers
miracles.

Je ne sais ce que l'avenir retiendra de ma vie mais
je ne voudrais surtout pas que se propage cette rumeur
qui m'encombre déjà, dans laquelle je me suis pris les
pieds : ma réputation de faiseur de prodiges.

Les premières fois, je les exécutai sans même m'en
rendre compte. Un regard, une parole peuvent soigner,
tout le monde sait cela, et je ne suis pas le premier
guérisseur à exercer sur la terre de Palestine. Il faut
prendre son temps, bander son énergie et se consacrer
tout entier au souffrant, parfois même absorber sa douleur. N'importe qui y parvient et je me devais de
soulager à mon tour. Oui, j'ai touché les plaies, oui j'ai
soutenu les regards de souffrance, oui, j'ai passé des
nuits auprès des grabataires ; je m'asseyais contre les
infirmes et je tentais, par les mains, de leur donner
un peu de cette force qui bouillonne au fond de moi ;
je parlais avec eux, je tentais de trouver une issue à
leur souffrance et je les engageais à prier, à trouver le
puits d'amour en eux. Ceux qui réussissaient allaient
mieux. Les autres non. Certes, je vis des paralytiques
se relever, des aveugles rouvrir les yeux, des boiteux
déambuler, des lépreux arrêter de partir en miettes,

des femmes cesser de saigner, des sourds intervenir dans la conversation, des possédés se purger de leurs démons. Mais ma réputation n'a retenu que ceux-là, elle a oublié ceux qui restèrent cloués dans leur malaise parce que ni moi ni eux n'étions arrivés à quelque chose. Je ne détiens aucun pouvoir, sauf celui, éventuellement, d'aider à ouvrir la porte qui, au fond de chacun, conduit à Dieu. Et même cette porte, je ne peux la franchir seul, il faut qu'on m'accompagne.

A chaque malade, je demandais :

– As-tu la foi ? Seule la foi sauve.

Rapidement, plus personne ne prit garde à ma question, n'y voyant qu'une formule. On se ruait vers moi comme les vaches à l'abreuvoir, sans discernement.

– Est-ce que vous faites les maladies de peau ?

– Et la repousse des cheveux ?

– Et les règles douloureuses ?

On m'interrogeait, comme un commerçant : avez-vous cet article dans votre échoppe ? Je répondais :

– As-tu la foi ? Seule la foi sauve.

En vain. On me transformait en magicien. On n'entendait plus que mes prodiges n'étaient pas gratuits, qu'ils avaient un sens spirituel, qu'ils exigeaient une double foi, celle du malade et celle du guérisseur. On m'envoyait des paresseux, des incrédules, et cependant, même si j'échouais avec neuf d'entre eux, un seul rétablissement augmentait ma gloire dans des proportions inouïes.

Je ne voulus plus guérir. J'interdis aux disciples de laisser approcher le moindre malade. Mais comment résister à la souffrance vraie ? Quand un enfant chétif

ou une femme stérile présentaient leurs larmes devant
moi, je tentais l'opération quand même.

Les malentendus s'accumulaient. Je ne maîtrisais
plus rien. On m'attribua des miracles. On me vit multiplier les pains dans les paniers vides, le vin dans
les jarres vides, les poissons dans les filets vides,
toutes choses qui sont bien arrivées, je l'ai constaté
moi-même, mais qui devaient avoir une explication
naturelle. Plusieurs fois, j'ai même soupçonné mes
disciples... N'ont-ils pas mis en scène ces prétendus
prodiges ? N'ont-ils pas eux-mêmes rempli les
amphores ? Ne m'ont-ils pas attribué l'arrivée heureuse
d'un banc de poissons dans le lac de Tibériade ? Je ne
pourrais le prouver, mais je le suppose. Comment leur
en faire le reproche ? Ils ne sont que des hommes, des
hommes d'ici, exaltés, qui m'adorent, qui doivent se
défendre de nos adversaires, se justifier auprès de leurs
familles. Transportés par leur passion, ils veulent
convaincre, et lorsqu'on veut convaincre, la bonne foi
et l'imposture se marient bien. Certains de ma vérité,
ils se risquent à de petits mensonges : pourquoi ne pas
employer les mauvais arguments quand les bons ne
réussissent pas ? Peu importe que ce prodige soit réel
et que cet autre ne le soit pas ! Les coupables, ce sont
les crédules, ceux qui veulent être trompés.

Notre vie avait changé. Quand nous n'étions pas
poursuivis par des malheureux en quête de miracle,
nous étions persécutés par les pharisiens, les prêtres et
les docteurs de la Loi qui estimaient que je disposais
désormais de trop d'oreilles pour m'écouter. Le clergé
ne supportait pas ma manière de descendre au fond de
moi pour y trouver mon Père, et d'en revenir avec un

inépuisable amour ; se limitant aux lois écrites, il rele-
vait mes ruptures avec le respect formel des usages :
je guérissais le jour du Sabbat, je mangeais le jour
du Sabbat, je travaillais le jour du Sabbat. Quelle
importance ? Le Sabbat est fait pour l'homme et non
l'homme pour le Sabbat. J'avais beau me justifier, le
résultat était là : alors que je ne parlais que d'amour,
je comptais désormais des milliers d'ennemis.

– Comment oses-tu parler au nom de Dieu ?

Une idée neuve passe d'abord pour une idée fausse.
Les pharisiens refusaient de me comprendre. Ils
m'accusaient de prétention.

– Mais comment oses-tu parler au nom de Dieu ?

– Parce que Dieu est en moi.

– Blasphème ! Dieu vit séparé de nous, Dieu est un
et inatteignable. Des abîmes te coupent de Dieu.

– Je vous assure que non. Il me suffit de plonger en
moi-même, c'est comme un puits, et...

– Blasphème !

Ils m'épiaient, me harcelaient, meute attachée à mes
sandales qui m'aboyait dessus pour me ramener à la
lettre de la Torah. Moi, je ne tenais ni à les choquer ni
à les affronter, mais j'étais incapable de taire ma vérité.

Lors d'un voyage à Jérusalem, pour la Pâque, ils me
tendirent un guet-apens.

– Traînée ! Salope ! Fille de rien !

Ils m'amenèrent une femme adultère, la tirant, demi-
nue, à bout de bras, sans s'occuper de sa peur, de ses
larmes, de sa honte, comme on apporte une enclume à
un lutteur de foire pour savoir s'il pourra la soulever.

J'étais piégé. La loi d'Israël l'ordonne : on doit lapider les épouses coupables de trahison. Les pharisiens

et docteurs de la Loi avaient pris la jeune femme en faute, avaient laissé s'échapper le mâle à toutes jambes, et venaient la massacrer à coups de pierres devant moi. Ils savaient que je ne le supporterais pas et, bien plus important que le flagrant délit d'adultère dont ils se moquaient éperdument, ils voulaient me surprendre, moi, en flagrant délit de blasphème.

La victime, belle, tremblante, émouvante, dégrafée, décoiffée, se tenait, presque morte de peur, entre nous.

Je m'accroupis et me mis à dessiner des formes dans le sable. Cette bizarrerie les désarçonna quelques instants et me donna le temps de réfléchir. Puis la horde se remit à hurler.

– On va la tuer ! On va la lapider ! Tu entends, le Nazaréen ? On va l'achever devant toi !

Curieuse scène : c'était moi, et non elle, qu'ils menaçaient. Ils me menaçaient de sa mort.

Je continuai à griffonner. Qu'ils bavent leur haine, qu'ils s'en soulagent : ce serait toujours ça de moins à combattre. Puis, quand ils crurent avoir compris que je n'interviendrais pas, je me relevai et leur proposai paisiblement :

– Que celui d'entre vous qui n'a jamais péché lui jette la première pierre.

Nous étions dans l'enceinte du Temple.

Je les fixai tous, un à un, sans amour, avec au contraire une violence qui dut les inquiéter. Mes yeux disaient :

– Toi, tu n'as jamais péché ? Je t'ai vu la semaine dernière dans une auberge ! Et toi, comment oses-tu jouer les purs alors que je t'ai surpris à toucher les seins d'une porteuse d'eau ! Et toi, tu crois que je ne sais pas ce que tu as fait avant-hier ?

Les plus vieux reculèrent les premiers. Ils déposèrent leurs pierres et partirent lentement.

Mais les jeunes, déjà trop excités par le goût du sang, refusaient de retourner dans leur conscience.

Je les regardai alors avec ironie. Mon sourire les menaçait de délation. Ma physionomie disait :

– Je connais toutes les prostituées de Judée et de Galilée : vous ne pouvez pas jouer les saints en face de moi. J'ai des listes. Je sais tout. Je peux vous dénoncer.

Les jeunes baissèrent les yeux à leur tour. Ils refluèrent.

Il n'y en avait qu'un qui me résistait soutenant crânement mon regard, le plus jeune, dix-huit ans. Etait-il possible que, dans sa fougue, il crût n'avoir jamais péché ? Il se tenait irréductiblement droit, sûr de lui, légitime pour tuer cette femme.

Je changeai mon regard. Sans plus le défier ni le menacer, je l'interrogeai tendrement.

– Es-tu sûr de n'avoir pas péché ? Je t'aime tel que tu es, même si tu as péché.

Il sursauta. Il cilla. Il s'attendait à tout sauf à l'amour.

Ses camarades le tirèrent par le bras. Ils chuchotaient : « Ne sois pas ridicule ! Tu ne vas pas prétendre n'avoir jamais fauté, pas toi ! » Vaincu, il se laissa emmener.

Je demeurai seul avec la femme aux chairs palpitantes.

Elle avait toujours peur, mais elle changeait de peur,

passant de l'effroi de mourir à la crainte que quelque chose ne lui échappe encore.

Je la rassurai d'un sourire.

– Où sont ceux qui t'accusaient ? Il n'y a plus personne pour te condamner ?

– Personne.

– Je ne te condamne pas non plus. Va. Et ne pèche plus.

La ruse m'avait encore une fois sauvé.

Mais j'étais épuisé par ces traquenards. Si les disciples se réjouissaient de mes succès, je leur répétais qu'un succès n'est jamais qu'un malentendu, et que le nombre de nos ennemis grossissait plus vite que celui de nos amis. Nous sommes partis nous réfugier en Galilée.

Une usure me dévorait : la fatigue de dire quelque chose que personne ne veut entendre, la fatigue de parler aux sourds, la fatigue de créer des sourds en parlant.

C'est alors que Yehoûdâh Iscarioth prit de plus en plus d'importance dans ma vie.

A la différence de mes autres disciples, Yehoûdâh venait de Judée, non de Galilée. Plus instruit, il savait lire, compter et devint notre trésorier, redistribuant chaque jour aux pauvres l'excédent des aumônes reçues. Au milieu de ces anciens pêcheurs de Tibériade, il tranchait, par ses manières et son accent de la ville, nous apportant l'exotisme de Jérusalem. J'appréciais de m'entretenir avec lui et, assez vite, il passa pour mon disciple préféré.

Je crois que de ma vie je n'ai jamais aimé un homme

autant que Yehoûdâh. Avec lui, et lui seul, je parlais de Dieu.

– Il est toujours si près. Si proche.

– Il n'apparaît que pour toi et en toi. Nous, nous ne le voyons pas.

– Si, tu dois mieux essayer, Yehoûdâh.

– J'essaie. J'essaie tous les jours. Je ne trouve pas le puits sans fond. Mais je n'en ai pas besoin puisque je vis auprès de toi.

Il m'avait convaincu que j'avais un autre rapport à Dieu que les autres hommes. Ni rabbi puisque je ne trouvais pas la lumière dans les textes, ni prophète puisque je témoignais sans rien annoncer, simplement, grâce à mes chutes dans le puits, j'atteignais l'essence du monde.

– Ne te voile pas la face, Yéchoua, tu comprends très bien ce que cela signifie. Yohanân le Plongeur te l'a révélé avant tout le monde : tu es Celui qu'il annonce, le Fils de Dieu.

– Je t'interdis de répéter ces sottises, Yehoûdâh. Je suis le fils d'un homme, pas de Dieu.

– Pourquoi dis-tu « mon Père » ?

– Arrête cette farce.

– Pourquoi dis-tu le rejoindre au fond de toi ?

– Ne joue pas sur les mots. Si j'étais le Messie, je le saurais.

– Mais tu le sais. Quoique tu possèdes la connaissance et les signes, tu refuses de les reconnaître.

– Tais-toi ! Une fois pour toutes, tais-toi.

Je ne crois pas qu'il était responsable de la rumeur qui se propageait, s'enflait, énorme, terrible, ahurissante, frappant les toits de Galilée plus vite qu'une grêle de printemps : Yéchoua de Nazareth était le Messie annoncé par les textes. Sans doute s'était-elle développée d'elle-même car les Juifs, comme tous les hommes, voient les choses en fonction de leurs désirs et de leurs attentes.

Je ne pouvais plus sortir en public sans qu'on me demande :

– Es-tu le Fils de Dieu ?

– Qui te l'a dit ?

– Réponds. Es-tu bien le Messie ?

– C'est toi qui l'as dit.

Je n'avais pas d'autre réponse : « C'est toi qui l'as dit. » Jamais je n'aurais osé prétendre être le Christ. Je pouvais parler de Dieu, de sa lumière, de ma lumière puisqu'elle brillait en moi. Pas davantage. Mais les autres, sans scrupule, finissaient mon discours. Ils m'exagéraient. Ceux qui m'aimaient pour me célébrer. Ceux qui me détestaient pour hâter mon arrestation.

– Yehoûdâh, je t'en supplie : fais taire ce bruit idiot. Je n'ai rien d'extraordinaire, à part ce que Dieu m'a donné.

– C'est de cela que parle le bruit, Yéchoua : ce que Dieu t'a donné. Il t'a élu. Il t'a distingué.

Et Yehoûdâh de partir, pour la nuit, dans des considérations sur les prophéties. Il retrouvait dans des détails absurdes de mon existence la réalisation de ce qu'avaient annoncé Elie, Jérémie, Ezéchiel ou Osée. Je protestais.

– C'est ridicule ! C'est minuscule ! Au petit jeu des rapprochements, tu peux trouver des similitudes entre n'importe qui et le Messie !

Parce qu'il maîtrisait très bien les textes, il

m'ébranlait parfois. Mais je refusais. Et je me méfiais d'autant plus des guérisons que les disciples – Yehoûdâh le premier – y décelaient maintenant la deuxième preuve, après les prophéties, de ma messianité.

La rage ne me laissait pas de répit. Si cette histoire avait commencé dans la joie et l'allégresse à mon retour du désert, elle se développait désormais d'une façon qui m'échappait, loin de la belle aventure initiale. Amis ou ennemis, ils m'attribuaient plus que ce que je disais, ils me prêtaient davantage que je ne voulais donner.

Hérode, le gouverneur de Galilée, me convoqua, me reçut dans son palais, m'infligea la vue de ses richesses, de ses courtisans, puis s'isola avec moi entre deux piliers sans témoins.

– Yohanân le Plongeur me dit que tu es le Messie.

– C'est lui qui le dit.

– Je tiens Yohanân pour un véritable prophète. J'aurais donc tendance à l'écouter.

– Imagine ce que tu souhaites.

Hérode jubilait. Il n'entendait que des confirmations dans mes réponses.

– Hérode, je ne suis pas le Messie, je ne peux pas prétendre à ce titre. Jusqu'ici, j'appréciais la compagnie des hommes, je m'y sentais utile, mais je vais être obligé de m'en priver pour continuer ma vie seul.

– Malheureux ! Ne t'isole pas du monde, comme un ermite ou un philosophe. Qu'y gagneras-tu ? La moitié de la Palestine est déjà prête à te suivre. Il faut emprunter les idées du peuple si l'on veut le diriger. On traite l'humanité avec ses illusions. Allons, César savait bien qu'il n'était pas le fils de Vénus, mais c'est en le laissant croire qu'il est devenu César.

– Tes raisonnements sont abjects, Hérode, et je ne veux pas devenir César, ni roi d'Israël, ni qui que ce soit. Je ne fais pas de politique.

– Peu importe, Yéchoua. Permets-nous d'en faire auprès de toi !

En quittant le palais, ma décision était renforcée : j'en avais fini avec la vie publique. J'arrêtais tout. Je renonçais. J'allais dissoudre notre groupe pour continuer mon existence seul, retiré au désert.

Malheureusement, nous sommes passés à Naïn et, après ma traversée de ce village, rien ne fut plus aussi certain pour moi...

A l'entrée du bourg, nous rencontrâmes le cortège funèbre d'un jeune garçon, Amos.

Sa mère, Rébecca, la Rébecca de ma jeunesse, la Rébecca que j'avais aimée et failli épouser, marchait devant, sans volonté, contrainte, comme une condamnée à la vie. Veuve depuis quelques années, elle venait de perdre son fils unique. Lorsque ses grands yeux me virent, il n'y eut pas l'ombre d'une amertume, d'une colère, d'une protestation mais ils me dirent que j'avais de la chance de n'avoir pas de famille, de m'occuper de l'humanité entière, de ne souffrir qu'en général et jamais en particulier.

J'éprouvai un mélange de pitié et de culpabilité. Rébecca serait-elle aussi désolée si nous nous étions mariés ?

Je demandai aux porteurs de s'arrêter pour me laisser voir le cadavre. Je m'approchai, saisis les petits poignets dans le cercueil et me plongeai dans la prière la plus violente de ma vie.

– Mon Père, fais qu'il ne soit pas mort. Donne-lui droit à la vie. Rends heureuse sa mère.

Je m'étais jeté dans la prière comme un désespéré, je n'en attendais rien, c'était juste un trou où blottir mon chagrin.

Les mains de l'enfant s'accrochèrent aux miennes et le garçonnet, lentement, se releva.

Des cris de joie éclatèrent tout autour, les deux cortèges communiaient dans le même bonheur, mes disciples et les anciens affligés. Nous étions trois à demeurer muets, nous demandant ce qui s'était passé, osant à peine y croire : Rébecca, son fils et moi.

Le soir même, l'enfant parlait de nouveau. Il vint avec Rébecca me couvrir de baisers. Moi, je restais prostré dans le silence et la stupéfaction.

A minuit, sous l'ombre grise d'un olivier, Yehoûdâh me rejoignit.

– Alors, Yéchoua, quand cesseras-tu de nier l'évidence ? Tu l'as ressuscité.

– Je n'en suis pas certain, Yehoûdâh. Tu sais comme moi qu'il est difficile de reconnaître la mort. Combien de gens sont enterrés vivants ? C'est pour cela que, souvent, nous mettons d'abord les défunts dans des caves. Peut-être l'enfant n'était-il qu'évanoui ?

– Crois-tu qu'une mère aurait été capable de se tromper et de porter son enfant endormi au tombeau ?

Je retombai dans le mutisme. Je préférais ne plus prononcer une parole car, si j'avais ouvert la bouche, au lieu de remercier mon Père d'avoir entendu ma prière, je l'aurais insulté ! Me faire des signes pareils !

Non ! Je ne voulais pas qu'il me distingue autant, je
ne savais que trop à quoi cela m'engageait. Je refusais !
Je refusais ce destin ! J'avais l'impression de me battre
en duel avec Dieu. Il voulait m'imposer sa victoire, me
désarmer, m'ôter mes doutes. Pour que je devienne son
champion, il tentait de me convaincre. Mais je savais
qu'il n'obtiendrait rien sans mon consentement, que je
gardais mes chances, que je pouvais encore nier ses
signes. Toute la nuit, je me suis rebellé sans faiblir.

Puis le matin vint nettoyer le ciel et lorsque le coq
gratta sa gorge, je m'assoupis d'épuisement.

En rouvrant les yeux, j'avais accepté que Dieu
m'aime autant.

J'appelai Yehoûdâh, mon disciple préféré, car rien
ne devait lui faire davantage plaisir que ce que j'allais
lui dire.

– Yehoûdâh, je ne sais qui je suis. Je sais seulement
que je suis habité par plus grand que moi. Je sais aussi,
par cet amour qu'il me prouve, que Dieu attend beaucoup de ma vie. Alors, Yehoûdâh, je te le dis : je fais
le pari. Je fais le pari, du plus profond du cœur, que je
suis celui-ci, celui que tout Israël attend. Je fais le pari
que je suis bien le Fils.

Yehoûdâh se jeta à terre, mit ses bras autour de mes
chevilles, et me tint longuement les pieds embrassés.
Je sentais ses larmes chaudes couler entre mes orteils.

Pauvre Yehoûdâh ! Il en était, comme moi, tout à la
joie. Il ne savait pas à quelle nuit ce matin allait nous
conduire, ni ce que ce pari allait exiger de nous.

Ce soir, la mort m'attend dans ce jardin. Les oliviers sont devenus aussi gris que la terre. Les grillons font l'amour sous le regard bienveillant d'une lune maquerelle. Je voudrais être un des deux cèdres bleus, dont les branches, la nuit, servent d'asile aux nuées de colombes et, le jour, abritent les petits bazars bruyants sous leurs ombrages ; comme eux, j'aimerais prendre racine, insouciant, et dispenser du bonheur.

Au lieu de cela, je n'ai fait que semer des graines que je ne verrai ni grandir ni s'épanouir. Je guette la troupe qui viendra m'arrêter. Mon Père, donne-moi de la force dans ce verger indifférent à mon angoisse, donne-moi le courage d'aller jusqu'au bout de ce que j'ai cru, par folie, être ma tâche...

Dans les jours qui suivirent ma décision, Hérode fit arrêter Yohanân le Plongeur et le boucla dans la forteresse Machéronte. Hérodiade, sa nouvelle épouse, voulait la peau du prophète qui avait osé blâmer son mariage.

Yohanân, inquiet, me fit parvenir un message de sa prison.

« Es-tu bien celui qui doit venir ? Es-tu le Christ ? Ou bien faut-il que j'en attende un autre ? »

Je savais que Yohanân s'étonnait que je passe mon temps avec des hommes du peuple, des courtisanes, qu'il me reprochait de manger et de boire gloutonnement, lui qui était si ascétique, et qu'il ne comprenait pas ma lenteur à me déclarer.

Je répondis aux deux messagers :

– Allez rapporter à Yohanân ce que j'ai fait : les aveugles voient, les boiteux marchent, les lépreux sont purifiés, les sourds entendent, la bonne nouvelle est annoncée. Qu'il soit heureux et confiant ! Je ne l'aurai pas fait trébucher.

C'était la première fois que j'affirmais, que je revendiquais mon destin. Malheureusement, avant que les deux hommes ne transmettent le message, Yohanân avait été décapité.

Mes disciples, dont certains avaient d'abord suivi Yohanân, se mirent en colère.

– Prends le pouvoir, Yéchoua ! Ne laisse plus les justes finir exécutés ! Fonde ton Royaume, nous te suivrons, la Galilée te suivra. Sinon, tu finiras le col tranché, comme le Plongeur, ou pire !

Or, malgré leur indignation, plus je méditais, plus je percevais que je n'avais aucune place à prendre, aucun trône à revendiquer. Je ne serais pas un meneur d'hommes, mais un meneur d'âmes. Oui, je voulais changer le monde, pas comme ils m'y poussaient. Je ne dirigerais pas une révolution politique, à la tête des pauvres, des doux, des exclus, des femmes, en prenant d'assaut la Palestine, en renversant les possesseurs du pouvoir, des honneurs, des richesses. Le seul soulèvement auquel j'appelais était un bouleversement intérieur. Je n'avais aucune ambition pour le monde extérieur, le monde de César, de Pilate, des banquiers, des marchands.

– La terre a été laissée aux hommes : qu'en ont-ils fait ? Rendons-la à Dieu. Abolissons les nations, les races, les haines, les abus, les exploitations, les honneurs, les privilèges. Abattons les échelles qui mettent un homme plus haut qu'un autre. Supprimons l'argent qui fabrique les riches et les pauvres, les dominants et les dominés ; l'argent qui crée l'angoisse, l'avarice, l'insécurité, la guerre, la cruauté ; l'argent qui dresse ses murs entre les hommes. Accomplissons toutes ces exécutions dans notre esprit, créons un charnier de ces mauvaises idées, de ces fausses valeurs. Aucun trône, aucun sceptre, aucune lance ne peut nous purger et nous ouvrir à l'amour vrai. Mon Royaume, chacun le porte en lui, comme un idéal, comme une chimère, une nostalgie ; chacun a en lui l'aspiration intime, le désir doux. Qui ne se sent pas le fils d'un Père qu'il ignore ? Qui ne voudrait se reconnaître un frère en chaque homme ? Mon Royaume est déjà là, espéré, rêvé. L'élan d'amour palpite, mais on le heurte sans cesse, on le retient, on le déçoit. Je n'ouvre la bouche que pour nous donner le courage d'être nous-mêmes, d'avoir la témérité de l'amour. Dieu, même s'il nous précède, reste toujours à accomplir. Et Dieu ne souffre pas la timidité.

Les Galiléens m'écoutaient bouche bée car c'est avec la bouche qu'ils écoutent ; avec les oreilles, ils n'entendent rien. Mes paroles ricochaient de crâne en crâne, sans entrer dans aucun. Ils n'appréciaient que mes miracles.

Je dus prendre des mesures, interdire aux disciples de laisser approcher le moindre infirme. Cependant rien n'arrêtait la déferlante : on faisait passer les grabataires par les fenêtres, par le toit. Au lac de Tibériade, je dus m'isoler de la rive, sur un bateau, afin de pouvoir parler aux villageois sans qu'ils viennent me toucher et m'implorer. En vain ! Tous ne toléraient mes prédi-

cations que par complaisance, comme on avale dis-
traitement un hors-d'œuvre : le plat de résistance
demeurait le miracle.

J'étais devenu un fonctionnaire de Dieu. L'acte
qu'on venait me réclamer, après des queues qui
duraient plusieurs heures, mon sceau, mon tampon,
c'était l'exécution de quelque petit prodige. Ils repartaient alors, spectateurs en bonne santé ou malades
guéris, hochant la tête, convaincus, ayant vérifié de
leurs yeux.

– Oui, oui, il est bien le Fils de Dieu.

Sans retenir une seule idée de mes discours, ils
avaient simplement trouvé un intercesseur très pratique, à portée de main, qui allait leur simplifier la vie.

– Quelle chance qu'il se soit installé près de chez
nous, en Galilée !

Un jour, mes frères et ma mère fendirent la foule
d'un village où je séjournais. Je savais qu'ils se
moquaient de moi, de ma prétention, de ma folie. Plusieurs fois, ils m'avaient envoyé des messages me
suppliant d'arrêter de jouer ce rôle de Christ ; comme
je n'y avais jamais répondu, ils venaient m'imposer un
conseil de famille.

Des curieux entouraient l'auberge où nous nous
étions réfugiés, les disciples et moi.

– Laissez-nous passer, criaient mes frères, nous
sommes sa famille. Nous avons priorité. Laissez-nous
passer. Nous devons lui parler.

Les paysans, très impressionnés, leur ouvrirent un
passage.

Je me plantai à la porte pour les arrêter. Je savais
que j'allais leur faire mal, mais je devais agir ainsi.

– Qui est ma vraie famille ? Ma famille n'est pas de sang, elle est d'esprit. Qui sont mes frères ? Qui sont mes sœurs ? Qui est ma mère ? Quiconque obéit à la volonté de mon Père. Je vous vois pleins de haine, je ne vous reconnais pas.

Je désignai mes disciples, à l'intérieur.

– Si quelqu'un vient avec moi, et s'il ne lâche pas son père et sa mère, ses frères et sœurs, sa femme et ses enfants, il ne peut être mon disciple.

Et je claquai la porte au nez de mes frères et de ma mère.

Mes frères repartirent, ivres de rage. Mais ma mère resta, écroulée, attendant humblement à la porte. A la nuit, je la fis entrer et nous avons mêlé nos larmes.

Elle ne m'a plus quitté jusqu'à cette nuit. Elle m'a suivi, discrète, en arrière, au milieu des femmes, avec Myriam de Magdala, permettant à chacun, y compris à moi-même, d'oublier que j'avais pu être son fils. De temps en temps, nous nous sommes retrouvés en cachette pour des baisers furtifs. Depuis ma brouille avec mes frères, elle veille sur moi car elle m'a entendu. Elle a admis que je mettais l'amour en général plus haut que l'amour en particulier. Ma plus grande et belle fierté sur cette terre est sans doute d'avoir, un jour, convaincu ma mère.

Je ne me confiais qu'à Yehoûdâh. Ensemble, nous relisions les textes des prophètes. Depuis mon pari secret, j'y prêtais une autre oreille que par le passé.

– Tu dois retourner à Jérusalem, Yéchoua. Le Christ

connaîtra son apothéose à Jérusalem, les textes sont formels. Tu devras être humilié, torturé, tué, avant de renaître. Il va y avoir un moment difficile.

Il en parlait paisiblement, illuminé par sa foi. Lui seul avait saisi ce qu'était le Royaume, un royaume sans gloire où il n'y aurait aucune réussite matérielle ni politique. Il me décrivait mon agonie avec le calme de l'espérance.

– Tu mourras quelques jours, Yéchoua, trois jours, puis tu ressusciteras.

– Il faudrait en être sûr.

– Allons, Yéchoua. Un sommeil de trois jours ou d'un million d'années n'est pas plus long qu'un sommeil d'une heure.

Auparavant, je n'avais pas songé sérieusement à la mort et je voulais savoir ce que mes méditations m'en diraient. En descendant au fond de moi, chez mon Père, je n'y trouvais rien d'effrayant. « Tout est justifié », me disait-il. « Tout est bien. Seul le corps est soumis à la putréfaction, aux vers, à la disparition. L'essentiel demeure. »

Ce n'était pas précis, mais c'était rassurant. De temps en temps, sur les flots en fusion, il me semblait apercevoir une autre idée : que nous existions après cette vie en fonction de ce que fut cette vie ; que le juste perdure dans un bon souvenir ; que le scélérat s'enfonce dans son pire souvenir, éternellement. Cependant, dès que je tentais de m'en approcher, l'image s'enfuyait, rapide, volatile. En tout cas, mes voyages me confirmaient qu'il n'y avait rien à craindre de la mort qui ne pouvait se révéler qu'une bonne surprise.

Jérusalem était devenu le nom de mon souci. Le nom de mon destin. Le lieu de ma mort. Je devais achever ma prédication à Jérusalem.

Jérusalem, je m'y étais rendu plusieurs fois, comme tout Juif pieux, brièvement, à la Pâque. Je devais songer maintenant à y rester.

Nous avons pris la route.

Je ne pouvais pas me voiler la vérité : je changeais. L'amertume et le reproche se glissaient trop souvent dans mon cœur. Moi qui n'avais été qu'amour, je devenais acerbe, impatient, agacé. Alors que je ne chérissais rien tant que la douceur, je me montrais capable d'insulter âprement mes adversaires. Quand je voulais annoncer la bonne nouvelle, l'arrivée du Royaume, je me tordais la langue dans ma rhétorique et je m'entendais menacer, tempêter, promettre les pires châtiments au nom de Dieu. A d'autres moments, voulant prôner l'humanité, je ne pouvais m'empêcher, en passant devant les bigotes qui allumaient minutieusement leur candélabre pour la fête des Tabernacles, de leur crier : « Je suis la lumière et moi seul ! » Ensuite je me le reprochais et ma mère, rassurante, au milieu de la nuit, me prenant tout contre elle, appelait cet excès la fatigue de l'espérance.

A Jérusalem, je me cognai d'abord à des murailles de mépris. Aux quelques hommes sages, comme Nicodème ou Yoseph d'Arimathie, qui s'intéressèrent à moi, les pharisiens et les membres du sanhédrin clouèrent le bec en ironisant : « Vous ne vous attendez tout de même pas à ce qu'un prophète nous vienne de Galilée ! » J'ai pensé échouer.

Après six mois, j'ai obtenu qu'ils ne ricanent plus. Maintenant, ils crachent, ils tempêtent, ils écument. Je suis arrivé à exister puisque, ce soir, ils vont me tuer.

Jérusalem...

Jérusalem qui me fascine et que j'ai tant de mal à aimer... Jérusalem, toi qui tues les prophètes et lapides ceux qui te sont envoyés. Combien de fois j'ai voulu rassembler tes petits à la manière dont une poule rassemble ses poussins sous ses ailes ! Mais tu as refusé.

Jérusalem, tout ce qui en toi provoque la fierté de n'importe quel Juif, je n'arrive pas à l'apprécier.

Lorsqu'on a voulu me faire admirer le Temple reconstruit, m'extasier devant les lourdes portes de cèdre doré, les grenades, les lis et les feuillages sculptés d'où pendent des voiles de lin chargés de fleurs pourpres et d'hyacinthes écarlates, retenus par des chérubins en or massif, j'ai simplement songé : faut-il qu'une chose soit exagérée pour être belle ? Lorsqu'on m'a vanté l'organisation des sacrifices, lorsque j'ai découvert, dans un fumet de merdes, au milieu du sang caillé, des tripes et des boyaux noirâtres, les troupeaux de bœufs et brebis qu'on proposait aux riches, les colombes pour les pauvres, ces enclos quadrillés de changeurs de monnaie au sourire en tiroir, j'ai saisi un fouet et j'ai renversé tous les étals. « Enlevez-moi cela ! La maison de mon Père ne peut devenir une maison de trafic ! » Je frappai le sol avec fureur et, en un instant, je ne fus plus entouré que de culs, les culs des bêtes affolées, les culs des lâches qui s'enfuyaient. La ville est sale, avare, capricieuse, méprisante. Les portes et les façades ne cachent pas grand-chose. L'apparence règne, la richesse s'étale, le culte lui-même doit être somptueux. Chacun épie chacun, rivalise en puissance avec l'autre. En revanche le cœur se tait, la naïveté passe pour ridicule, l'humilité pour suicidaire. Ses habitants ne souhaitent pas écouter un balourd de Galilée qui prône la pauvreté alors que mes disciples de Tibériade n'avaient rien à perdre qu'une vieille barque et des filets reprisés ; est-ce cela, ajouté à la vie simple des champs, qui leur a laissé les oreilles près du cœur ?

Je n'obtins aucun succès à Jérusalem, pas même de curiosité. Ma seule réussite consista à me faire détester chaque jour davantage des prêtres, docteurs de la Loi, saducéens et pharisiens. Plus optimistes que moi, ils craignaient que je ne touche le peuple par une autre façon de parler à Dieu. Ils se sentaient en danger. Ils commencèrent à planifier ma perte. Dans leurs esprits, je suis déjà lapidé depuis plusieurs mois.

Combien ai-je passé d'heures à vouloir les convaincre ! A défendre la religion du cœur contre la religion des textes ! Je leur expliquais qu'elles ne s'excluaient pas puisque l'une, celle du cœur, inspirait l'autre. Pédants, ergoteurs, docteurs, ils me faisaient recommencer sans fin, ils me forçaient à devenir juriste, exégète, théologien, à m'enfoncer dans des controverses de droit canon où, forcément, je me montrais inférieur car je n'ai comme guide que ma lumière. A reprendre cent fois la même discussion, j'en venais à douter que nous parlions bien de la même chose : Dieu. Eux protégeaient des institutions, des traditions, leur pouvoir. Moi je ne parlais que de Dieu, les mains vides. Je reconnaissais que Dieu avait communiqué avec tous nos prophètes ; que son esprit s'était déposé dans nos livres et nos lois ; que le Temple, la synagogue, l'école biblique sont pour la majorité des mortels la principale voie d'accès à la Révélation. J'ajoutais simplement que moi, par le puits d'amour, j'avais un accès direct à Dieu. C'était tout de même mieux qu'un livre de seconde main !

– Blasphème ! Blasphème !

– Je ne suis pas venu abolir mais accomplir.

– Blasphème ! Blasphème !

Rapidement, je ne supportai même plus de coucher à Jérusalem. Nous allions séjourner, les disciples et moi, dans le village de Béthanie, chez notre ami Lazare, ou bien, lorsque nous n'avions pas le temps, ici, au mont des Oliviers, hors des remparts.

Chaque matin, je voyais le jour arriver du désert et réveiller les couleurs de Jérusalem, l'ocre des murailles, la blancheur des terrasses, l'or du Temple, le vert sombre des cyprès, les façades des maisons teintées par les hommes, déteintes par les étés. J'avais, quelques instants, l'illusion de dominer la ville qui s'offrait à moi, telle une maquette d'architecte, mais, très vite, elle devenait trop brillante, trop colorée, elle se dressait plus haut, au-dessus de tous, comme une prophétie éblouissante, ou une putain somptueuse.

Alors qu'aucun bruit ne s'élevait encore des places ou des rues, déjà, sur les chemins qui serpentaient vers les remparts, arrivaient les chameliers de Damas, les femmes portant sur leurs têtes des panières de raisins, au bras des roses de Jéricho qu'elles allaient vendre, sous les térébinthes, aux portes de la ville. Tout convergeait déjà vers Jérusalem. Jérusalem était le centre. Jérusalem absorbait tout.

J'ai fui.

J'ai fui la haine des pharisiens, j'ai fui l'arrestation qui se rapprochait, j'ai fui la mort qui me reniflait de sa grosse truffe fulminante. J'avais échappé de justesse à la colère de Ponce Pilate, le préfet de Rome, qui avait perçu comme une menace contre lui mes déclarations sur la fin de l'ordre ancien et l'arrivée du Royaume. Ses espions m'avaient mis sous les yeux une pièce portant son effigie, ou celle de César, je ne sais pas, car ces Romains rasés aux cheveux courts se ressemblent tous.

– Dis-nous, Yéchoua, faut-il bien respecter l'occupant romain ? Est-il juste de lui payer les impôts ?

– Il faut rendre à César ce qui est à César, et à Dieu ce qui est à Dieu. Je ne suis pas un chef de guerre. Mon Royaume n'a rien à voir avec le sien.

Cela avait soulagé Pilate, mais m'avait aliéné définitivement les zélotes, les partisans de Barabbas, qui n'auraient pas dédaigné de m'utiliser pour soulever la Palestine contre l'occupant romain. J'avais réussi mon parcours : dans tous les corps constitués, je ne comptais plus que des ennemis.

J'avais peur. J'étais de plus en plus nu, avec ma parole désarmée.

Nous sommes repartis nous cacher à la campagne. Je voulais reprendre des forces pour le dernier combat. J'avais besoin de prier la journée puis le soir de partager l'amitié des miens, femmes et hommes, en des repas sans fin. La nuit, je retournais au puits me lover

dans cette lumière qui brille au-delà de tous les cré-
puscules.

Je ne fléchissais pas, non, je ne reculais pas non plus
mais je craignais de craindre. J'avais peur de me décevoir. Je redoutais – comme je le redoute ce soir – que
le Yéchoua de Nazareth, un fils de charpentier né dans
une simple ornière du monde, ne reprenne le dessus,
avec sa force, son appétit et son désir de vivre. Par-
viendrai-je encore au puits d'amour quand on me
fouettera ? Quand on me clouera ? Et si la douleur
fermait le puits ? Si je n'avais plus qu'une voix, une
pauvre voix humaine, pour hurler à l'agonie ?

Yehoûdâh me rassurait.

– Le troisième jour, tu reviendras. Et je serai là. Et
je te serrerai dans mes bras.

Yehoûdâh ne doutait jamais. Je l'écoutais des
heures, cette parole confiante arrachée à l'épaisseur de
mes incertitudes.

– Le troisième jour, tu reviendras. Et je serai là. Et
je te serrerai dans mes bras.

La Pâque approchait. La fête des Pains azymes me
semblait le bon moment pour m'accomplir car tout le
peuple d'Israël viendrait prier au Temple. Nous nous
dirigeâmes vers Jérusalem.

Sur le chemin, en écartant les malades et les infirmes
qui se précipitaient, je refusais de faire des prodiges
qui ne parlent qu'aux incrédules et leur fournissent plus
matière à jacasser qu'à réfléchir.

À Béthanie, Marthe et Myriam, les sœurs de Lazare, se jetèrent sur moi en pleurant.

– Lazare est mort, Yéchoua. Il est mort il y a trois jours.

Quoique les nombreux proches que j'avais perdus au long de ma vie m'aient habitué au deuil, là, sur la fontaine de Béthanie, je ne sais pourquoi, je me mis à pleurer avec les deux femmes. Je percevais quelque chose de prémonitoire dans la mort de mon cher Lazare, les forces du néant l'emportant sur les forces de la vie ; j'avais le sentiment que, toujours, le négatif vaincrait. Lazare me précédait dans la mort pour me signifier que tout était sur le point de finir.

Qu'il pesait lourd ce chagrin simple qui nous unissait, Myriam, Marthe et moi, qui mêlait nos chairs humides soulevées par les sanglots ! Contre moi, entre mes bras, je sentais leurs épaules, leurs poitrines et je me disais, avec horreur, qu'elles aussi deviendraient poussière.

Quand nos yeux furent secs, mon cœur n'était toujours pas apaisé. Je demandai à aller voir Lazare.

On m'ouvrit la pierre qui fermait son tombeau et je pénétrai dans la cavité creusée dans la roche.

Le parfum ravageur de la myrrhe empoissait l'air. Soulevant le suaire, je vis le visage creusé, verdâtre, cireux de mon ami Lazare. Je m'allongeai à côté de lui sur la dalle. Lazare, je l'avais toujours considéré comme le grand frère que je ne n'avais pas eu dans la vie ; voilà qu'il devenait mon grand frère dans la mort.

Je me mis à prier. Je descendis au puits d'amour. Je voulais savoir s'il y était. Là, je retrouvai la lumière éblouissante, mais je n'appris rien. « Tout est bien », répétait mon Père, à son habitude. « Tout est bien, ne t'inquiète pas. »

Lorsque je revins du puits, Lazare était assis à côté de moi. Il me regardait avec stupeur, ébahi, engourdi, surpris.

– Lazare, tu es vivant ! Te rends-tu compte ? Tu es vivant !

Les mots ne semblaient pas vraiment arriver à sa pensée. Il essaya d'articuler quelque chose avec sa bouche trop molle sans y parvenir.

– Lazare, tu es ressuscité !

Ses traits n'exprimaient rien ; ses yeux partaient en arrière, comme s'il voulait dormir.

Je le pris sous les bras et je l'amenai au jour.

Décrire l'émotion des disciples et de ses sœurs quand nous sortîmes du tombeau est impossible. Lazare, lui, placide, égaré, se prêtant aux embrassades des siens sans avoir l'air de comprendre, était devenu totalement muet, l'ombre de lui-même. Je ne sais même pas s'il avait gardé un peu d'intelligence. Etait-ce le choc de la résurrection ? On me dit qu'il se trouvait déjà dans cet état les derniers jours de sa maladie.

Une voix ironique à l'intérieur de moi, la voix de Satan, me répétait sans cesse :

– Es-tu sûr qu'il était mort ?

En me battant pour la faire taire, je ne parvenais qu'à l'augmenter.

– Bon, d'accord, il est revenu des morts, mais pour dire quoi ? Quel intérêt ? Passionnant témoignage, non ?

Je m'isolai et plongeai, désespéré, dans la prière.

La main de Yehoûdâh, posée sur mon épaule, me fit sursauter. Il rayonnait de confiance.

– Le troisième jour, tu reviendras. Et je serai là. Et je te serrerai dans mes bras.

Mon Dieu, pourquoi n'ai-je pas la foi de Yehoûdâh ? Douterai-je donc toujours ? Aucune de tes réponses, mon Dieu, n'étouffe mes questions.

Nous avons rejoint le festin qui s'organisait autour du pauvre Lazare vivant mais défait. J'avais beau braquer ma pensée sur le bonheur de Marthe, de Myriam, sur les caresses qu'elles prodiguaient à ce grand frère taciturne, encore moins expressif qu'un chien, je ne pouvais chasser le scrupule : j'étais responsable de son état. Mon Père avait exécuté le miracle pour me rassurer, moi et moi seul, m'assurer que je reviendrais de la mort, et que moi, à la différence de Lazare, je parlerais. Pour moi, il avait sacrifié le repos de Lazare. Une répétition avant le spectacle. Des larmes de honte ravagèrent mon visage.

Enfin une voix sortit du puits et me dit que l'amour, le grand amour, n'a parfois rien à voir avec la justice ; que l'amour doit souvent se montrer cruel ; et que mon Père, lui aussi, pleurerait quand il me verrait sur la croix.

Nous sommes arrivés ici, au mont des Oliviers.

Pendant les dernières heures de ce voyage, je n'ai songé qu'à protéger les miens. On doit m'arrêter moi – rien que moi –, pour blasphème et impiété sans que la faute soit partagée par mes amis.

Comment éviter un châtiment collectif ? Comment épargner les disciples ?

J'avais deux solutions : me rendre ou me faire dénoncer.

Je ne pouvais me rendre. C'était reconnaître la souveraineté du sanhédrin. C'était me soumettre. C'était renier mon chemin.

Aujourd'hui, je réunis donc les douze disciples les plus anciens. Mes mains et mes lèvres tremblaient car moi seul savais que nous étions ensemble pour la dernière fois. Comme tout Juif, en bon chef de maison, je pris le pain, le bénis avec mes prières et l'offris à mes convives. Puis, tout aussi ému, je bénis et distribuai le vin.

– Pensez toujours à moi, à nous, à notre histoire. Pensez à moi dès que vous partagez. Même quand je ne serai plus là, ma chair sera votre pain, mon sang votre breuvage. On est un dès que l'on s'aime.

Ils frémirent, surpris par ce ton.

Je regardai ces hommes rudes, dans la force de l'âge, et j'eus subitement envie d'être tendre avec eux. L'amour jaillissait à gros flots de mon cœur.

– Mes petits enfants, je ne suis plus avec vous que pour peu de temps. Bientôt le monde ne me verra plus. Mais vous, vous me verrez toujours, parce que je vivrai en vous, et vous en vivrez. Aimez-vous les uns les autres comme je vous ai aimés. Il n'y a pas de plus grand amour que de donner sa vie pour ses amis.

Certains commencèrent à renifler. Je ne voulais pas que nous nous laissions gagner par l'attendrissement.

– Mes petits enfants, vous pleurerez d'abord, mais votre affliction se changera en joie. La femme, lorsqu'elle enfante, passe par la souffrance, pourtant elle ne se souvient plus de ses douleurs dès qu'un homme nouveau est enfin né dans ce monde.

Puis – et ce fut le plus difficile – je dus mettre en branle mon plan.

– En vérité, je vous le dis, l'un de vous va bientôt me trahir.

Un frisson d'incompréhension les parcourut. Ils se mirent immédiatement à se récrier, à protester.

Seul Yehoûdâh se taisait. Seul Yehoûdâh avait compris. Il devint plus pâle qu'un cierge. Ses yeux noirs me fixèrent.

– Est-ce moi, Yéchoua ?

Il avait saisi l'horreur de ma proposition : me vendre. Je soutins son attention pour lui faire comprendre que je ne pouvais demander qu'à lui, le disciple préféré, ce sacrifice qui précéderait le mien.

Nos regards retombèrent sur la table pendant que le festin reprenait. Ni lui ni moi n'avions la force de parler. Les disciples semblaient déjà avoir oublié l'incident.

Enfin, il se leva et vint près de mon oreille.

– Je sors. Je vais te vendre au sanhédrin. Faire venir les gardes au mont des Oliviers. Te désigner.

Je le contemplai et je lui dis, avec autant d'affection que je le pouvais :

– Merci.

Il se jeta alors contre moi, dépassé par ses émotions, m'agrippant comme si l'on allait nous séparer. Je sentais ses larmes couler silencieusement dans mon cou.

Puis il se reprit et me glissa d'une voix tremblante :

– Le troisième jour, tu reviendras. Mais je ne serai plus là. Et je ne te serrerai pas dans mes bras.

Alors, cette fois-ci, ce fut moi qui le retins. Je chuchotai :

– Yehoûdâh, Yehoûdâh ! Que vas-tu faire ?

– Me pendre.

– Non, Yehoûdâh, je ne veux pas.

– Si tu te fais crucifier, je peux bien me pendre !

– Yehoûdâh, je te pardonne.

– Pas moi !

Et il sortit en bousculant tout le monde.

Les autres disciples, ces bonnes pâtes naïves et tendres, n'avaient naturellement rien saisi de la scène.

Mais ma mère, assise dans un coin sombre, avait tout deviné. Les yeux très blancs, grands ouverts sur l'inquiétude, elle me fixait, m'interrogeait, me pressait de démentir. Comme je ne réagissais pas, elle sut qu'elle avait raison et une plainte de bête traquée s'échappa de sa gorge.

Je vins m'asseoir auprès d'elle. Immédiatement, elle voulut me rassurer, me faire comprendre qu'elle accepterait tout, qu'elle acceptait déjà. Elle me sourit. Je lui souris. Nous sommes restés longtemps ainsi, accrochés au sourire l'un de l'autre.

Je regardais ce visage sur lequel j'avais ouvert les yeux ; demain, je les fermerais aussi devant lui. Je regardais ces lèvres qui m'avaient chanté des berceuses ; je n'en aurais jamais embrassé d'autres. Je regardais cette vieille mère que j'aimais tant et je lui murmurai : « Pardonne-moi. »

Voilà. Je scrute la nuit.

Le ciel brille d'un noir féroce. Le vent m'apporte une odeur de mort, une odeur de cage aux lions.

Dans quelques heures, j'aurai achevé mon pari.

Dans quelques heures, on saura si je suis bien le témoin de mon Père, ou si je n'étais qu'un fou. Un de plus.

La grande preuve, l'unique preuve n'adviendra qu'après ma mort. Si je me trompe, je ne m'en rendrai même pas compte car je flotterai dans le néant, indifférent, inconscient. Si j'ai calculé juste, j'essaierai de ne pas triompher en apportant aux autres la bonne nouvelle car, n'ayant jamais vécu pour moi-même, je ne mourrai pas non plus pour moi-même.

Même si l'on m'assurait ce soir que j'ai tort, je referais le pari.

Pourquoi ?

Si je perds, je ne perds rien.

Mais si je gagne, je gagne tout. Et je nous fais tous gagner.

Mon Dieu, permettez-moi jusqu'au dernier moment de me montrer à la hauteur de mon destin. Que la douleur ne me fasse pas douter !

Allons, je tiendrai bon, je tiendrai ferme. Aucun cri ne m'échappera. Que je suis donc lent à croire ! Comme la nature se montre forte contre la grâce ! Allons, remettons-nous. Ce que je crains n'est rien en regard de ce que j'espère.

Mais voici la troupe qui vient à travers les arbres. Yehoûdâh porte une lanterne et mène les soldats. Il s'approche. Il va me désigner.

J'ai peur.
Je doute.
Je voudrais me sauver.
Mon Père, pourquoi m'as-tu abandonné ?

L'Évangile selon Pilate

De Pilate à son cher Titus

Je hais Jérusalem. L'air qu'on y respire n'est pas de l'air mais un poison qui rend fou. Tout devient excessif dans ce dédale de rues qui ne sont pas conçues pour se diriger mais pour se perdre, sur ces chaussées où l'on se cogne au lieu de circuler, parmi ce fracas de langues qui arrivent de tout l'Orient et qu'on ne parle que pour ne pas s'entendre. On crie trop dehors, on chuchote trop dedans. On ne respecte l'ordre romain que parce qu'on l'exècre. La ville pue l'hypocrisie et les passions contenues. Même le soleil, au-dessus de ces remparts, a des airs de traître. Tu ne peux pas croire que c'est le même astre qui brille sur Rome et rôde sur Jérusalem. Celui de Rome produit de la lumière, celui de Jérusalem attise l'ombre : il crée des coins où l'on complote, des allées où les voleurs s'enfuient, des temples où le Romain n'est pas autorisé à poser le pied. Un soleil qui éclaire contre un soleil qui obscurcit, voilà ce que j'ai troqué lorsque j'ai accepté d'être le préfet de Judée.

Je hais Jérusalem. Mais il y a quelque chose que je hais davantage : c'est Jérusalem pendant la Pâque.

Durant trois jours je ne t'ai pas écrit parce que je ne pouvais pas relâcher un instant ma vigilance. Les fêtes des Pains sans levain avivent toujours mes nerfs, mes hommes sur la brèche : j'ai dû doubler mes effectifs, organiser des rondes permanentes, relayer constamment mes espions, presser mes mouchards comme des oranges, accroître ma surveillance. Si Israël veut mettre Rome en danger, il le peut pendant ces trois jours de la Pâque. La ville s'engorge, s'épaissit, multipliant par cinq sa population de Juifs qui viennent adorer leur dieu unique au Temple. La nuit, ceux qui ne trouvent pas de place dans les auberges campent sous les remparts ou garnissent les collines avoisinantes de leurs corps étendus à la belle étoile. Le jour, leur religion exige des sacrifices et transforme Jérusalem en un immense marché aux bestiaux doublé d'un abattoir ; ce sont des milliers d'animaux qui hurlent dans l'attente puis dans l'agonie ; des fleuves de sang qui durcissent et s'épaississent dans les rues ; des peaux, des poils, des plumes qu'on récupère, qui puent, qui sèchent ; des colonnes de fumée qui envahissent les rues, poissent les murs. Cette entêtante odeur de graisse brûlée peut faire croire que toute la ville elle-même rôtit sur un brasier, offerte en sacrifice à ce dieu goulu. Je ne descends pas, cette semaine-là, de ma terrasse et je regarde, dégoûté, Jérusalem se débattre, j'entends les cris des guides montant des ruelles engorgées, qui hèlent les pèlerins pour leur faire visiter les tombeaux des prophètes, çà et là percent les bêlements grêles des agneaux, les sifflements des prostituées sous les porches, et j'entrevois soudain, comme l'éclat d'argent d'un goujon, glissant au milieu de la foule, un de ces voleurs nus qui, le corps enduit d'huile, échappe à tous ses poursuivants en ne laissant derrière lui que des bourses vides et un sillage d'insultes.

Comme chaque année, j'ai tout craint pendant ces trois jours. Mais comme chaque année, j'ai maîtrisé la situation. Tout s'est bien passé. Pas d'incidents majeurs. Pour maintenir l'ordre, nous n'avons dû procéder qu'à quinze arrestations et trois crucifixions. La routine.

Je vais donc pouvoir repartir apaisé à Césarée, une ville moderne, romaine, carrée, qui sent bon le cuir et la caserne. Là, dans ma citadelle, j'arrive parfois à oublier l'inquiétude qui m'étreint depuis mon arrivée en Palestine. Le jour pointant au moment où je finis cette lettre, mon cher frère, dimanche commence, je vais faire préparer les bagages. Comme d'habitude, j'aurai traversé la nuit en t'écrivant.

La Judée m'a fait perdre le sommeil depuis long-temps mais ces nuits arides ont rendu possible, mon frère, notre correspondance.

Je te tends la main depuis la Palestine jusqu'à Rome. Pardonne comme toujours la rusticité de mon style et porte-toi bien.

De Pilate à son cher Titus

– Le corps a disparu !

J'étais en train de rouler la lettre que je t'adressais hier lorsque le centurion Burrus vint m'apporter cette nouvelle ahurissante :

– Le corps a disparu !

J'ai tout de suite compris qu'il me parlait du magicien de Nazareth, et tout de suite entrevu l'épaisseur des emmerdements qui m'attendaient si nous ne retrouvions pas immédiatement le cadavre.

Laisse-moi t'exposer en quelques mots l'affaire du magicien.

Depuis quelques années, un certain Yéchoua, un rabbin contestataire, fait parler de lui en Judée. Au départ, l'homme n'avait pas grand-chose pour lui : un physique passe-partout, un accent de bouseux galiléen, et surtout, il venait de Nazareth, le trou du cul du monde. Normalement cela aurait dû suffire à l'empêcher de devenir populaire ; mais ses discours toujours un peu mystérieux et décalés, ses phrases à l'emporte-pièce, ses fables orientales tantôt douces tantôt violentes, son attitude complaisante avec les femmes, bref, en un mot, sa bizarrerie, lui a gagné des suffrages. Très vite, dès qu'il a entamé des marches à travers la Palestine, j'ai envoyé des espions. Ils m'ont écrit que l'homme leur semblait inoffensif, qu'il ne se préoccupait que de questions religieuses et que ses ennemis, à l'entendre, étaient davantage le clergé officiel juif que l'occupant romain. Mes rapporteurs en étaient même surpris.

Par méfiance, j'ai solidement fait infiltrer le groupe de disciples qui grossissait toujours près de lui, comme s'il les nourrissait de paroles, afin de savoir où tout cela menait...

Car ici les sectes cachent souvent un propos politique. Depuis que Rome a imposé son ordre, ses troupes, son administration, et bien qu'elle ait laissé aux indigènes la liberté de suivre librement leurs cultes, l'enthousiasme religieux est devenu l'autre nom du nationalisme, le refuge sacré où s'élabore la résistance à César. Je soupçonne certains Juifs de s'affirmer juifs pour signifier seulement : je suis contre Rome. Les pharisiens, et même les saducéens que pourtant je contrôle, n'adorent leur dieu unique que pour mieux détester les nôtres et tout ce qui vient de nous. Quant aux zélotes, ennemis déclarés de César, ennemis de quiconque collabore avec César, ils sont de redoutables fanatiques, des brigands qui ne respectent aucune loi, même pas la leur, qui traitent d'impie tout ce qu'ils réprouvent et qui seraient capables, si je n'y prenais garde, de faire vaciller notre occupation, voire, dans un spasme de barbarie supplémentaire, de détruire leur pays. J'ai donc voulu déterminer qui ce Yéchoua allait rejoindre, des zélotes, des pharisiens, des saducéens, ou bien, s'il était vraiment aussi naïvement religieux que mes espions me l'affirmaient, quel groupe allait récupérer sa notoriété pour s'en servir comme levier contre moi. A ma grande surprise, rien de tout cela n'advint. Le magicien ne réussit qu'à se mettre tout le monde à dos. Les zélotes le haïssaient depuis qu'il avait justifié la présence de l'impôt romain en disant qu'« il faut rendre à César ce qui est à César » ; les pharisiens le prirent en flagrant délit de transgression de leur Loi puisque le magicien méprisait le jour du Sabbat ; quant aux saducéens, conservateurs et grands prêtres du Temple, non seulement ils ne toléraient pas l'audace de ce rabbin qui préférait penser avec bon sens plutôt que répéter absurdement toujours les mêmes textes sacrés, mais ils craignirent pour leur pouvoir et obtinrent, ces jours-ci, de moi-même, la mort du magicien.

« Quelle importance ? me diras-tu. Tes ennemis te

débarrassent d'un ennemi potentiel ! Tu devrais t'en réjouir... »

Certes.

« Et puis, il est mort, ajouteras-tu. Tu n'as plus rien à craindre ! »

Evidemment.

J'ai cependant le sentiment que quelque chose est allé trop vite dans cette affaire. Je n'ai pas rendu ma justice, la justice de Rome, j'ai exécuté la leur, celle de mes opposants, la justice des saducéens approuvée par les pharisiens, j'ai débarrassé ces Juifs d'un Juif qui les contredisait. Etait-ce mon rôle ?

Pendant le procès, Claudia Procula, mon épouse, ne s'est pas gênée pour me le reprocher.

Son long et grave visage, sans trace de haine ni de passion, m'a regardé longuement.

– Tu ne peux pas faire ça.

– Claudia, ce magicien m'a été livré par les prêtres du sanhédrin. En tant que préfet, je dois accéder aux demandes des prêtres si je veux avoir la paix avec le Temple. Comment peux-tu croire encore qu'un gouvernant gouverne ? Un chef doit faire croire qu'il commande mais ses décisions sont dictées par les équilibres des partis et des circonstances.

– Tu ne peux pas me faire ça.

J'ai baissé les yeux. Je n'osais plus soutenir le regard de cette femme que j'adore et à qui je dois ma carrière. Non seulement – et tu le sais très bien – Claudia a voulu épouser le lourdaud que j'étais contre l'avis de tous les siens mais encore elle a obtenu de cette même famille que je sois nommé à un poste important, préfet de Judée, charge que je n'aurais jamais obtenue sans sa protection, son charisme et ses appuis. Claudia Procula m'aime et me respecte mais, comme toute femme noble de Rome, elle est habituée à donner son avis et à intervenir dans les discussions d'hommes. Je ne le supporterais d'aucune autre femelle et j'ai parfois du mal à contenir une violence de mâle qui me porterait à la faire taire. Pour que mon prestige n'en souffre pas auprès de mes hommes, j'ai pu obtenir que nos débats n'aient pas lieu en public. Mais elle profite du huis clos pour rendre ces échanges encore plus intenses.

– Tu ne peux pas me faire ça. Sans Yéchoua, je ne serais plus de ce monde.

Elle faisait allusion à la maladie qui l'avait tenue alitée pendant des mois. Elle perdait lentement son sang. J'avais convoqué tous les médecins de Palestine, des Romains, des Grecs, des Egyptiens et même des Juifs : en vain ! Aucun n'arrivait à enrayer l'hémorragie qui, d'ordinaire, dure quatre jours par mois chez les femmes, mais qui, chez Claudia Procula, ne cessait plus.

Son visage avait perdu sa vie, sa coloration, la pâleur de ses lèvres m'effrayait. Le moindre mouvement faisait battre son cœur de façon affolée et je voyais s'approcher le jour où Claudia cesserait de respirer.

Une servante lui ayant parlé du magicien de Nazareth, Claudia me demanda la permission de le faire venir. J'acceptai sans aucun espoir et n'assistai même pas à l'entrevue.

L'homme passa un après-midi auprès d'elle. Le soir même, le sang avait cessé de s'échapper du corps de Claudia.

Je n'arrivais pas à le croire ! J'hésitais encore à me livrer au violent bonheur de la voir guérie.

– Que t'a-t-il fait ?

– Nous avons parlé, rien d'autre.

– Il ne t'a pas touchée, auscultée, palpée ? Il n'a pas appliqué de pommade, d'onguent ?

– Nous n'avons qu'échangé. Et nous nous sommes dit tant de choses...

Elle n'avait pas encore assez de forces pour me répondre mais elle me souriait.

Au matin, elle paraissait plus fraîche, plus vive, comme si elle avait profité de la rosée. Elle se tourna vers moi et me dit simplement :

– Grâce à lui, j'ai accepté que nous n'ayons pas pu avoir d'enfants.

Tu sais comment sont les aristocrates romaines, mon cher Titus : elles te sortent une phrase sibylline avec un regard appuyé et tu dois faire semblant, sauf à passer pour un balourd, d'avoir compris. J'ai donc pris un air entendu, tempéré d'un peu d'émerveillement, et nous n'en avons plus parlé.

– Yéchoua m'a sauvée. Sauve-le à ton tour.

Elle faisait appel à un code d'honneur qui n'avait rien à voir avec mon office de préfet.

– Je vais le faire fouetter en public. D'ordinaire, une bonne giclée de sang suffit à satisfaire la soif d'une foule. Ainsi, on en restera là.

Claudia approuva. Nous pensions tous deux que le magicien s'en sortirait.

Mais la scène de flagellation ne produisit pas du tout l'effet escompté. Mes soldats amenèrent l'homme sur le parvis du fort Antonia et firent siffler leurs verges sur sa peau. Le condamné, bizarrement, ne criait pas, ne protestait pas, n'accusait même pas les coups par un

râle ; il semblait ailleurs. Détachée, son attitude ne ressemblait ni à celle des coupables, ni à celle des innocents : il subissait un supplice qui ne lui plaisait pas mais
qu'il acceptait. La peau s'ouvrait et le sang coulait sans
qu'une plainte s'échappât. Yéchoua narguait ses juges
et ses bourreaux, faisant passer toute justice pour une
parodie, et le châtiment pour une contrefaçon. La foule
était déçue. Elle s'excitait maintenant contre lui. Elle
trouvait l'acteur nul. Elle voulait du spectacle, elle souhaitait une belle fin, elle réclama la mort.

Je rejoignis Claudia dans l'ombre du fort pour
l'informer que notre manœuvre avait échoué. Mais elle
avait suivi la scène et se blottit dans mes bras en
sanglotant.

– Fais quelque chose. Je t'en supplie, fais quelque
chose.

Si au moins ce Yéchoua avait pu verser un quart des
larmes de Claudia, il aurait, je n'en doute pas, incité
la foule à la clémence. Pour ma femme, davantage que
pour ce magicien, je devais trouver une issue.

– La coutume ! La coutume de la Pâque !

Claudia comprit immédiatement et me gratifia d'un
de ses regards admiratifs qui, même à quatre-vingts
ans sans doute, me feront encore penser que je suis
jeune et beau.

J'ordonnai à mes hommes de remonter des geôles un
brigand fameux ici, qui avait volé tout le monde et violé
beaucoup de filles. La brute passait au cachot sa dernière
journée car, dans l'après-midi, on devait le crucifier en
compagnie de deux autres larrons de moindre envergure.

J'interpellai la population et lui rappelai la coutume
voulant que, pendant les fêtes de la Pâque, le préfet de

Rome relaxât un prisonnier. Je lui proposai donc de
choisir entre Barabbas et Yéchoua. Je ne doutais pas
une seconde de sa réponse, Yéchoua étant populaire et
inoffensif, Barabbas dangereux et craint.

Les gens se taisaient, surpris. Ils regardaient Yéchoua,
écroulé, tête basse, en sang, puis Barabbas, bien planté
de manière arrogante sur ses jambes fortes, tout en
muscles et peau brune, qui les défiait crânement.

Ils commencèrent à chuchoter, ils se consultaient.
Quelques hommes passaient de groupe en groupe :
j'imaginai qu'il s'agissait des disciples du magicien
qui tentaient d'influencer le verdict. En levant les yeux
vers le fort, j'aperçus les yeux perçants de Claudia
dans une fenêtre. Nous nous sommes souri.

La voix populaire rendit sa sentence. Elle enfla comme
une rumeur, d'abord murmurée, puis prononcée, puis
clamée, puis scandée, puis hurlée : « Barabbas ! »

Je ne comprenais pas. La foule réclamait la libé-
ration du voleur, du violeur, de l'assassin. Alors que
Yéchoua n'avait rien commis, sinon des insolences
religieuses, qui méritât qu'on le condamnât, Barabbas,
ce fils de pute, cette masse de chair cruelle, sangui-
naire, égoïste, Barabbas dont forcément chaque famille
dans cette foule avait à se plaindre, Barabbas trouvait
grâce à leurs yeux !

J'étais révolté, déçu, écœuré, mais je devais obéir.

Engagé vis-à-vis d'eux, je n'avais plus les mains
libres. Je décidai de me les laver devant eux.

J'accomplis le geste rituel qui signifie *cela ne me
regarde plus*. Sur mon estrade, au-dessus des têtes voci-
férantes, je fis couler l'eau molle et lisse sur mes poignets, retrouvant mon calme à frotter ainsi mes paumes,

lorsque j'aperçus, dans le liquide clapotant de la bassine en cuivre, se décomposer un fragment d'arc-en-ciel.

Au fond de moi, je songeais : je ne suis pas la justice sur la terre de Judée, mais le représentant de Rome. Dans le même temps, je pensais aussi : si Rome n'est pas la justice sur toutes les terres connues, pourquoi l'ai-je choisie pour maître ?

Avant de rentrer au fort, je me retournai, jetant un dernier coup d'œil aux prisonniers, et là, soudain, je compris ce qui avait modifié le destin des deux hommes, poussant l'un sur la croix, l'autre hors de prison, ce qu'avait vu la foule et que je n'avais pas su voir : Barabbas était beau, Yéchoua était laid.

Dans sa chambre, Claudia m'attendait. Je regardai cette grande Romaine, élégamment couverte de voiles pâles, ses fines articulations prises dans de lourds bracelets, cette aristocrate qui avait eu les sept collines de Rome à ses pieds : elle se mordait les doigts pour un bouseux galiléen ! De sa fenêtre, elle toisait la foule avec mépris, les traits tendus, les lèvres violettes de colère, incapable de s'habituer à l'injustice.

– Nous avons échoué, Claudia.

Elle approuva lentement. Je m'attendais à ce qu'elle protestât mais elle semblait avoir consenti aux évènements.

– Tu ne pouvais rien faire, Pilate. Il ne nous a pas aidés.

– Qui ?

– Yéchoua. Par son comportement, il a appelé la mort sur lui. Il voulait mourir.

Peut-être avait-elle raison... Ni avec les prêtres, ni avec moi, ni avec la foule, le magicien n'avait fait aucun des gestes qui permettent d'obtenir la clémence. Sa rigidité l'avait en revanche continuellement poussé vers le trépas.

– Il ne nous reste plus qu'à attendre, conclut Claudia.

Je la dévisageai sans comprendre.

– Attendre quoi, Claudia ? Dans quelques heures, il ne sera plus.

– Il nous reste à comprendre ce que, par sa mort, il veut nous dire.

J'ai beau aimer Claudia, j'étais au bout de la patience dont une intelligence mâle peut faire preuve en face d'une intelligence femelle. Claudia appartient à ces êtres pour qui tout est signe, la tombée d'une feuille, le vol d'un oiseau, l'emploi d'un mot, la coïncidence des pensées, la direction du vent, la forme d'un nuage, les yeux des chats ou les silences des enfants. Comme les devins, les femmes ont tendance à mettre de la pensée partout, à lire l'univers comme un parchemin. Elles ne regardent pas, elles déchiffrent. Tout a toujours un sens. Si le message n'est pas apparent, il est provisoirement caché. Il n'y a jamais de faille, jamais d'insignifiance. Le monde est définitivement touffu. J'avais envie de lui répliquer que la mort n'est que la mort, qu'on ne signifie rien par sa mort, qu'on la subit, et qu'elle ne trouverait jamais d'autre sens à la mort de son magicien que la cessation de sa vie. Mais je me retins au dernier moment : peut-être Claudia s'inventait-elle ce monde pour éviter de trop souffrir.

A mon habitude, je pris donc le visage entendu de celui qui pesait les paroles de Claudia à leur juste poids d'or et je rejoignis mes centurions pour régler le détail des exécutions.

Quelques heures plus tard, Yéchoua était mort, Barabbas libéré.

– Le corps a disparu !

Tu comprends mieux désormais ma surprise lorsque le centurion Burrus vint m'annoncer la nouvelle. Le magicien continuait ses tours ! Claudia allait pouvoir triompher.

Encadré par une escorte, je chevauchai immédiatement vers le cimetière, non loin du palais, pour happer au plus vite le peu de vérité qui pouvait encore stagner dans l'air.

Une dizaine de Juifs, hommes et femmes, se tenaient autour du tombeau et s'effacèrent dans les bosquets en fleurs à notre arrivée. Il ne resta que deux gardes devant le trou béant.

A leurs costumes je vis qu'ils appartenaient à la garde de Caïphe, le grand prêtre du Temple, celui-là même qui avait été le plus acharné à condamner et tuer Yéchoua.

– Que font-ils là ?

Mon centurion m'expliqua que le grand prêtre, craignant qu'on ne vole le corps pour le transformer en objet de culte, faisait surveiller la tombe depuis la veille.

– Alors qu'avez-vous vu ?

Les gardes, paupières fermées, deux têtes de pioche aux traits épais, comme si elles avaient été esquissées rapidement dans la glaise par un potier malhabile qui n'aurait utilisé que ses pouces, se taisaient. Leurs lèvres tremblaient, mais ils ne disaient rien, épaules basses, roulés en boule dans leur silence.

– Je les ai fouettés, Pilate, ils disent n'avoir rien vu de la nuit.

– C'est impossible !

Je m'approchai du tombeau, un sépulcre à la mode d'ici, comme tu n'en as sans doute jamais vu. En Palestine, on ne creuse pas la terre, mais une paroi rocheuse où l'on ménage une grotte. Puis on ferme la caverne par une énorme pierre ronde qui tient lieu de porte.

La meule avait été tirée sur le côté, bloquée par une cheville, laissant l'entrée béante.

– Pourquoi l'a-t-on rouvert ?

– Ce matin, les femmes voulaient y déposer des aromates, de la myrrhe et de l'aloès comme présents au mort.

– Qui a roulé la pierre ?

– Les femmes, aidées des gardes, et, comme ils n'y arrivaient pas à cause du poids de la pierre, je me suis joint à eux lors de ma ronde, répondit le centurion. C'est ainsi que nous avons découvert que le tombeau était vide.

Je regardai la bouche d'ombre.

Je ne parvenais pas à croire à cette histoire de corps disparu. S'il fallait tant de forces réunies pour déplacer cette porte, comment le magicien, tout seul, aurait-il pu, pendant la nuit... ? Non, c'était absurde.

Sans attendre, j'entrai dans la tombe. Mon geste s'était accompli presque sans moi. J'en fus étonné. Pourquoi pénétrer chez les morts ?

Après un court vestibule, la grotte conduisait à une chambre où trois couches avaient été creusées à même le roc. Elles étaient toutes vides. Sur l'une seulement, il y avait les traces du magicien : des bandelettes, des onguents et surtout le suaire, un drap d'une très belle qualité, sali çà et là par les traces brunâtres des blessures. Il était soigneusement plié et posé au bord de la couche.

C'était absurde. Autant que la disparition du cadavre, cette étoffe rangée avec méticulosité défiait tout bon sens. Qui l'avait ôtée des chairs où les croûtes de sang la tenaient collée ? Puis qui avait pris la peine inutile d'en faire un paquet géométrique ? Qui pouvait manifester cette maniaquerie hors de propos ? Le magicien était-il si soigneux que, par réflexe, revenant à lui, il...

Je tenais l'objet et le triturais avec mes doigts, comme si je pouvais en faire surgir la solution. Mon songe était confus. Une torpeur m'envahissait. Je m'assis sur la couche pour m'imaginer là, mort, cloîtré pour des heures interminables, sans autre lumière qu'un ongle de soleil au coin où les pierres joignaient mal, dans cet univers sans bruits ni plantes. Je m'imaginais être Yéchoua, le long Yéchoua au corps mince, reposant ici après les souffrances de la croix.

Une sorte de plomb fondu se glissait dans mes poumons. Un poids, sur ma poitrine et mes épaules, était en train de me tasser, de m'aplatir. J'avais envie de m'étendre. Je ne me sentais plus de forces. Un engourdissement, entre le plaisir et le malaise, m'ôtait les jambes et la volonté.

Soudain, je compris ce qui se passait en apercevant dans un angle un énorme tas d'aromates, un mélange de myrrhe et d'aloès, que l'on avait déposé là pour purifier l'air mais qui était en train de m'étourdir...

M'arrachant de la tombe, je sortis comme une flèche. La lumière crue du soleil me donna une gifle bienfaisante.

Je regardai le verger, les cerisiers poudrés de fleurs,

les feuilles vertes et acides du printemps, ce monde gorgé d'odeurs, de couleurs et de chants d'oiseaux où l'on pouvait même douter que la mort existât.

Retournant à mon cheval avant de partir, j'observai une dernière fois les gardes qui fixaient bêtement leurs pieds.

Mon diagnostic se forma en un instant : à leurs pupilles dilatées, je compris qu'ils avaient été drogués. J'avisai les deux gourdes de peau qui se trouvaient non loin sur l'herbe. Vides ! A renifler les goulots, il était difficile de repérer un somnifère sous le fumet âpre et râpeux des mauvais vins de Palestine. Néanmoins, je savais à quoi m'en tenir : on avait assoupi les gardes. Ainsi n'avaient-ils pu ni voir ni entendre la troupe des voleurs rouler la pierre, emporter le cadavre et refermer le tombeau. Une mise en scène parfaite : le public, même peu naïf, devait forcément prêter des pouvoirs surnaturels au magicien.

Je retournai au fort et pris les décisions qui s'imposaient : il fallait mettre la main sur les voleurs et retrouver le corps de Yéchoua.

Mes secrétaires s'en étonnèrent.

– Nous n'avons pas, ô préfet, à nous occuper d'une profanation de sépulture juive. L'affaire relève davantage du grand prêtre. Elle n'appartient pas à notre juridiction.

– Je dois assurer la sécurité.

– La sécurité des vivants, ô Pilate, pas la sécurité des cadavres. Encore moins celle des cadavres juifs. Surtout pas le cadavre d'un Juif criminel.

– Yéchoua n'était coupable de rien.

– Vous l'avez pourtant crucifié.

Je frappai sur la table.

– Contentez-vous d'obéir. Si on laisse croire que le magicien est revenu *seul* à la vie, a roulé *seul* la pierre de son tombeau, nous allons au-devant du plus grand désordre imaginable sur cette terre pourrie où même le vin et les citrons ont des accès de fièvre ! Les auteurs du larcin pourraient créer un mouvement de foi tellement fort que, bientôt, tout le peuple d'Israël n'aura plus que le nom de Yéchoua à la bouche, qu'il nous le crachera à la figure, et qu'il n'aura de cesse de nous foutre dehors, nous les Romains qui serons responsables de son supplice. Mais cela peut même aller beaucoup plus loin et modifier tout l'équilibre des forces en présence. Si nos visiteurs de sépulture réussissent leur spectacle, ils dresseront aussi le peuple contre les pharisiens qui haïssaient Yéchoua, contre les saducéens qui ont fait son procès, et même contre les zélotes, puisqu'on a préféré libérer Barabbas, un des leurs, plutôt que Yéchoua. En un mot, si vous ne retrouvez pas les petits plaisantins qui se sont payé la gueule du monde entier cette nuit, demain tout Israël sera à feu et à sang et nous pourrons reprendre le bateau pour Rome, à condition que nous n'ayons pas été massacrés avant d'atteindre le port de Césarée. Suis-je clair ?

Burrus, suivant mes instructions, est parti rechercher les coupables. J'ai une idée très précise de leur identité. Dans quelques heures, la plaisanterie sera éventée et tout rentrera dans l'ordre. En attendant, je t'écris cette lettre, mon cher frère, et c'est, je l'avoue, moitié pour t'informer, moitié pour tromper mon impatience. Mes domestiques continuent à préparer nos malles pour la caserne car je ne doute pas que cette affaire soit vite réglée. Je t'en écrirai le dénouement dans mes quartiers de Césarée. En attendant, porte-toi bien.

De Pilate à son cher Titus

Ces dernières heures furent déroutantes. La situation résiste à ma logique. Je ne fais pourtant pas partie des exaltés qui rêvent la réalité plutôt qu'ils ne la voient, qui lui prêtent, telle une maîtresse lointaine entraperçue, mille qualités, mille paroles non prononcées, mille intentions inavouées qui les réconfortent, mille silences qui s'expliqueront heureusement, non, je ne suis pas de ces amants en imagination, fabricateurs de beauté, artisans de bonté, doreurs d'idéal, démiurges de la félicité. La réalité, moi, je la connais ; pis même, je la suspecte. Je m'attends à ce qu'elle soit toujours plus laide qu'elle n'apparaît, plus violente, plus sinueuse, plus torturée, captieuse, revancharde, égoïste, radine, agressive, injuste, versatile, bref, en un mot : plus décevante. Aussi, je ne la quitte pas, la réalité, je la traque, je lui colle au cul, je suis à l'affût de toutes ses faiblesses et de ses mauvaises odeurs, je la presse de rendre son jus immonde.

Cette lucidité donne à ma vie un drôle de goût, âpre, mais elle fait de moi un préfet efficace. Aucun discours, même le plus flatteur, le plus mielleux, le plus fleuri de promesses, ne m'empêche de saisir les forces en présence. Parce que mon esprit ressemble à un couteau de boucher qui coupe juste, je me trompe peu. Habitué à négliger les perspectives optimistes, je vais souvent droit au but, et j'y vais vite.

Or ces dernières heures m'ont plutôt donné l'impression que je piétinais en rond dans un manège.

L'après-midi d'hier, mes hommes avaient retrouvé la trace des disciples. Les sectateurs de Yéchoua s'étaient réfugiés dans une ferme abandonnée, non loin de Jérusalem.

Je pris une escorte de vingt hommes et je quittai le palais. Après les portes de la ville, nous dépassâmes les pèlerins qui retournaient dans leur province ; volés par les hôteliers, exploités par les marchands, détroussés par les prêtres, ils affichaient cependant le visage lisse et l'œil satisfait des hommes qui viennent de remplir leur devoir religieux.

Derrière nous, au fond de la vallée, se dressait Jérusalem, ceinturée de murailles, exhibant orgueilleusement les tours du palais d'Hérode le Grand, les élancements monumentaux du Temple, avec ses portiques de marbre blanc étincelant rehaussé de dorure. Je haussai les épaules : c'était une capitale, certes, mais une capitale orientale, excessive, prétentieuse, clinquante, la capitale du mensonge religieux, la capitale de l'exploitation des âmes naïves, la capitale de la manipulation des esprits par la culpabilité et le repentir, une citadelle d'inanité que le magicien de Nazareth avait dénoncée avec violence et, sur ce point, je dois admettre que j'étais d'accord avec lui.

Une fois le col passé, Burrus désigna du doigt une bergerie en contrebas, à la toiture crevassée.

– Ils se cachent ici.

Je divisai mon détachement afin que nous arrivions de toutes parts en empêchant les hommes de s'enfuir. Puis, sur mon signe, nous galopâmes vers le bâtiment.

Personne ne bougea entre les murs. Il fallut sortir un à un les disciples qui tremblaient, telles des sauterelles.

On rangea les hommes devant moi. Leurs corps me jetaient au nez une puissante odeur animale, l'odeur de la peur panique, l'odeur de ceux qui vont mourir. Ils pensaient que j'allais les arrêter pour leur faire subir le même sort que leur maître, et, à la perspective de la crucifixion, dégoulinant de sueur, veines gonflées et yeux exorbités, ils réagissaient de manière beaucoup plus instinctive que celui-ci.

Je ne m'étais pas trompé : ils étaient en nombre suffisant pour avoir fait rouler la pierre silencieusement et transporté le cadavre. On avait raconté qu'ils avaient fui Jérusalem le jour même de l'arrestation de Yéchoua, et qu'ils n'avaient pas assisté à son exécution, craignant que les prêtres ou la foule ne s'en prennent aux disciples après le maître. Mais qu'est-ce qui le prouvait ? Peut-être s'étaient-ils cachés pendant le supplice, puis, à l'insu de tout le monde, avaient subtilisé le corps dans une mise en scène si parfaite qu'on serait obligé de croire que le magicien avait disparu de lui-même, exerçant son pouvoir au-delà de la mort. Cet élément de mystère leur suffirait pour vivre, quelques années encore, du culte de Yéchoua en abusant les crédules.

– Où est le corps ?

Aucun ne répondit. Ils ne semblaient même pas comprendre la question.

– Où est le corps ?

Ils fuyaient mon regard, de plus en plus terrorisés. Ils me craignaient tellement que je les sentis presque désireux de me répondre.

L'un d'eux tomba à genoux.

– Pitié, seigneur, pitié.

Les autres le suivirent. Ils se prosternaient tous, bafouillant des excuses.

– Nous avons cru Yéchoua, nous nous sommes laissé avoir par ses promesses. Il nous a bien barbouillés de miel mais nous n'avons rien fait de mal, jamais ! C'est lui qui a renversé les étals des marchands du Temple, c'est lui qui a chassé les changeurs et les vendeurs au fouet ! Nous, nous étions restés derrière, en retrait, sous la porte de Suse, surpris par sa colère. C'est lui qui critiquait le Sabbat, pas nous. Notre seule faute fut de l'avoir un peu trop écouté. Mais nous le regrettons aujourd'hui. Depuis qu'il est mort sans réagir sur une croix, comme un voleur, nous avons mesuré notre erreur. Quand on pense que nous avons quitté notre famille et notre travail pour lui...

Ils arboraient de vraies têtes de cocus outragés. Selon mes espions, certains suivaient depuis quatre ans Yéchoua, ayant épousé sa misère, sa foi, ses luttes, sa vision, et voilà que leur rêve était fauché par la mort de leur champion dans la force de l'âge ; leur songe venait de se fracasser contre une croix ! Aujourd'hui, ils comprenaient qu'ils étaient des naïfs ; demain, on les traiterait d'imbéciles. Jusqu'à la fin de leurs jours on les moquerait sans répit, et – plus grave encore – ils seraient contraints de se gausser d'eux-mêmes.

C'étaient de pauvres Juifs, des hommes du peuple encore jeunes mais que les rudesses des voyages, le soleil, la mendicité faisaient paraître plus vieux que des Romains du même âge. En hardes, le dos trempé, ils s'aplatissaient à mes pieds.

– Pourquoi n'êtes-vous que dix ?

Je venais de me souvenir que, dans les rapports de mes espions, on me parlait de douze sectateurs.

– L'un de nous s'est pendu.

– Et le douzième ?

– Mon frère Yohanân est resté à Jérusalem.

Burrus se pencha vers moi et me glissa dans l'oreille que Yohanân et Jacob appartenaient à une famille riche, influente, liée au grand prêtre Caïphe.

– Yohanân nous a quittés ce matin pour se rendre au tombeau.

– Et pas vous ?

– Nous, nous rentrons chez nous. Nous avons compris notre erreur.

– Où étiez-vous cette nuit ?

– Ici.

Ils avaient l'air sincères. Des menteurs n'auraient pas eu des attitudes aussi coupables. Des menteurs auraient brandi avec force leur alibi.

J'ordonnai à mes hommes de fouiller la bergerie et les alentours. Ils ne trouvèrent pas le cadavre. Les disciples ne semblaient même pas avoir conscience de ce que je cherchais, ils continuaient à plaider leur cause auprès de moi en accusant le magicien.

Le plus acharné à accabler son ancien maître était Syméon, un colosse aux épaules larges, aux muscles saillants, au cou puissant parcouru de multiples veines violettes, comme un réseau de vers de terre. Il mettait une telle énergie à brûler ce qu'il avait adoré que j'imaginai avec quel excès, par le passé, il avait dû vénérer et aimer Yéchoua.

Tout cela commençait à me fatiguer. Il était évident que ces misérables avaient tout perdu et qu'ils étaient persuadés que nous n'étions venus que pour les arrêter, que leur avenir était la prison du fort Antonia, le procès du sanhédrin, et sans doute la mort. S'ils avaient pu donner un élément pour se défendre, ils l'auraient déjà lâché.

A cet instant, une forme blanche apparut sur le chemin. Accourant de Jérusalem, arrivait un beau garçon de dix-huit ans, au corps bien découplé, qui semblait être en proie à une émotion extrême. Négligeant ma troupe, ma présence, il se précipita vers les disciples et leur cria :

– Yéchoua n'est plus dans son tombeau !

Les Juifs furent tellement abasourdis qu'on aurait pu douter, à leur immobilité, qu'ils eussent bien entendu. Le jeune homme répéta joyeusement la nouvelle, surpris de ne pas obtenir de réaction. Sans l'écouter, les disciples me regardaient du coin de l'œil, essayant de faire comprendre au jeune homme que j'étais là.

Le jeune homme se retourna alors vers moi et, sans se démonter une seconde, me sourit.

– Bonjour, Ponce Pilate. Je suis Yohanân, le fils de Zébédée. Je viens leur annoncer ce que tout Jérusalem sait désormais : Yéchoua a quitté son tombeau !

Effectivement, Yohanân avait l'assurance insolente des fils de grande famille. Comme je ne supporte pas que l'on m'adresse la parole sans que j'aie parlé d'abord, je ne répondis pas et fis signe à mon escorte de se rassembler.

Je toisai les disciples.

– Je ne vous arrête pas. Rentrez chez vous. Et ne remettez plus les pieds à Jérusalem.

A ces mots, les visages se détendirent comme la

terre sèche cesse de craqueler à la première pluie. Ils
se regardaient les uns les autres, interloqués : ils étaient
libres ! Ils s'inclinèrent devant moi, sauf Yohanân ;
Syméon, éperdu de reconnaissance, m'embrassa même
les pieds, pas le moins du monde gêné de témoigner
aussi bassement sa joie.

Je les admonestai cependant une dernière fois :

– Rentrez chez vous, reprenez votre travail, oubliez
le magicien et cessez de colporter la nouvelle que son
cadavre a disparu. Dans quelques heures, nous l'aurons
retrouvé et nous mettrons en prison les voleurs.

Yohanân éclata de rire et je vis ces belles dents de
jeune homme heureux se moquer de moi avec inso-
lence. Je saisis mon fouet pour le frapper quand il
m'arrêta en me disant très vite :

– Je sais qui a pris le corps de Yéchoua.

Il semblait sincère. Etait-ce ma réaction qui l'avait
ramené à des sentiments respectueux ? Il insista en me
fixant dans les yeux.

– Je sais qui c'est.

Je pris le temps de ranger mon arme à ma ceinture.
Après tout, cette expédition n'avait pas été inutile.

– Comment le sais-tu ?

– C'était prévu. Il y avait un plan.

– Intéressant. Eh bien ?

– Tout s'est déroulé dans l'ordre.

– Intéressant. Et qui a volé le cadavre ?

– L'ange Gabriel.

Je contemplai longuement le pauvre garçon. De
toutes les forces de son jeune corps, de sa jeune âme,
il croyait à ce qu'il disait. Pour ta gouverne – car fort
heureusement tu ignores, mon cher frère, ces sottises

hébraïques – sache que les anges – une spécialité d'ici, au même titre que les oranges, les dattes ou le pain sans levain – sont des messagers du Dieu unique, des créatures spirituelles qui prennent des formes humaines, une troupe de soldats immatériels et sans sexe qui sont intervenus, paraît-il, maintes fois pour écrire l'histoire de ce peuple. Pour aller et venir entre le ciel et la terre, ils empruntent une échelle que je n'ai jamais vue. Ils sont très antiromains aujourd'hui, comme ils furent anti-égyptiens dans le passé, car ils se solidarisent magnifiquement avec les Juifs dans toutes leurs querelles. Ceux-ci les font intervenir lorsque leur raison trébuche, c'est-à-dire très souvent. Ce jeune homme avait donc interprété ce qui lui échappait par une intervention divine, et, pour donner plus de crédibilité à son explication, nous révélait même le nom de l'ange : Gabriel. Car ces étranges créatures, bien que personne ne les appelle, ont néanmoins un prénom dont la terminaison « el » indique qu'elles viennent de Dieu. Mikaël, Raphaël, Gabriel. Tu mesures, à ce galimatias, ce que signifie être préfet de Judée... Je ne suis pas seulement exposé quotidiennement aux désordres des hommes – rivalités, soulèvements, émeutes – mais aussi aux désordres de leurs idées. Comme un vin qui fait perdre toute clarté, la Judée rend fou. Le paradoxe de cette terre sèche, nette, parfois désertique, sans brume et sans nuages, c'est qu'elle produit des brouillards de pensée.

J'ordonnai à mes troupes de rentrer et, sans un commentaire, nous abandonnâmes les disciples car je savais désormais où nous devions nous rendre pour récupérer le cadavre.

Lorsque j'avais saisi que les disciples, trop lâches pour entreprendre quoi que ce fût, n'auraient jamais pipé les dés, j'avais tout de suite deviné d'où venait le subterfuge. Il fallait quelqu'un d'établi qui puisse mobiliser une troupe de voleurs efficaces, discrets et silencieux, puis cacher un cadavre sans éveiller de soupçons.

Je mis le cap sur le domaine agricole où prospérait le riche et respecté Yoseph d'Arimathie.

Comment n'y avais-je pas songé plus tôt ? Yoseph était évidemment l'homme qui tirait toutes les ficelles depuis deux jours...

La ferme apparut à l'est de Jérusalem après une mer d'oliviers. Tout autour s'élançaient des vignes à perte de vue. Grâce au vin qu'il en tire, Yoseph passe pour être un des hommes les plus fortunés d'ici, ce qui lui permet de siéger au sanhédrin, l'assemblée qui rend la justice sur les affaires religieuses, celle-là même qui fit le procès du magicien. Le sanhédrin comprenant trois classes – les prêtres, les docteurs de la Loi et les grandes familles aisées –, c'est à ce titre que Yoseph y siège et il y tient un discours modéré, loin des excès religieux habituels. Cependant, il s'était intéressé plus que de raison à Yéchoua. Au soir de la crucifixion, Yoseph vint me demander le droit de le décrocher, de l'embaumer et de l'ensevelir dans son tombeau tout neuf qu'il venait de faire aménager.

Parce qu'il semblait gêné de m'exposer cette requête, j'avais soupçonné qu'il avait voté, avec le sanhédrin, la mort de Yéchoua par discipline de vote, mais qu'il avait plus d'intérêt religieux qu'il n'en avait laissé paraître. Sans trop poser de questions, j'acceptai sa proposition d'ensevelir Yéchoua, d'autant qu'il fallait faire vite, avant le coucher du soleil ; sinon le Sabbat et la Pâque allaient interdire toute activité. De plus, j'avais toujours estimé Yoseph, sage marchand, bon père de famille et modéré au sein de ce sanhédrin que j'essaie de contrôler autant que possible.

Sur le moment, je n'avais pas imaginé à quel plan tortueux j'étais en train d'acquiescer.

Notre troupe passa le portail du domaine et le trouva dans un étrange état. Portes et fenêtres étaient ouvertes mais les femmes ne s'interpellaient pas de l'une à l'autre ; la grange était béante, l'enclos des poules entrebâillé, mais aucun berger, aucun palefrenier, aucune fille n'y circulait. Nous avancions dans un monde figé, impressionnés par le silence. Des tas de foin avaient été répandus au sol, des outils jetés à bas, des bâtons se dressaient, plantés dans le trou à fumier.

Nous mîmes pied à terre et découvrîmes qu'à l'intérieur de la ferme la bizarrerie continuait : les coffres étaient vidés, les sacs éventrés, le linge dispersé, les meubles renversés, les lits retournés, les paillasses déchirées, les rideaux arrachés. Aucun doute : des brigands venaient d'attaquer la ferme.

Mais où étaient les habitants ? Je craignais le pire. Pourvu que nous ne retrouvions pas que des cadavres !

J'envoyai mes hommes fouiller la grange, l'écurie, les alentours. Burrus et moi parcourions la maison.

J'arrivai dans la chambre principale, celle de Yoseph et son épouse. Tout avait été mis sens dessus dessous mais il n'y avait pas de traces de sang. En regardant le lit, mes yeux s'écarquillèrent. Au milieu des draps froissés était répandu le contenu d'un coffre, bijoux, bagues, bracelets, pièces d'or...

Comment expliquer cela ?

Des voleurs étaient donc venus chez Yoseph et n'avaient rien pris ? Ils auraient laissé une fortune derrière eux, au mépris des risques encourus, des coups donnés ? Mais que cherchaient-ils donc ? Autre chose ?

– La cave ! Il faut aller dans la cave !

Burrus me suivit sans comprendre. Lorsque nous nous approchâmes de la lourde porte basse, j'entendis les gémissements et je sus que j'avais raison : tous les gens de la ferme, femmes, hommes, enfants, vieillards, étaient là, ligotés, bâillonnés au milieu des hautes jarres et des cuves.

Je défis moi-même les liens de Yoseph et je le soutins pour remonter au jour. Il a un de ces visages dont les rides franches et précises, en soleil autour des yeux pâles et bleus, résument l'honnêteté d'une vie. Tout y est harmonie. Seuls les sourcils exubérants témoignent d'un peu de fantaisie.

– Yoseph, qu'est-il arrivé ?

– Des hommes sont venus. Ils recherchaient le cadavre.

Il se tourna vers moi et eut un petit sourire ironique.

– Ils ont fait le même raisonnement que toi.

– Qui était-ce ?

– Ils étaient masqués.

Je compris ce que Yoseph me signifiait par là : si les hommes étaient masqués, c'est qu'ils pouvaient être reconnus de Yoseph ; si Yoseph pouvait les reconnaître, c'est qu'ils étaient de Jérusalem. Et qui, à Jérusalem, voulait récupérer le cadavre pour empêcher tout culte posthume gênant, sinon les hommes du sanhédrin ?

Je murmurai, pensif :

– Caïphe ?

Yoseph d'Arimathie ne répondit pas, seule manière honorable pour un Juif de livrer un secret à un Romain.

– Est-ce que Caïphe est reparti bredouille ?

Yoseph d'Arimathie me fixa longuement.

– Oui ! Et si tu ne me crois pas, va donc lui demander. Vous m'avez tous les deux prêté des intentions que je n'ai jamais eues. Fort heureusement d'ailleurs. Car je suis ravi de voir, sans avoir levé le petit doigt, la tournure que prennent les événements... Maintenant, il ne nous reste plus qu'à attendre.

– Attendre quoi ?

– La confirmation que le corps a bien été volé. Il va falloir que Caïphe et toi vous le prouviez.

– Nous n'avons pas à prouver qu'un cadavre qui disparaît est un cadavre volé : c'est l'évidence.

– De moins en moins ! Et j'ai peur pour toi que, chaque jour qui passe, l'évidence ne s'appelle l'ange Gabriel.

Nous étions dans la cuisine ombreuse, les aromates pendaient des poutres, trois poulets aussi qui attendaient d'être plumés. Les femmes s'agitaient autour d'un domestique, un valet grand et maigre, qui avait été blessé lorsqu'il s'était opposé aux hommes masqués.

– Yéchoua n'était pas un homme ordinaire, reprit Yoseph. Sa vie ne fut pas ordinaire. Sa mort ne le sera pas non plus.

– Pourquoi as-tu voté sa mort si tu penses du bien de lui ?

Yoseph s'assit et se frotta le front. Il s'était posé mille fois la question que je lui adressais. Il nous servit du vin.

– Pour Caïphe, notre grand prêtre, les choses sont toujours simples. Il voit clairement le bien et le mal. Là où un esprit ordinaire hésite, lui tranche. C'est en cela qu'il mérite d'être un chef. Pour moi, les choses sont toujours plus complexes. Yéchoua m'intéressait, me troublait. J'étais impressionné par ses miracles, quoique lui-même les détestât. Caïphe avait pris Yéchoua en grippe, il lui reprochait de blasphémer, et, ce qui est plus grave, de blasphémer en se faisant applaudir par le peuple. Tout ce que disait Yéchoua n'était pas contre nos livres, mais Caïphe percevait en Yéchoua un danger pour l'institution du Temple. Il ne faisait pas de nuances pour le condamner énergiquement.

– Alors tu as obéi à Caïphe lors du procès ?

– Non, j'ai obéi à Yéchoua.

– Pardon ?

– Au moment du vote, alors que je comptais l'épargner, Yéchoua s'est tourné vers moi, comme s'il m'entendait penser. Ses yeux m'ont dit clairement : « Yoseph, ne fais pas cela, vote la mort avec les autres. » Je ne voulais pas lui obéir, mais résonnait de plus en plus fort au fond de mon crâne ce que son regard me criait. Il ne me lâchait plus, j'étais sa proie. Alors, je lui ai cédé. J'ai voté la mort.

– Vous n'en aviez pas besoin de cette unanimité ?

– Non, la majorité aurait suffi.

– Alors ?

– Yéchoua le désirait ainsi.

Ainsi Yoseph, comme Claudia Procula mon épouse, s'était rallié à l'idée que Yéchoua tenait à mourir. L'admiration fait faire d'étranges calculs. Parce qu'ils admiraient Yéchoua, et parce qu'ils n'admettaient pas sa mort stupide, Claudia et Yoseph devaient croire désormais que Yéchoua l'avait provoquée. Leur héros demeurait un héros s'il avait souhaité et maîtrisé sa mort. Quelles contorsions ridicules ! Quel refus de voir le monde tel qu'il est ! Pour ne pas perdre l'estime d'eux-mêmes, Claudia et Yoseph devaient continuellement grandir le magicien.

Je quittai Yoseph.

Au moment de passer le portail, je me retournai vers lui.

– Je ne voudrais pas être à ta place, Yoseph. Yéchoua était un homme singulier, illuminé mais un brave homme, qui n'a jamais fait de mal à personne et ne s'en est jamais pris à Rome. J'ai tout fait pour lui épargner une exécution injuste. Je ne m'y suis soumis qu'après le choix de la foule, et en m'en lavant ostensiblement les mains. J'ai la conscience en paix. Mais toi, comment as-tu pu, au sein du sanhédrin, alors que tu pouvais voter non, qu'aucune pression ne te contraignait à rejoindre la majorité, comment as-tu pu condamner un innocent ? Tu as tué un homme juste !

Yoseph ne parut pas ébranlé par mon discours. Il me répondit simplement :

– Si Yéchoua avait été un homme, j'aurais condamné un homme juste. Mais Yéchoua n'était pas un homme.

– Ah bon ? Et qui d'autre ?

– Le Fils de Dieu.

J'abandonnai la discussion et rentrai à Jérusalem. Vois-tu où je me trouve, mon cher frère ? Sur une terre où, non seulement on voit des Fils de Dieu dans la rue, au milieu des pastèques et des melons, mais où encore on les condamne, ces Fils de Dieu, à périr crucifiés sous un soleil ardent ! Sans doute est-ce le meilleur moyen de se gagner les faveurs du Père !...

En tout cas me voici sans nouvelle piste, retenu à Jérusalem pour courir après un cadavre qui se décompose, mais que j'ai intérêt à reconfier officiellement aux vers avant que son absence ne pourrisse davantage les esprits de Palestine. Souhaite-moi bonne chance et porte-toi bien.

De Pilate à son cher Titus

Claudia, mon épouse, a importé au plus profond de la Palestine les raffinements de Rome. Elle parvient à organiser ici ces dîners qui font toute la douceur de vivre, où le temps glisse aussi vite que le vin dans les gorges, où les conversations tournent la tête tant elles sont vives, variées, aériennes, bref ces nuits brillantes et capiteuses entre le Tibre et les étoiles qui nous donnent le sentiment d'être au centre du monde, qui nous font aimer Rome, adorer Rome, regretter Rome, et qui transforment toute existence hors ses murs en exil.

Hier soir, profitant du fait que nous restions au palais, Claudia a improvisé une de ces réceptions dont elle a le secret. Chaque invité se croit l'invité d'honneur. Chaque plat semble nouveau. Chaque conversation donne l'impression d'être intelligente. Ces illusions sont distribuées comme des cartes par la maîtresse de maison. Elle sait flatter n'importe qui, lui faire dire ce qui lui tient à cœur – ne serait-ce que pour qu'il n'y revienne plus –, faire rebondir les autres, s'étonner, admirer. Elle choisit ses convives comme ses plats : singuliers, variés, épicés. Elle stimule les papilles et les esprits par touches rapides et, parce qu'elle ne laisse jamais rien traîner ou s'appesantir, les mets passent comme les conversations tandis que, de son lit de table, elle en règle discrètement le service.

Combien, par comparaison, me semblent grossières les réceptions de notre enfance, mon cher frère... Te souviens-tu ? Un seul plat, une seule conversation ! On ne pouvait pas offrir plus rustique ! On s'arrêtait lorsqu'on avait épuisé le plat ou que la conversation nous avait épuisés. On allait digérer lourdement, sans plus penser. La vie ressemblait à une opération fastidieuse où il fallait manger pour prendre des forces et parler pour régler des problèmes. Grâce à Claudia, je suis devenu beaucoup plus futile et je la remercie de m'avoir sorti des ornières de l'utile pour me faire goûter aux plaisirs de la sophistication.

Hier soir, le palais contenait tout ce que Jérusalem possède de visiteurs cocasses : un poète chauve, Marcellus, dont tu as sûrement entendu parler, officiellement connu pour ses odes à Tibère, officieusement apprécié pour ses distiques érotiques ; un historien grec ; un marchand crétois ; un banquier maltais ; un armateur marseillais et le cousin de Claudia, le fameux Fabien, riche et débauché, un des hommes qui mériteraient l'expression « coureur de femmes » si elle n'était pas aussi idiote – les femmes ne courant pas. Sa beauté rend difficile de rester dans la même pièce que lui. Les femmes sont mal à l'aise... parce qu'il est beau. Les hommes sont mal à l'aise... parce qu'il est beau.

Les unes, malgré elles, y voient l'amant idéal ; les autres, malgré eux, le rival immédiat. Fabien déclenche une atmosphère de conquêtes, de luttes, d'intrigues qui empoisonne les ambiances. Cependant, hier soir, je le trouvai changé. Pour la première fois, il ne produisait pas son effet habituel ; non pas qu'il me parût moins superbe ; mais il me semblait préoccupé. Tu comprendras plus tard pourquoi...

Nous parlions des fêtes de la Pâque. Marcellus, le poète, prétendait que toutes les religions, à Rome, Athènes, Carthage ou Jérusalem, avaient été inventées par les bouchers.

– Des sacrifices ! Toujours des sacrifices ! A qui profite le crime ? Aux bouchers ! Qui est autorisé à travailler lors des fêtes sacrées ? Les bouchers ! Une cérémonie religieuse, partout autour de notre mer, c'est toujours un complot de bouchers qui fouillent les entrailles et font couler le sang. Si les bouchers sont trop bêtes pour avoir inventé les dieux, à coup sûr, ils sont les auteurs des rites.

– Quels animaux tuent les Juifs pour la Pâque ? demanda Fabien.

– Des agneaux, répondis-je.

– Non, les agneaux ne suffisent plus ; cette année, il leur a fallu un homme.

Le banquier maltais avait dit cela. Tout le monde le dévisagea avec surprise. Il avait ce visage profondément antipathique des Maltais, teint sombre, traits aigus, yeux de serpent d'eau. Tout en mangeant, il expliqua avec détachement que les Juifs avaient eu besoin de sacrifier l'un d'eux, un rabbin déviant, et que, sauf pour ce garçon, c'était une bonne chose car la mort d'un bouc émissaire vous calme un peuple, et pour longtemps, parole de voyageur !

Claudia avait pâli mais, en hôtesse parfaite, elle se tourna vers son cousin Fabien.

– Fabien, qu'est-ce qui a poussé tes pas jusqu'à Jérusalem ?

Fabien, pour toute réponse, lui envoya un baiser de la main en plissant ses yeux rieurs. Un instant, il fut comme avant, dégageant un parfum d'alcôve, d'après-midi passés à faire l'amour... cela tenait à sa bouche naturellement dessinée et gonflée, à sa nonchalance comblée et, surtout, à sa peau, une peau brillante, une peau épaisse et souple, une peau pour la caresse et le baiser.

Il hésitait à répondre. Claudia insista, car elle sentait qu'il désirait être sollicité.

– Quelques histoires de cœur, peut-être ?

– Tu sais très bien que je n'ai pas de cœur, ma chère Claudia. Ou qu'alors je le porte trop bas.

Tout le monde s'esclaffa.

– De toute façon, vous ne me croiriez pas !

– Nous sommes disposés à tout croire, surtout l'incroyable, dit Claudia.

– Cela va vous sembler stupide...

Il jouait la réticence. On ne lui répondit pas, afin qu'il soit obligé de s'impliquer.

– Eh bien soit, dit Fabien. Je me suis rendu ici à cause...

Il n'eut pas le temps de continuer. Trois de mes serviteurs déboulèrent dans la salle, comme propulsés. Derrière eux, fulminant, apparut un homme de haute taille aux larges épaules. Tête hirsute, corps couvert de poils et de guenilles, il brandissait un bâton menaçant.

– Pilate ! Dis à tes serviteurs de respecter la philosophie !

Je bondis de joie. Dans l'homme sauvage, j'avais reconnu Craterios, notre cher Craterios, qui fut notre précepteur à Rome, mon frère, lorsque nous avions dix ans.

– Craterios ! Toi à Jérusalem !

Nous nous sommes jetés l'un sur l'autre, ou plutôt l'un dans l'autre, tant les étreintes avec Craterios sont fortes. Mes serviteurs en demeuraient éberlués : leur préfet, toujours rasé, épilé, poncé, maniaque de l'hygiène et chasseur de poil incongru, leur glabre préfet s'accrochait aux bras d'un grand singe barbare dont le rire faisait trembler les colonnes.

– Eduque ton personnel, Pilate. Apprends à ces larves qu'on reconnaît un homme au fait qu'il est un homme, non aux dettes qu'il a laissées chez son tailleur ! Allez, disparaissez, cloportes !

Sans attendre ma confirmation, les serviteurs s'enfuirent.

Heureux, je présentai Craterios à nos invités. Quand j'expliquai qu'il était un philosophe cynique, disciple de Diogène, les visages se détendirent. Je rappelai que notre père, surtout attiré par les tarifs médiocres – de quoi manger – de Craterios, lui avait confié notre éducation pendant quelques mois, avant naturellement de le chasser sous une avalanche d'insultes.

Craterios grogna de plaisir à l'évocation de ce souvenir.

– Ma grande fierté est d'avoir toujours été foutu à

la porte par tous les parents qui m'employaient. Cela prouve que je réussissais : j'étais en train de rendre leurs enfants libres.

– As-tu faim ?

– Crois-tu que je serais venu sans cela ?

Claudia s'amusait de l'aspect revêche de ce Socrate furieux : elle voyait la bonté sous les pointes.

– Qu'on rapporte les plats, demanda-t-elle. Et rien de cuit, s'il vous plaît, légumes crus et viande crue.

Philokairos, l'historien athénien qui, comme beaucoup de ses concitoyens, ne supportait pas cette déviance insolente du socratisme, arrêta d'un geste les serviteurs et tendit une coupelle de déchets à Craterios.

– Puisque les cyniques prennent les chiens pour idéal, quelques os suffiront.

Et, d'un geste insolent, il versa la coupelle à ses pieds.

Craterios considéra l'historien de bas en haut.

Je m'attendais à une repartie cinglante. Au lieu de cela, très calmement, Craterios s'approcha de l'historien et murmura :

– Il a raison.

Il s'accroupit, renifla les détritus, bougea le derrière en signe de contentement, puis se releva devant le Grec, fouilla ses guenilles entre ses jambes et en sortit son sexe.

– Où avais-je la tête ?

Et calmement, le plus calmement du monde, Craterios se mit à pisser sur l'historien.

Le temps s'était arrêté.

Chacun écoutait, médusé, le jet interminable souiller la tunique, le ventre, les jambes du convive stupéfait.

Craterios urinait puissamment, sans s'interrompre, son visage se détendant à mesure qu'il soulageait sa vessie.

Lorsqu'il eut terminé, il remua sa verge pour en chasser les dernières gouttes, la rangea, et tourna le dos à l'historien.

– Tu me traites comme un chien : je me comporte comme un chien.

S'allongeant sur le lit de table voisin, il prit à pleines mains la nourriture que lui proposaient en tremblant les domestiques.

Claudia, au bord du fou rire, arriva néanmoins à se maîtriser. Elle me fit signe qu'elle emmenait Philokairos dans ses appartements. Celui-ci, livide, semblait avoir perdu l'usage de la parole.

J'ai pensé à toi, mon cher frère, à nos propres étonnements devant les comportements de Craterios qui nous parurent excentriques avant que nous en saisissions la pédagogie violente.

Craterios, tout en mangeant et rotant, expliquait son dernier voyage.

– Cet imbécile de Sulpicius m'a chassé comme un malpropre d'Alexandrie. Déjà, notre première rencontre n'avait pas été un succès. Lorsque je l'avais vu passer dans la rue principale, plus fardé qu'une putain des remparts, couché dans une litière dorée que portaient huit esclaves, je m'étais exclamé : « Ce n'est pas la cage qui convient à cette bête ! » Il m'a fait convoquer à son palais. Je m'attendais à ce qu'il me fasse jeter dans une geôle mais, comme on lui avait entretemps parlé de moi, comme on l'avait nourri d'anecdotes sur mes insolences envers d'autres tyrans, voilà qu'il se montre aimable, se donne à lui-même la comédie du noble libéral qui comprend tout et pardonne tout. Il me traîne, la bouche en cœur – violette la bouche, je précise, il se la peint en violet, on dirait deux hémorroïdes dentées –, son bras à mon bras, dans son nouveau palais, me fait admirer les piscines, les marbres, les dorures. Comme je me tais, il s'extasie pour deux. Que dis-je ? Pour dix ! Soudain, ce parvenu me montre des carreaux de céramique bleus. A ce moment-là, je me racle la gorge. Le malotru s'exclame : « Ne crache pas par terre, le sol est tout propre ! » Alors je lui crache à la figure et puis j'ajoute : « Excusez-moi, c'est le seul endroit sale que j'aie trouvé ! » L'imbécile m'a fait bannir d'Alexandrie.

Nous avons ri de bon cœur.

– Tu t'en es bien tiré, Craterios, lui dis-je. Tout autre que toi aurait été exécuté.

– Aucun puissant ne risquera le ridicule de me tuer. On ne tue pas sa conscience. Mais ne parlons plus de moi, j'imagine que j'ai dû interrompre quelque discussion. Où en étiez-vous ?

Claudia revint, nous annonça que l'historien avait préféré rentrer chez lui et se tourna vers le beau Fabien.

– Mon cousin Fabien, qui est si heureux à Rome et vit tranquillement sur une réputation de débauché, allait nous expliquer pourquoi il a entrepris un voyage dans nos contrées. Allons, Fabien, ne nous fais plus languir.

Fabien regarda autour de lui pour s'assurer qu'il avait bien l'attention de tous.

– Eh bien, voici la vérité : si je viens d'Egypte, si je

passe aujourd'hui par la Judée, et si je me rendrai bientôt à Babylone, c'est... à cause des oracles !

– Des oracles ?

Un silence curieux s'installa autour des lits.

– En effet, reprit Fabien, depuis toujours j'ai la curiosité des devins, des pythies, voyants, mages, bref, je m'intéresse à l'avenir et à ses sciences.

– Idée crétine ! s'exclama Craterios. Au lieu de s'inquiéter de ce qui se passera demain, les hommes feraient mieux de s'interroger sur ce qu'ils font aujourd'hui.

– Tu as sans doute raison, Craterios, mais les hommes sont comme cela : quand ils marchent, ils regardent devant eux, ils n'avancent pas en fixant leurs pieds. Bref, j'ai toujours consulté les voyants les plus divers et, à ma grande surprise, voilà que pour la première fois, leurs prédictions concordent. Le monde s'achemine vers une ère nouvelle. Nous basculons. L'univers mue.

Il regarda autour de lui les convives frappés par ses paroles.

– En ce moment, un âge succède à un autre. Tous les astrologues le confirment, qu'ils soient d'Alexandrie, de Chaldée ou bien de Rome.

– Que veux-tu dire ?

– Un roi va apparaître. Un nouveau souverain. Un homme jeune qui deviendra le roi du monde. Son royaume s'étendra sur toute la terre.

– Où va-t-il se manifester ?

– Par ici. Là aussi, les prédictions concordent. Cet homme se manifestera en Asie. Certains oracles disent la Palestine, d'autres la Cilicie, et d'autres l'Assyrie. En tout cas, il apparaîtra à l'orient de notre mer.

Les convives se consultèrent, impressionnés.

– Y a-t-il d'autres indices ? demandai-je.

– Oui. Cet homme est né sous le signe des Poissons.

Le visage de Claudia fut parcouru de petits frissons, comme si des lézards inquiets s'agitaient sous sa peau. Ses yeux s'étaient dilatés et assombris. Je la sentais rongée par mille pensées. Sachant ma femme ouverte à l'irrationnel, je craignis que Fabien la passionnât trop violemment et je redoutai déjà les conséquences de ses paroles. Je tentai de clore la conversation.

– Il n'y a qu'un seul Empire, l'Empire romain. Il n'y a qu'un seul grand roi, Tibère. Tibère règne sur la totalité du monde connu.

Fabien émit un petit rire dédaigneux.

– D'abord Tibère n'est pas né sous le signe des Poissons. Ensuite, nous savons tous trop bien qu'il ne gouverne le monde que parce qu'il en a hérité, et qu'aujourd'hui le gâtisme et la débauche ne sont pas spécialement ses meilleurs atouts politiques. Enfin, Tibère est déjà trop vieux.

– Pardon ?

– Oui. J'ai rassemblé les informations des astrologues les plus précis et j'en conclus que l'homme providentiel est né sous la conjonction de Saturne et de Jupiter dans la constellation des Poissons. J'ai ainsi pu calculer l'année de naissance de ce roi.

– C'est-à-dire ?

– Il est né en 750.

– Comme moi ! m'écriai-je, pensant faire rire l'assemblée.

– Comme toi, Pilate. Et comme toi, il doit avoir aujourd'hui trente-trois ans.

Un bruit de ferraille nous fit sursauter : Claudia avait laissé tomber son gobelet. Elle bredouilla quelque chose d'indistinct.

– Ma femme a eu peur, dis-je pour l'excuser. Elle a cru un instant que ce pouvait être moi.

– Oh non, Pilate, j'ai pensé quelque chose de beaucoup plus terrible...

Sans finir sa phrase, elle rappela les domestiques pour éponger le vin sur les tapis.

Fabien se tourna vers tous les convives et scruta les visages.

– Si cet homme a plus de trente ans, il a déjà dû commencer à réaliser son œuvre. Avez-vous entendu parler de quelqu'un ?

Craterios répondit le premier.

– Je connais un bon nombre d'abrutis qui rêvent de gouverner le monde, certains possèdent déjà une ville, une région, mais je n'imagine aucune de ces enflures capable d'aller jusqu'au bout de son rêve. Rêve que je trouve idiot, par ailleurs, cela va sans dire.

Le poète chauve, le marchand crétois, le banquier maltais et l'armateur marseillais se montrèrent aussi dubitatifs. Ils avaient tous rencontré des individus valeureux, ambitieux, mais aucun qui eût la carrure de réaliser cette prophétie.

– Et toi, Pilate ? me demanda Fabien. As-tu aperçu des héros susceptibles de conquérir le monde ?

Claudia me fixa comme si je détenais la réponse. Je haussai les épaules.

– La Judée n'est pas le bon endroit pour chercher

un tel homme. Ici, les zélotes veulent se débarrasser de nous, certes, mais ils sont juifs, très juifs. Croyant appartenir à un peuple élu, ils se moquent de conquérir le monde, méprisent les autres et ils ne pensent qu'à eux. Les Juifs sont sans doute un des rares peuples sans visée impérialiste, un peuple étrange, fermé, suffisant. Tu trouveras des chefs régionaux, ici, mais pas d'empereur aux dimensions du monde. Et puis, j'ai bien peur de te décevoir, mais si se dressait devant moi un nouvel Alexandre, je n'aurais de cesse de le combattre et de le supprimer. Je défends Rome.

– Rome ne sera pas éternelle.

– Qu'est-ce que tu racontes, Fabien ? Tu te comportes vraiment comme un enfant gâté.

– Je n'ai jamais fait dans mon existence que des choses vaines, séduire, baiser, dépenser et j'en retire une grande lassitude. J'ai l'impression que ma vie serait moins inutile si je rencontrais cet homme.

Il se tourna vers sa cousine maintenant si pâle que le sang semblait s'être retiré de ses lèvres.

– Il me semble que mon récit t'impressionne, Claudia.

– Plus que tu ne le crois, Fabien. Plus que tu ne le crois.

Le marchand crétois fit ricocher le débat sur le récent scandale de la pythie de Delphes, une jeune femme qui passait pour inspirée avant qu'on ne découvre qu'elle était surtout inspirée par le général Trimarchos qui lui soufflait des réponses pour mener à bien sa politique, et les discussions reprirent au galop. D'un œil, je surveillais Claudia, muette, songeuse, blanche comme une lune bleue, qui, pour la première fois, ne jouait plus son rôle de maîtresse de maison et laissait, indifférente, les vagues de la conversation mourir au pied de son lit.

Lorsque tous les convives furent partis, je m'approchai d'elle, inquiet.

– Que se passe-t-il, Claudia ? Tu ne te sens pas bien ?

– As-tu entendu ce que disait Fabien ? Les oracles concordent. Ils parlent de quelqu'un que nous connaissons. J'ai été très surprise que tu ne le remarques pas.

– De qui ?

Pour la première fois, je sentis que j'agaçais Claudia. Elle se mordit les lèvres pour ne pas m'insulter et me toisa froidement.

– Pilate, les oracles parlent de Yéchoua.

– Yéchoua ? Le magicien ? Mais il est mort.

– Il a l'âge annoncé par les oracles.

– Il est mort !

– Il entraîne tout le monde après lui. Sans armes, sans cantines, il a constitué une armée de fidèles.

– Il est mort !

– Il ne s'adresse pas qu'aux Juifs mais aux Samaritains, aux Egyptiens, aux Syriens, aux Assyriens, aux Grecs, aux Romains, à tout le monde.

– Il est mort !

– Lorsqu'il décrit son Royaume, il évoque un royaume universel où chacun est convié.

– Il est mort, Claudia, tu m'entends : il est mort ! J'avais hurlé.

Ma voix résonna dans le palais qui absorbait progressivement de salle en salle, de colonne en colonne, ma colère.

Claudia leva les yeux vers moi. Elle m'avait enfin entendu. Ses lèvres se mirent à trembler.

– Nous l'avons tué, Pilate. Te rends-tu compte ? C'était peut-être lui et nous l'avons tué ?

– Ce n'était pas lui puisque nous l'avons tué.

Claudia réfléchissait. Les pensées étaient des flèches qui lui heurtaient le crâne. Elle s'effondra dans mes bras et sanglota longuement.

Maintenant, elle repose à quelques coudées de moi pendant que je t'écris. Sa constitution lui permet de passer d'un extrême à l'autre : elle s'indigne profondément puis elle s'endort, tout aussi profondément. Ce flux et ce reflux me sont interdits, j'ai un tempérament plus lent, plus modéré, sans ballottement d'un contraire à l'autre. Si je m'indigne moins, je me repose moins. Le gouffre de la grande colère ou celui du sommeil réparateur me demeurant inaccessibles, je marche sur une planche étroite, moyennement confortable, entre les deux. Parfois, j'aimerais faire un faux pas...

En attendant, je t'embrasse cordialement, mon cher frère. Je te redonnerai des nouvelles de Craterios qui compte séjourner à Jérusalem car, tant que je n'aurai pas résolu cette énigme du cadavre manquant, j'aurai d'autres occasions de le voir et de noter ses extravagances. En attendant, porte-toi bien.

De Pilate à son cher Titus

J'aurais préféré ne pas vivre cette journée. Pour la première fois dans notre correspondance, je souhaite-

rais laisser une page blanche, tant j'aurai de la peine
à revivre les événements en te les narrant. Cependant,
je sens que si je néglige de te les rapporter, demain je
ne t'écrirai plus, après-demain ma plume séchera, ma
voix se tarira et tu perdras ton frère. Je me forcerai
donc, quelque répugnance que j'en aie, à te raconter
ce jour, à ne pas couper le fil de l'écriture, car ce fil
tendu de Jérusalem à Rome est le fil de notre amitié.

A l'aube, le centurion Burrus demanda une
audience. J'espérais qu'il allait m'annoncer qu'il avait
retrouvé le cadavre du magicien. J'avais en effet
ordonné – te l'ai-je dit ? – que l'on fouillât systéma-
tiquement les maisons de Jérusalem pendant la nuit.
Mes hommes ne devaient en aucun cas dire ce qu'ils
cherchaient – car cela aurait amplifié la rumeur d'un
mystère –, ils devaient ouvrir toute trappe, tout coffre,
toute malle susceptible de dissimuler un corps.

Sans avoir eu le temps de passer aux bains, Burrus
se tenait raidement devant moi, le menton bleu, le
cheveu poussiéreux et la paupière rougie.

Il n'apportait pas le cadavre mais il tenait une piste.
Par hasard, il avait retrouvé dans une taverne les gardes
du tombeau en train de se cuiter consciencieusement,
chacun ayant déposé une trentaine de deniers devant
lui. C'était une grosse somme, plusieurs mois de
salaire, et cela avait mis la puce à l'oreille de Burrus.
On les avait payés. Pour faire quelque chose ? Ne pas
le faire ? Dire quelque chose ? Se taire ? Il fallait les
interroger.

Je descendis avec Burrus dans le prétoire où l'on
alluma des torches, car le jour pointait paresseusement,
et l'on fit entrer les deux Juifs, ou plutôt on les traîna

jusqu'à moi car ils étaient tellement soûls qu'ils n'avaient pas encore compris qu'ils se trouvaient chez le préfet.

– D'où vous vient cet argent ?

– Qui es-tu ?

– Un ami.

– T'as à boire ?

– Qui vous a donné cet argent ?

– ...

– Pour quoi faire ?

– ...

– Vous allez me répondre, par Jupiter !

– T'as vraiment rien à boire ?

Pleins comme des amphores, on ne pouvait rien en tirer, sinon une sueur aux relents de vinaigre.

Je leur tendis une carafe de vin, ils se jetèrent dessus plus avidement que des chameaux après quinze jours de désert.

Je soupesais les bourses d'argent lorsque, soudain, une sorte de lumière se fit dans mon esprit. Trente deniers ! Cela me rappelait quelque chose... Oui ! C'était le tarif de toutes les trahisons, les délations, les dénonciations qui rythmaient la vie de Jérusalem. Quelques jours auparavant, mes hommes avaient retrouvé la même somme, intacte, sur un pendu qu'ils avait décroché, Yehoûdâh, le trésorier de Yéchoua, qui pour ce montant avait vendu son maître à Caïphe.

Je m'approchai des deux gardes ivres.

– C'est bien Caïphe qui vous a payés ? Encore un peu à boire ? C'est Caïphe, n'est-ce pas ?

Ils approuvèrent de la tête. Je pris alors les deux sacs.

– Tenez, Caïphe vous donne encore, à chacun, trente deniers de plus pour que vous me racontiez tout.

Les deux hommes chancelaient de joie sans se rendre compte que je leur tendais leur argent.

– Allons, dites-moi.

– Le problème, c'est qu'on sait rien.

– Vous vous moquez de moi ?

– Non, on n'a rien vu, patron. On dormait. Au matin, les femmes nous ont réveillés pour ouvrir le tombeau. Lorsqu'elles ont découvert qu'il était vide, elles ont crié, elles ont dit que c'était un miracle, que le Galiléen avait été emmené par l'ange Gabriel. Elles y croyaient dur comme fer. Ça fait un choc, au réveil. Alors nous, quand Caïphe est arrivé – bien avant les Romains, patron, bien avant – on a préféré causer comme elles, on a juré qu'on avait vu de nos yeux vu l'ange Gabriel avec le Galiléen. Ça faisait moins crétin que d'avouer qu'on n'avait rien capté du tout à cause qu'on pionçait au lieu de surveiller. Alors là, on a dû faire une erreur, parce que Caïphe il est entré dans une colère épouvantable qu'il a manqué s'en faire péter les veines du cou. Il a hurlé qu'on savait pas ce qu'on racontait, qu'on devait la fermer, et que si jamais on parlait devant qui que ce soit de l'ange Gabriel, il nous faisait lapider. Nous, on en claquait des genoux, parce qu'on sait que le grand prêtre, quand il vous annonce des catastrophes, il tient toujours ses promesses. Puis il s'est calmé, il nous a souri et il nous a même donné de l'argent en nous faisant bien répéter ce qu'on devait dire. Ou plutôt ce qu'on devait pas dire.

– Au fond, Caïphe vous a payé pour révéler la vérité.

– Voilà.

– Et la vérité, c'est que vous n'avez rien vu ?

– Rien de rien, patron.

Je leur rendis leurs bourses. Ces abrutis partirent en chantant et dansant, persuadés de posséder désormais soixante deniers chacun...

Je m'isolai ensuite dans la salle du conseil pour réfléchir.

Une absence m'intriguait depuis dimanche, celle de Caïphe. Pourquoi le grand prêtre n'était-il pas immédiatement venu me voir ? S'il recherchait lui aussi le cadavre, s'il avait encore plus intérêt que moi à ce qu'aucune fantasmagorie religieuse ne s'accroche à cette disparition, pourquoi ne me proposait-il pas de le chercher ensemble en joignant nos forces ? Caïphe ne m'avait pas habitué à autant de discrétion. Il me doit sa nomination à la tête du sanhédrin et me couvre de cadeaux pour garder ma faveur. Bien mieux que son beau-père, Annas, le précédent grand prêtre que nous avons dû déposer, il a l'intelligence de sa situation et collabore avec Rome. Dans l'affaire Yéchoua, en fin politicien, il craignait autant le magicien que ma réaction, redoutant que la popularité de Yéchoua ne m'inquiète et ne durcisse mon pouvoir. Lors du procès, il voulut garantir l'ordre public : « Mieux vaut qu'un seul homme meure pour tout un peuple et que la nation entière ne périsse pas. »

Pourquoi Caïphe se cloîtrait-il au Temple, sans solliciter mon aide ni me proposer la sienne depuis que la sépulture avait été violée ?

Il menait son enquête parallèle. Plus rapide, il me précédait partout : au tombeau, chez Yoseph d'Arimathie... Pourquoi seul ? Caïphe, alors que l'heure était grave, ne rejoignait pas son seul et habituel allié objectif ! Qu'est-ce que cela cachait ?

Je m'approchai de la fenêtre et contemplai Jérusalem. Au loin les gradins blancs du théâtre me décochèrent au cœur une flèche de nostalgique. A regarder cet odéon désert, qui servait si peu, que les Juifs n'aimaient pas malgré les troupes et les pièces brillantes que j'avais fait venir ici, je songeai douloureusement à Rome et je regrettai d'être parti. En plissant les yeux, j'aperçus une toge blanche qui s'agitait sur la scène, et je reconnus Marcellus, notre convive de la veille, qui agitait les bras face aux bancs de pierre vides. Il devait déclamer un de ses poèmes, tester le poids des mots, la dynamique de sa phrase. Ou peut-être même s'essayait-il à l'écriture tragique ?

Et là, l'idée m'illumina : Caïphe faisait semblant ! Ses recherches n'étaient qu'une mise en scène ! Il savait parfaitement où gisait le cadavre puisque c'était lui qui avait pris la précaution de l'y mettre !

Comment n'y avais-je pas pensé plus tôt ? Caïphe avait tout prévu. Le plan est simple. Il fait surveiller le tombeau du magicien par ses gardes, mais, dans le même temps, il les drogue. Ceux-ci s'endorment. D'autres gardes arrivent, font rouler la pierre, enlèvent le cadavre, referment le tombeau. Deux précautions valent mieux qu'une : ayant déposé le corps ailleurs, Caïphe est maintenant certain d'éviter tout culte posthume. Mais les choses ne se passent pas exactement comme prévu car les femmes proches de Yéchoua font rouvrir la tombe, découvrent la disparition et se mettent à délirer en invoquant l'ange Gabriel. Catastrophe, les gardes, honteux, répètent la bêtise à leur tour ! Caïphe, furieux, fait taire tout le monde, en payant ce qu'il faut. Mais la rumeur est lancée... la nouvelle vient jusqu'à moi... je me mets à chercher, Caïphe l'apprend. Pour ne pas attirer les soupçons sur lui, il fait aussi semblant d'enquêter. Ses fouilles chez Yoseph d'Arimathie ne sont qu'une mise en scène qui m'est destinée, un pur écran de fumée.

Je respirai. L'affaire n'allait pas tarder à se terminer. Caïphe allait bientôt ressortir le cadavre. Peut-être même allait-il s'arranger pour que mes hommes le trouvent... Tout, très rapidement, allait rentrer dans l'ordre. Caïphe, bon stratège, agirait dans les justes délais.

J'en riais presque. J'étais content d'avoir ici un partenaire comme Caïphe, malin, rusé, efficace, soucieux de la paix, une paix aussi nécessaire pour lui que pour moi. Soulagé, je me versai un verre de vin que je portai en l'air.

– Je trinque à ta santé, Caïphe. Ce matin, le lion remercie le renard.

C'est à ce moment-là que j'entendis un grand éclat de voix derrière mes portes. Les battants furent violemment poussés.

Caïphe, le grand prêtre, apparut, poursuivi par mes vigiles qui pointaient leurs lances contre lui.

Caïphe, furieux, brandit son doigt vers moi, me lançant d'une voix désespérée :

– Yéchoua ! Il a réapparu.

J'éclatai de rire, amusé qu'un Juif puisse avoir un goût du théâtre si prononcé.

– Naturellement qu'il a réapparu. Je m'y attendais, Caïphe. J'avais cependant imaginé que tu aurais la délicatesse de laisser mes hommes le découvrir à l'endroit où tu l'as caché.

Il me regarda comme si j'avais parlé le langage des oiseaux.

– Pilate, tu n'as pas écouté ce que je te dis. Yéchoua est réapparu ! Vivant !

– Vivant ?

– Vivant !

Je regardai sa grande carcasse, plus fragile qu'à l'ordinaire, ses yeux gris pâle, exorbités. Il avait l'air sincère, pire : surpris. Caïphe ne se livrait à aucune de ces contorsions que font généralement les menteurs pour convaincre mais semblait être en proie à un malaise profond.

– Je te le jure, Pilate, sur Celui-qui-n'a-pas-de-nom, on dit que Yéchoua est revenu des morts. Qu'il parle et vit. En bref, on dit qu'il est ressuscité.

– Soyons sérieux, ce ne peut être qu'une rumeur.

– Evidemment.

– Et d'où vient-elle ?

– D'une femme.

– D'une femme ? Heureusement.

– Oui, c'est moins crédible.

Sache, mon cher frère, qu'ici, loin de la Rome moderne, à part Claudia Procula, les femmes n'ont ni pouvoir ni importance : elles n'existent que par leur ventre, s'il est fécond, et on ne demande pas à un ventre d'avoir des pensées, des opinions, des sentiments. En Palestine, on n'accorde aucun crédit aux paroles des femmes et l'on ne perçoit dans leurs déclarations éventuelles qu'une équivalence mentale de leurs menstrues.

– Personne n'y croit encore, dit Caïphe, mais on

jase, on s'y intéresse. Il suffirait que d'autres témoignages s'y ajoutent pour que le mouvement se crée. Il faut absolument que nous retrouvions le cadavre, Pilate. Quelqu'un l'a volé intentionnellement pour pouvoir faire croire, aujourd'hui, qu'il est ressuscité.

Caïphe avait raison : un plan minutieusement préparé, destiné à embrouiller les esprits et à nous entourer de fumées irrationnelles se réalisait.

– Qui est la femme qui prétend l'avoir vu ? m'écriai-je. Forcément une complice ! A partir d'elle, nous pouvons remonter jusqu'à l'instigateur.

Un frisson parcourut Caïphe de l'arête du nez à la pointe de la barbe.

– Qui est-ce ? insistai-je.

Caïphe hésitait à prononcer le nom puis le lâcha en détournant la tête :

– Salomé.

Je crus avoir mal entendu.

– Salomé ? La femme qui... ?

Caïphe répondit faiblement, le sourcil torturé :

– Oui, la femme qui...

Te rappelles-tu, mon cher frère, un courrier d'il y a quelques années où je te racontais l'histoire de la coupeuse de tête ? J'y ai souvent fait allusion, depuis, car cette farce macabre a modifié le caractère de ses acteurs.

Hérode Antipas, tétrarque qui gouverne la Galilée, réussit ce grand écart précieux d'être, à la fois, un Juif très religieux, éminent protecteur du mosaïsme, et un grand admirateur de Tibère qu'il couvre de cadeaux, et dont il vient de donner le nom, Tibériade, à la belle ville neuve qu'il a construite au bord du lac Génésareth. Sur ses berges et sur celles du Jourdain s'époumonait, il y a quelques années, un illuminé ermite colérique et tyrannique, qui rassemblait des foules autour d'un rite étrange, l'immersion du corps dans l'eau pour le purifier de ses fautes.

Yohanân le Plongeur, comme on l'appelait, m'avait d'abord inquiété mais, comme Yéchoua plus tard, il ne s'adressait pas qu'aux Juifs, au seul peuple élu, il parlait pour tous les hommes sans chercher à les unir contre Rome. Pacifiste, violemment moraliste, il paraissait dépourvu de toute visée politique.

Malheureusement, il avait la langue trop prompte à l'insulte. Par une sorte d'excès incontrôlé de pureté, il crachait de colère devant toute mauvaise conduite et avait eu des mots de pierre contre Hérode et Hérodiade, sa nouvelle reine. Il condamnait le tétrarque d'avoir répudié sa première épouse pour s'unir à la femme de son frère. Hérodiade ne le laissa pas la critiquer longtemps. Cette longue Juive haute aux ongles pointus, ruisselante de bijoux comme si elle portait des trophées de guerre, belle quoique trop fardée, cette Hérodiade a du feu dans le corps, des regards de flèches et tue quiconque entrave son chemin. Elle fit arrêter Yohanân le Plongeur qu'on boucla dans la forteresse Machéronte. Cependant Hérode refusait de l'exécuter car cet homme pieux croyait reconnaître un prophète en son prisonnier. Alors Hérodiade, après une guerre d'usure, sortit une autre de ses armes, bien plus déconcertante, bien plus efficace : sa fille Salomé. Salomé dansa devant son beau-père d'une façon si lancinante, sensuelle et langoureuse qu'Hérode lui promit de réaliser le vœu qu'elle émettrait, quel qu'il soit. Sa mère lui souffla de demander la tête de Yohanân et Hérode, piégé, fit décapiter le prophète pour servir son crâne à Salomé sur un plateau d'argent. Depuis, Hérode a changé ; il s'en veut ; profondément inquiet, rongé par le remords, cauteleux, agressif car aisément agressé, il s'enferme, craint la vengeance de son Dieu. Naturellement, Hérodiade profite de cette peur pour manipuler le tétrarque vieillissant et en prendre le contrôle. Je ne sais jusqu'où l'ambition de cette femme les mènera mais je crains une issue fatale. Car Hérodiade aime le pouvoir pour lui-même, elle s'en grise, elle s'en enivre ; pour l'heure, cela la rend forte ; un jour, cela pourrait l'asphyxier.

Caïphe me proposa d'aller rencontrer Salomé.

Il fallait fendre une foule compacte pour parvenir au petit palais d'Hérode. Déjà, les badauds excités s'agglutinaient, bourdonnant mille sottises, et ma garde personnelle peinait à nous frayer un chemin. Mes hommes haussèrent le ton et commencèrent à bousculer les Juifs. Je craignis une émeute... Leur ordonnant de nous attendre, je poursuivis seul, sans protection, avec Caïphe, jouant des coudes, montant sur des pieds, tirant sur les manteaux.

Nous franchîmes le portail aux sculptures ornementales dans ce style ostentatoire que je vomis, orientalo-romain, destiné à séduire Tibère au cas où il se déciderait un jour à visiter Hérode, puis là, nous nous résolûmes à nous laisser porter par les vagues de la foule. Le courant nous amenait au centre de la cour. Sur une estrade, une très jeune fille entourée de plusieurs nourrices regardait la foule avec des yeux immenses, des yeux élargis par des drogues, des yeux trop fixes, des yeux de pythie qui hypnotise.

– C'est elle, la princesse Salomé ? m'étonnai-je.

Caïphe approuva. J'étais déçu.

– Elle est beaucoup moins bien qu'on le dit.

– C'est ce qu'on croit d'abord.

Salomé devait avoir seize ans. Ce n'était pas une femme, c'était l'esquisse d'une femme. Tout était petit chez elle, la taille, les hanches, les fesses, la poitrine, mais tout était rond, légèrement charnu, et l'on éprouvait devant elle la brûlure qu'on ressent aux premières heures du printemps... A la voir ainsi, innocente et suggestive, svelte et lourde dans ses voiles de gaze, on se prenait à penser que, même nue, elle n'aurait été qu'une promesse de nudité...

Je ne saisissais pas le lien entre cette adolescente et sa réputation de femme fatale. Sans doute Salomé devait-elle correspondre aux goûts juifs plutôt qu'aux goûts romains.

Je l'avais crue silencieuse mais je découvris qu'elle racontait quelque chose. Hommes et femmes devaient s'approcher d'elle, au plus près, sous l'estrade, pour entendre les paroles que ses lèvres, presque immobiles, laissaient à peine échapper, comme un souffle, en une mélodie chantonnée.

Caïphe grommela que sa timidité n'était qu'une feinte. Une fois sous ses jambes et dans son parfum, les hommes se retrouvaient pris au filet.

Effectivement, je me sentis soudain engourdi, entêté par une fragrance de musc, les yeux collés à ses chevilles déliées comme un poignet de harpiste, entourées de chaînes fines où tintaient des petits grelots... Je levai la tête pour boire à ses lèvres l'étrange récit qu'elle recommençait sans fin. Elle parlait d'elle en se nommant, comme si elle était devenue une spectatrice hallucinée de sa propre vie.

– Salomé rentre au palais, le palais grand et sombre sous la lune. Salomé revient du cimetière où elle a pleuré la mort de Rabbi. Salomé est triste, et le soir est froid, et la terre est noire. Tout d'abord, Salomé ne voit pas l'homme sous le porche. Mais la voix l'arrête : « Pourquoi pleures-tu, Salomé ? » L'homme est grand et mince, un capuchon d'ombre sur la tête. Salomé ne répond pas d'abord aux inconnus. Mais la voix ne laisse pas passer Salomé. « Tu pleures Yéchoua, je le sais, et tu as tort. » « De quoi te mêles-tu ? Je pleure qui je veux ! » L'homme s'approche et Salomé éprouve un grand trouble. « Tu ne dois plus pleurer Yéchoua. S'il était mort hier, aujourd'hui il est ressuscité. » L'homme se tient tout près, ses grandes mains pendantes. Sa voix rappelle quelque chose, ses yeux aussi. Mais la pénombre du palais haut et sombre a couvert les yeux de Salomé. « Qui es-tu ? » Alors il enlève sa capuche et Salomé le reconnaît. Elle tombe à genoux. « Salomé, relève-toi. C'est toi que j'ai choisie pour être la première. Tu as beaucoup péché, Salomé, mais je t'aime, et je t'ai pardonné. Va porter la bonne parole à tous les hommes. Va ! » Mais Salomé pleure trop pour bouger et lorsqu'elle essuie ses larmes, il n'est déjà plus là. Mais Salomé a reçu la bonne nouvelle : Yéchoua l'aime. Il est revenu. Il est ressuscité. Et Salomé dira et redira la bonne nouvelle à tous les hommes.

Ce qui m'était apparu, de loin, comme un spectacle,

m'était donné maintenant comme une confidence. Je croyais que Salomé n'avait parlé et bougé que pour moi. Ses yeux laissaient couler de longues larmes noires, ses bras nus s'ouvraient, ses jambes bougeaient, impudiques, sous ses voiles et sa voix me semblait une pêche goûteuse à mordre au plus fort de l'été.

J'aurais bien supporté une deuxième, voire une troisième audition du récit, mais nous fûmes déportés sur le côté, chassés par les nouveaux spectateurs.

Revenus dans la rue, nous nous dégourdissions les membres par quelques pas, mais nos pensées restaient dans la cour, fixées sur Salomé.

– C'est vrai que, finalement, elle n'est pas mal, dis-je pour rompre un silence embarrassé.

Caïphe cracha à terre.

– Pire que si elle était belle.

Nous marchâmes encore sans plus échanger un mot. Le charme de Salomé, insinué en nous, nous avait fait oublier pourquoi nous étions allés l'entendre.

Nous finîmes par nous arrêter près d'une fontaine. L'ombre du platane, le rire de l'eau nous apaisèrent et redonnèrent un peu de fraîcheur à nos idées.

– Qu'est-ce qu'elle a raconté ? demandai-je.

– Un gazouillis incohérent selon lequel elle aurait vu Yéchoua vivant. Au début, elle ne le reconnaît pas. Il a une bonne nouvelle pour elle : il l'aime.

– Qui cela intéresse-t-il ?

– Personne. Tout le monde viendra au petit palais mais personne n'y prêtera vraiment attention. On va voir Salomé pour la voir, pas pour l'entendre. Salomé demeure inoffensive, les hommes se rinceront l'œil et les femmes médiront. Rien d'autre.

– Crois-tu qu'elle soit manipulée par quelqu'un ? demandai-je à Caïphe.

– Non. Et cela me rassure. Il n'y a peut-être pas de plan derrière tous ces phénomènes. Il n'y a peut-être pas de rapport direct entre le cadavre volé et le délire de Salomé. Cette fille est folle, tout simplement. C'est la folle de la maison Hérode. Chacun en a une dans sa famille ou dans son village. La rumeur de résurrection n'ira pas plus loin.

Nous étions rassurés. L'exercice du pouvoir rend inquiet ; parce qu'il exige d'anticiper sur les catastrophes, après plusieurs années, il creuse en nous une tendance à imaginer toujours le pire. Le matin, nous avions craint que la situation ne nous échappât ; après avoir rencontré Salomé, nous avions recouvré la tranquillité. Il n'en demeurait pas moins qu'il fallait retrouver le cadavre et nous convînmes d'harmoniser nos recherches.

– Quand nous aurons récupéré la dépouille de Yéchoua, m'écriai-je, je l'exposerai sous les remparts de la cité, à la mode grecque, et, bien gardée par mes légionnaires, je la laisserai pourrir une semaine, le temps que tout rentre dans l'ordre.

Au moment où nous nous séparions, Caïphe me retint par le bras pour me désigner un attroupement qui se formait au coin de la place.

Une femme avançait sur un âne, une très belle femme mûre, aux lèvres fines, aux traits purs, au nez découpé, un de ces visages si dessinés que, même de face, ils vous donnent le sentiment de se tenir de profil.

Caïphe murmura son nom : « Myriam de Magdala ».

Je la découvrais avec émerveillement. Il y avait

quelque chose de noble dans la clarté de son front, l'élégance de la coiffure, une coiffure sans coiffure, ses lourds cheveux noirs étant simplement ramenés sur l'avant de l'épaule. Du haut de son âne, elle incarnait la royauté souveraine.

Caïphe m'apprit qu'il s'agissait d'une prostituée du quartier nord.

Les femmes accouraient au-devant d'elle, comme attirées par la force qui en émanait.

– Je l'ai vu ! Je l'ai vu ! Il est ressuscité.

Elle disait cela d'une voix grave et chaude, aussi sensuelle que son œil charbonné et ses longs cils étonnés.

Elle descendit de sa monture et embrassa ses compagnes.

– Réjouissez-vous. Il est ressuscité. Où est sa mère ? Je veux le lui annoncer.

On s'écarta.

D'une pauvre maison de pisé, une paysanne sortit. Sa vieille face portait les peines d'une vie de travail, les fatigues d'une existence difficile et les bouffissures de chagrins récents. Cette mère qui venait de perdre un de ses fils dans un supplice humiliant trouvait encore la force d'ouvrir les bras à qui venait la voir.

La prostituée tomba à ses pieds.

– Myriam, ton fils vit ! Je ne l'ai pas reconnu tout de suite. La voix m'était familière, les yeux aussi. Mais il portait un capuchon. Comme tout ce que me disait cet inconnu m'allait droit au cœur, je me suis approchée. C'est alors que je l'ai identifié. Il m'a embrassée et il m'a dit : « Va proclamer la Bonne Nouvelle au monde entier. Yéchoua est mort pour vous tous et, pour vous tous, il est ressuscité. » Ton fils vit, Myriam ! Il est vivant !

La veuve ne bougeait plus. Elle écoutait en silence les paroles de la Magdaléenne. Loin d'être soulagée, elle semblait accablée, je crus même qu'elle allait s'effondrer.

Puis deux larmes, lentement, se lovèrent sur ses paupières rougies. C'était, enfin, le chagrin qui partait, qui allait s'écouler. Mais aucun sanglot ne descendit. La lumière des yeux changea, revint à la vie, et maintenant brillait, dans ce masque de peau plissé, son magnifique, son éblouissant, son grand, son bel amour pour son fils, radieux comme une aube sur la mer.

Caïphe serra mon coude si fort que je crus qu'il me mordait.

– Nous sommes perdus !

Je n'eus pas la force de lui répondre. Le plantant là, je rentrai en courant au palais. Quelque chose m'avait ému sur cette place, que je ne pouvais lui dire et que je n'avouerai qu'à toi : dans les yeux de cette vieille Juive, j'avais retrouvé, un instant, le regard de notre mère.

Voilà que le souvenir m'empoigne à nouveau... Je continuerai mon récit plus tard. Reçois l'affection de ton frère, et porte-toi bien.

De Pilate à son cher Titus

Ce poste de préfet de Judée ressemble à un exil. Si je me bats pour faire respecter Rome, mes forces sont en vérité autant guidées par la nostalgie que par le devoir. Je languis après Rome. J'aspire à y revivre. Certains jours, ce désir me fragilise au point que ce qui est étranger, différent, me heurte, me choque et me paraît barbare ; j'ai envie de me recroqueviller sur moi, la tête dans les jambes, le pouce dans la bouche, de retourner au sein de la ville louve. Submergé par cette vague qui me faisait remonter le temps, j'ai interrompu mon récit tout à l'heure, happé par ce qui me manque, ma cité, ma mère, l'une vivante, l'autre morte, les deux absentes.

Pour me calmer, j'ai réveillé Sertorius, mon médecin, qui m'a longuement massé. Une senteur de foin séché jaillissait de ses aisselles et cette aigreur, curieusement, me rassura. Il m'a fait parler de mon malaise, il m'écoutait avec ce visage tranquillisant des gens qui savent. Yeux plissés, lèvres concentrées, tête dodelinante qui approuve et encourage, Sertorius a le don d'accueillir mes petites misères. Il prête beaucoup d'importance à tout ce que je dis, et peut donner du sens au détail le plus insignifiant. Il m'a vidé l'esprit et m'a rendu un corps apaisé. En le voyant partir, j'ai remarqué son crâne dégarni au-dessus de ses bons yeux de loutre, ses épaules qui commençaient à s'arrondir, et penser que mon médecin était lui-même soumis à la loi du temps acheva de me rassurer.

Je reprends la plume pour te narrer cette épuisante journée.

Je quittai donc Caïphe au moment où Myriam de Magdala entrait dans Jérusalem pour clamer que Yéchoua était ressuscité.

A partir de cet instant, je ne me fis plus d'illusions :

si l'on pouvait négliger le récit de la seule Salomé, la confirmation par Myriam de Magdala allait étoffer la rumeur. De bouche en bouche, de femme en femme, la fable parcourait Jérusalem. Certes, elle n'était véhiculée que par des femelles, ce qui lui ôtait de la crédibilité mais, dans le même temps, lui garantissait une propagation rapide.

Lorsque, dans l'après-midi, deux hommes déboulèrent dans Jérusalem en assurant, à leur tour, avoir vu Yéchoua, je sus que l'intoxication devenait irrémédiable et que j'allais devoir rassembler toutes mes forces pour mettre à bas l'ennemi qui ourdissait cette machination.

Je m'isolai en haut de la tour, au fort Antonia, où mes espions me rapportèrent les paroles des deux hommes.

Je posai méthodiquement, un à un, côte à côte, les éléments. Tous les événements étaient des signes ; il fallait que je repère, derrière eux, la pensée qui les organisait et me tendait ce piège.

Les deux pèlerins tenaient sensiblement le même discours que Salomé et Myriam de Magdala. En quittant Jérusalem après les fêtes de la Pâque et en rentrant chez eux, à la nuit tombante, alors qu'ils approchaient d'Emmaüs, ils rencontrèrent un homme en capuchon assis près du sentier. Il se joignit à eux. Ils ne le connaissaient pas et cependant quelque chose dans le voyageur leur semblait familier. Ils parlèrent. Les deux pèlerins dirent les espoirs qu'ils avaient mis dans le rabbi Yéchoua, leur déception lors de son exécution. Le voyageur entra alors avec eux dans l'auberge d'Emmaüs et leur apprit qu'ils ne devaient pas se sentir

tristes ni trahis puisque Yéchoua était toujours parmi
eux. A la lueur des lampes à huile, ils le reconnurent
alors. Et Yéchoua leur demanda de retourner à Jérusalem annoncer la bonne nouvelle. Ensuite, sans même
qu'ils s'en rendissent compte, il disparut.

La première chose qui me semblait suspecte était la
trop grande ressemblance de ces récits. Mon cher frère,
tu connais comme moi la versatilité de la nature
humaine : nous savons bien qu'aucun témoin ne voit
jamais la même scène et ni surtout n'en dresse un
rapport identique. J'estime que la diversité, la singularité, voire la contradiction des dépositions, se révèlent les seuls indices de leur authenticité. Ici, la
conformité absolue des histoires puait le mensonge.
Quelqu'un avait fait répéter consciencieusement les
faux témoins et voulait, par cette concordance, donner
l'illusion de la réalité.

Il me restait à trouver qui. C'est là, mon cher Titus,
que ton frère fut brillant. En confrontant les indices,
j'aperçus la main dans l'ombre. Salomé avait prétendu
voir Yéchoua en rentrant au petit palais d'Hérode.
Myriam de Magdala l'avait rencontré dans les jardins
de Yasmeth, des plantations qui appartiennent à la
famille d'Hérode et où celui-ci va chasser lorsqu'il
séjourne à Jérusalem. Enfin, près d'Emmaüs, se trouve
justement la résidence d'été qu'Hérode affectionne.
Hérode, Hérode, Hérode ! Il manœuvrait cette conspiration.

Sans hésiter, je me fis précéder d'un manipule et
j'arrivai au petit palais d'Hérode.

Chouza, son intendant, ne cacha ni sa surprise ni
son trouble en me voyant. Se mordant la bouche, les

lèvres privées de sang, il improvisa une excuse pour m'empêcher d'entrer.

– Sa Majesté est endormie. Elle revient de la chasse. Elle a bu et festoyé...

– Je me doute bien, mon bon Chouza, qu'à cette heure Hérode cuve son vin. Réveille-le, verse-lui de l'eau sur le visage – il ne supporte l'eau qu'à l'extérieur – et introduis-moi.

Chouza disparut. J'entendis des grognements, puis des hurlements au fond du palais, enfin Chouza réapparut, congestionné, et fit ouvrir les deux grandes portes de bronze qui menaient à la salle des audiences.

– Pilate ! Mon ami Pilate ! Les plus jolies bouclettes de tout l'Empire romain !

Au fond, Hérode, pâle et vert, étalé sur une myriade de coussins telle une huître dans sa coquille ouverte, m'adressait des signes avec les bras.

– Pilate ! Pilate ! Tu sens meilleur qu'une femme ! Tu as la peau plus douce que n'importe quelle catin ! Comme Tibère doit t'aimer !

J'étais habitué aux flatteries d'Hérode, cette hypocrisie sonore, haute en superlatifs, en allusions sexuelles, une hypocrisie manifeste, pleine de faconde, très orientale. Cette flagornerie finissait par devenir sa franchise, une manière de me signifier qu'il était content de me voir, qu'il me recevait de bon cœur.

– Regardez-moi ce bourreau des cœurs. Le visage rasé, les cheveux coupés puis frisés au fer, les bras et les jambes épilés, le corps huilé et parfumé. Et on m'a dit que tu te laves, Ponce Pilate, tous les jours ! Tous les jours, est-ce possible ? Quel raffinement exquis ! Je suis sûr que ta femme, la ravissante Claudia Procula, doit être heureuse d'avoir un homme aussi lisse qu'un galet ! Heureusement qu'elle n'a pas épousé l'un de nous. Elle s'évanouirait tant nous fouettons... Enfin, moi, surtout, qui suis brouillé avec l'eau. Demande donc à Hérodiade, ma vieille guenon !

Il poussa un énorme éclat de rire. J'avais appris à ne pas relever les nombreuses grossièretés qui épiçaient son discours : il fallait les mettre sur le compte de sa bonne humeur.

Je regardai autour de moi et je remarquai, vautrées sur les autres lits, quelques jeunes esclaves, dénudées. Hérode commenta mon coup d'œil circulaire.

– Eh oui, si je n'avais pas de la belle chair autour de moi, j'aurais l'impression d'habiter déjà mon tombeau. J'ai soixante ans, sais-tu, très peu de cheveux et plus aucune dent. Mais ce n'est pas parce qu'on manque de crocs qu'on n'a plus d'appétit !

– Je te croyais très pieux.

Il s'assombrit et, d'un geste, chassa l'intendant et les autres témoins. Les portes se refermèrent sur nous et les filles endormies.

– Je ne les touche pas. Jeune, avec ma trique, je pouvais casser des noix, Pilate, je l'avais dure comme du bois d'olivier. Aujourd'hui, je ne pourrais même plus faire de mal à une figue pourrie. Et toi ?

Je me contentai de rire en guise de réponse. Je savais qu'une conversation avec Hérode commençait toujours par des obscénités.

– Et toi ? insista-t-il.

– Je ne suis pas venu te parler des prouesses de mon entrejambe, Hérode.

– Prouesses ? Alors, tout va bien ! Tant mieux pour

toi. Je te demandais cela parce que, parfois, je me dis que mes défaillances viennent peut-être du pouvoir plus que de l'âge. Mais si tu me dis que... Et Tibère ? Il est plus vieux que moi et détient encore plus de pouvoir ! Est-ce que, d'après tes renseignements, il est toujours capable de...

– Je n'en sais rien, Hérode.

Je mentais naturellement. Nous savons que Tibère est obligé de mettre en scène des orgies ahurissantes pour faire lever une émotion dans sa chair, mais afin qu'Hérode changeât de sujet, je n'hésitai pas à contredire la vérité.

– Enfin si, on m'a répété, Hérode...

– Eh bien ? demanda-t-il avec passion.

– Tibère est demeuré... très vert.

Hérode laissa tomber sa tête sur sa poitrine, dégoûté. On aurait dit qu'on venait de lui arracher son dernier espoir.

– Tu as raison, Pilate. Tibère bande encore. Et c'est pour cela que Tibère est Tibère et qu'Hérode n'est qu'Hérode.

Il renifla. Je craignis qu'à son habitude d'ivrogne il ne se mît à pleurnicher sur lui-même. Je détournai immédiatement la conversation, estimant passé le temps des préliminaires.

– Hérode, je suis venu te parler de Yéchoua.

– Qu'y a-t-il à en dire ? C'est un sujet clos. Tiens, bois quelque chose. Je te conseille le vin de Chalas, il est plus liquoreux que le vin de Lassoum, mais nettement moins indigeste que le blanc de Kalzar.

– Nous sommes deux renards, Hérode, et les renards ne parviennent pas à se tromper trop longtemps. Je te connais bien. Depuis la mort de ton père, la Palestine a été divisée en quatre. Des quatre frères, c'est toi le seul valable, Hérode, le seul capable. Tu gouvernes avec autorité la Galilée, ta portion. Toi seul mérites vraiment le titre de tétrarque. Est-il utile que je te rappelle ce que je pense de ton frère aîné ? Je dois la Judée à son incompétence. Quant à tes deux autres frères, tu l'as perçu avant moi, ils ne seront jamais que des roitelets sans envergure. Tu es le seul, Hérode, à avoir, outre la légitimité du sang, le talent de t'asseoir sur le trône.

Hérode m'interrompit en ricanant.

– Tu dois avoir quelque chose de bien saignant à me servir pour me flatter autant. J'attends le pire.

– Patience, Hérode, patience. Vous, les Juifs, vous venez de passer des siècles à vous faire conquérir, occuper, mettre en esclavage. Votre histoire est celle de soumissions successives. Et sais-tu pourquoi ? Non pas parce que vous êtes faibles, au contraire, vous ne manquez ni de force ni de courage. Non, cela vient de ce que vous êtes trop divisés. Même votre foi en ce Dieu unique, vous la vivez de façon diverse en trouvant le moyen de vous opposer. Tu es fils d'Hérode le Grand, le seul digne de ton père, je sais de quoi tu rêves : que ta nation soit de nouveau une, sous la direction d'un seul roi, avec une seule et même foi. Pour le roi, tu t'es choisi. Pour la foi, tu as choisi Yéchoua, ou plutôt le culte de Yéchoua. Avec cela, tu te disposes à chasser tout étranger de ton sol, sans doute moi le premier.

Hérode me regardait en souriant.

– As-tu fini, Pilate ?

– Non !

– Je te répondrai donc après ta leçon. Me permets-tu de boire plutôt que de prendre des notes ?

– Tu t'es toujours beaucoup intéressé aux illuminés qui parcourent le pays. Certains prétendent que c'est parce que tu es très religieux, mais je soupçonne qu'il s'agit d'un calcul politique. Vos textes sacrés prévoient qu'un homme viendra, un messie comme vous dites, descendant de David, qui rassemblera tout le peuple d'Israël. Et voilà qu'arrive Yohânan le Plongeur sur les bords du Jourdain, ton territoire. Tu t'intéresses à lui, tu rêves de l'utiliser, puis tu découvres qu'il n'est pas manipulable, qu'il vous déteste, toi et Hérodiade, tu finis donc par l'exécuter. Apparaît alors Yéchoua. Je sais par mes espions que, dès le début, tu le rencontres, vous discutez. A la différence de Yohânan le Plongeur, tu le laisses développer son prêche, rassembler des hommes. Je dis « tu le laisses » parce que cela se passe sur tes terres, en Galilée. Un seul geste de toi et Yéchoua disparaissait comme Yohânan. Au contraire, tu l'autorises à circuler, haranguer, agglutiner les fidèles après lui. Tu as remarqué que cet homme est différent, plus radical et populaire qu'aucun prophète. Sa parole change les gens, le peuple le suit à genoux, des hommes mûrs abandonnent leur métier pour marcher dans ses pas et vivre d'aumônes. Tu as compris que, sur lui, tu peux appuyer un soulèvement des Juifs.

– Ton récit est palpitant, Pilate. Tu débordes d'imagination. Je me demande bien comment tu vas le finir.

– Yéchoua s'attire un grand nombre de fidèles dans ton territoire, mais pour achever son œuvre, il doit venir ici, à Jérusalem. Malheureusement, les prêtres du sanhédrin, et particulièrement Caïphe, ne le voient pas du même œil que toi. Ils s'opposent à Yéchoua. Tu sens le danger, tu viens à Jérusalem.

– J'y viens chaque année.

– Pas forcément pour la Pâque. Et pas quand tes affaires te demandent de rester en Galilée. Or, cette année, les incendies de Tibériade auraient dû t'immobiliser sur tes terres. Tu viens quand même. Tu veux prêter main-forte à Yéchoua. Aux portes de la ville, tu lui demandes de repartir en lui expliquant la conspiration du clergé contre lui. Obstiné, il refuse de t'obéir. Tu aperçois ses limites, tu comprends qu'il n'est pas ton allié objectif, mais tu ne renonces pas. Tu veux le sauver car tu veux te servir de lui. A cause de la trahison du trésorier, Yehoûdâh, les prêtres parviennent à arrêter Yéchoua et, dans la soirée, à instruire son procès. Cette nuit-là, tu t'agites, tu tentes d'intervenir. Tu leur fais comprendre que leur conseil n'a aucun droit exécutif, que même s'il le condamne à mort, ils n'ont pas le droit d'accomplir l'acte. Du coup, le sanhédrin me le confie. A ce moment-là, tu m'envoies Chouza, ton intendant, qui me rappelle que, certes, nous nous trouvons à Jérusalem, mais que Yéchoua étant natif de Galilée, selon le droit, on doit te le confier à toi, Hérode, tétrarque de Galilée. Trop content, je me débarrasse du prisonnier en te l'expédiant. Tu as récupéré Yéchoua, il est sauvé, tes plans pourront se réaliser. Tu fais semblant de l'interroger et tu me le renvoies en m'assurant qu'il est inoffensif. C'était, malheureusement, sans compter sur l'insistance de Caïphe qui, dès que Yéchoua m'est rendu, alors que je m'apprêtais à le libérer, fait de nouveau pression sur

moi en exigeant que j'applique la sentence du sanhédrin. On connaît la suite. Yéchoua meurt sur la croix.

– Oui, Yéchoua meurt sur la croix. Ton histoire ingé-
nieuse finit mal, mais elle est finie.

– Du tout. Tu ne t'avoues pas battu. Tu subtilises le
cadavre pendant la nuit, tu le caches sans doute ici, au
palais, le seul endroit de Jérusalem avec le Temple que
mes hommes n'ont pas pu fouiller, puis tu décides de
créer la légende de Yéchoua.

Hérode se redressa, soudain furieux. Toute morgue,
toute ironie avaient disparu.

– Quoi ! Quelle légende ?

– Arrête de jouer l'innocent, Hérode, tu te fatigues,
tu me fatigues. J'ai fait suffisamment de recoupements
pour savoir que la rumeur part de toi.

– Quelle rumeur ?

– Celle que tu as glissée dans l'oreille de Salomé,
de Myriam de Magdala et des deux pèlerins
d'Emmaüs. Cela a dû te coûter beaucoup d'or.

– Quelle rumeur ?

– Que Yéchoua est ressuscité.

– On dit cela ? On dit cela ? Vraiment ?

Hérode devint pâle, c'est-à-dire un peu plus vert,
roula des yeux exorbités, porta les mains à son cou
comme s'il suffoquait. Ses lèvres tremblaient sous un
souffle court.

– Yéchoua est ressuscité ?... J'ai tué Yohanân qui
l'annonçait... Puis j'ai tué Yéchoua, le Fils de Dieu...

Il s'effondra sur son sofa et se mit à râler, l'écume
à la bouche.

– Je souffrirai toute ma vie éternelle... je suis
condamné...

Ses membres étaient agités de spasmes violents, comme ceux d'un chien qui rêve. J'avais honte de cette mascarade et j'y mis fin avec autorité.

– Hérode, cesse tes singeries. Je ne suis ni ton public ni un crétin. Je rentre au fort Antonia pour écrire mon rapport à Tibère. Et je t'attends demain pour que tu mettes fin à cette fable. Sinon, Tibère décidera lui-même du châtiment à donner à ta tentative de rébellion. Salut.

Hérode, comme s'il ne m'entendait pas, continuait à remuer convulsivement sur ses coussins. Si je l'avais d'abord admiré pour son astuce, je trouvais désormais mon adversaire pitoyable.

Je rentrai ici. Naturellement, je n'entame pas encore mon rapport à Tibère, persuadé que demain Hérode fera amende honorable, qu'il me livrera le cadavre et que la situation rentrera dans l'ordre. J'aurai accompli mon travail sans inquiéter l'empereur.

Toi seul sais vraiment sur quel volcan j'exerce ma préfecture. Toi seul soupçonnes la duplicité de mes interlocuteurs, les dédales de ruse qu'ils me forcent à emprunter. Rome, pour rester Rome, ne peut pas lutter avec les moyens de Rome. Nous avons l'intelligence claire et la main armée ; tout est force et rationalité. Ici, les âmes sont tortueuses et les armes des rumeurs ; tout est espoir et brouillard. Malgré ma satisfaction, cette nuit, d'avoir mené à bien ma tâche, je me sens comme souillé, oui souillé par les détours qu'il me faut emprunter pour arriver à mes fins. Je t'écrirai demain soir pour te confirmer la réaction d'Hérode et t'annoncer, enfin, je l'espère, mon retour à Césarée. En attendant, porte-toi bien.

De Pilate à son cher Titus

La journée que je vais te raconter m'a plusieurs fois contrarié, agacé, mais elle se finit comme je n'osais l'espérer. J'ai hâte de t'en livrer la conclusion bien que la conclusion elle-même ne vaille que par le raisonnement qui y conduit.

Tu sais quel était mon état hier soir. Je pensais avoir repéré les manigances d'Hérode dans ce filet plein de nœuds. Je l'avais menacé d'un rapport à Tibère et j'attendais donc, sachant l'homme plus rusé que courageux, son repentir aujourd'hui.

A l'aube, le centurion Burrus sollicita une audience. Le visage un peu congestionné, il me demanda d'une voix oppressée :

– Est-il vrai que le sauvage, là-bas, dans la cour, est ton hôte ?

De la fenêtre, il me désigna, au cœur de notre enceinte, une couche de fortune où était allongé Craterios, à moitié nu dans ses peaux de bêtes.

– Naturellement, Craterios fut mon maître avant que je ne porte la toge virile. C'est un philosophe cynique d'une grande puissance, sais-tu ?

Burrus devint encore plus rouge.

– Oh ça, pour la puissance, je n'en doute pas. Il suffit de se pencher pour voir.

– Que veux-tu dire ?

Je regardai plus attentivement en bas et je ne pus

retenir un cri. Sans attendre nous avons dévalé les marches pour rejoindre Craterios.

– Salut, Pilate, la journée s'annonce bien !

Craterios, d'ordinaire grognon, nous adressait un large sourire. Délesté de ses peaux, de sa besace, il se tenait allongé sous le soleil jaune paille du matin.

Je n'avais pas rêvé : Craterios, son énorme sexe turgescent à l'air, était en train de s'astiquer allègrement le membre au milieu de la cour. Et notre présence, nos visages ébahis ne changeaient rien au va-et-vient de la main.

– Je pense que je vais rester quelque temps à Jérusalem, continua avec naturel Craterios. J'ai parlé hier avec ton épouse, Claudia Procula – une femme qui vaut mieux que ses bijoux –, elle m'a expliqué cette religion juive et, ma foi, à ma grande surprise, je l'ai trouvée assez intéressante. Etonnante même. Sais-tu, de toutes les religions que je connais, c'est la seule qui se rapproche de la philosophie ! Comme chez nos maîtres grecs, on n'y parle que d'un Dieu, un seul Dieu, l'unique.

Craterios discutait, posé, sérieux, comme si sa main ne se fût pas occupée de son bas-ventre. Mais je n'arrivais pas à l'écouter, une telle indépendance entre la tête et les organes génitaux m'étant impossible.

Je tendis mon doigt vers le lieu d'agitation et demandai à Craterios :

– Dis-moi, Craterios, mènes-tu un exercice... philosophique ?

– Thérapeutique, dirons-nous plutôt. Thérapeutique et moral ! Thérapeutique car, lorsque le corps déborde de semence, ainsi que le conseillait Hippocrate, il faut prêter le poignet à la nature pour expulser les fluides. Moral car je tiens à ma liberté de penser et d'agir, et je ne veux pas devenir l'esclave de mes couilles. Si je ne prends pas la peine de les vider tous les matins, les fluides me montent à la tête, je deviens fou, je fais des bêtises.

– Je me demande bien ce que peut être une bêtise pour toi.

– Je deviens sentimental ! Je m'attache à la première fille qui passe avec la cuisse large et la hanche forte, je porte sa cruche d'eau, je raconte des fredaines, je complimente, je joue l'avantageux, je vais même jusqu'à faire des promesses... Par contre, rien de tout cela n'arrive si je me soulage au réveil. Je te conseille ma méthode, Pilate. Ne t'en avais-je pas parlé, à l'époque ?

Sans répondre, je regardai l'objet incriminé. Etait-ce l'évocation de la servante ? Il me sembla que l'industrieuse main progressait dans ses œuvres et que le soulagement approchait.

– Les gens me traitent de libidineux cyrénaïque, dit-il en accélérant la cadence de son poignet, alors que je méprise le corps, je méprise le sexe, je veux simplement... me débarrasser... mm... de cette chiennerie... Ah !

Dans un spasme, Craterios acheva sa gymnastique matinale. Il en essuya les effets avec ses peaux de bêtes.

– Où en étions-nous ? Ah oui, Pilate, ces Juifs pratiquent une religion qui n'est pas dépourvue d'intérêt. Comme je te disais, ils professent la croyance en un Dieu unique, ce qui me paraît l'intelligence même. D'Anaxagore jusqu'à Platon, c'est le chemin qu'a pris la réflexion des sages. Si Dieu est, il est un. Le seul dieu pensable est un dieu au singulier, l'absolu, l'origine, le foyer de l'Unité, la raison d'être du multiple. Ne trouves-tu pas surprenant que ces mythes expriment spontanément la même théorie que les plus grands philosophes de la Grèce ? Quelle étrange coïncidence ! Le monothéisme, les penseurs l'ont progressivement découvert à force de raisonnement ; alors que les Juifs, eux, en ont eu la révélation dès le début de leur histoire ! De plus, d'après Claudia Procula – une femme exceptionnelle, Pilate, j'espère que tu t'en rends compte –, les Juifs soutiennent aussi que l'âge d'or n'est pas derrière, mais devant. Imagines-tu ? Alors que toutes les religions, voire les philosophies, sont essentiellement nostalgiques, tournées vers le passé fondateur, eux, ils avancent, ils progressent ! Ils mettent le bonheur dans le futur, ils l'attendent, ils l'espèrent, comme si l'histoire n'était pas ronde, cyclique, mais en mouvement, une flèche lancée sur une cible... Claudia Procula m'a précisé cela hier en évoquant leurs livres. Au fait, c'est une femme étonnante, bien au-dessus de sa condition d'aristocrate, je ne sais même pas si tu mérites une épouse pareille.

Sur ce point, j'étais d'accord avec Craterios : je n'ai jamais compris pourquoi Claudia Procula m'avait choisi entre vingt prétendants plus riches, plus cultivés, plus glorieux.

– Ton épouse possède une qualité extrêmement rare chez les femmes : l'indépendance. Elle a ses propres goûts, ses propres pensées, ses propres jugements. Elle se déplace à sa guise. Elle n'envisage même pas que son statut d'épouse limite sa liberté. Elle te quitterait,

Pilate, si tu la décevais. Et elle ne reste auprès de toi que parce qu'elle t'aime, et vérifie chaque matin qu'elle t'aime encore. Elle m'a, d'ailleurs, parlé d'un philosophe d'ici, un certain Yéchoua, qui professait une doctrine qui ne m'a pas semblé très loin de celle de notre grand Diogène. Vie simple, frugale, mépris des puissants, accueil de la femme, respect des hommes à condition qu'ils se montrent dignes d'être des hommes... Je vais me renseigner un peu plus sur ce sage.

– Bien, renseigne-toi. Mais fais-moi plaisir, Craterios : évite les exercices thérapeutiques et moraux en public. Contrairement à ce que tu as l'air de croire, les Juifs ne partagent pas le respect des Grecs pour la philosophie, ni la curiosité des Romains pour l'extraordinaire. Ils ne respectent que leur Loi, sont très pudiques et punissent sévèrement... l'exubérance sexuelle. Tu risquerais de mourir lapidé avant que je ne puisse intervenir.

En haussant les épaules, Craterios se dirigea vers la cuisine pour bâfrer quelques restes.

Un messager d'Hérodiade vint alors nous annoncer que le tétrarque Hérode était souffrant.

L'excuse se montrait aussi grossière qu'inadmissible. Hérode cherchait donc par tous les moyens à gagner du temps.

Suivi d'une vingtaine de soldats, je galopai au petit palais. Je déployai mes hommes autour de la demeure et je sommai Hérode d'ouvrir.

Chouza, l'intendant, se précipita devant moi et tomba à genoux.

– Hérode est au plus mal, Seigneur.

Agacé par ces excès, ces trémolos, ces jérémiades orientales, j'enjambai Chouza et ouvris les portes jusqu'à la salle des festins.

Sur un grand lit, exposé comme on expose un mort, Hérode gisait. Je m'approchai du renard qui simulait un sommeil profond pour éviter notre entretien. Je me penchai sur sa face grasse où fards et poudres, coagulés par la sueur, se fendaient en croûtes sur la vieille peau ridée.

Sertorius, mon médecin que j'avais amené, se pencha sur le souffle régulier d'Hérode.

– Il dort.

– Réveille-le.

Sertorius lui planta rudement une aiguille dans le bras. Le corps ne bougea pas, le visage n'eut même pas un frémissement des ailes du nez.

Une voix coupante s'éleva du fond de la pièce :

– Il ne dort pas. Sinon, il ronflerait.

La reine Hérodiade se tenait entre deux chandeliers monumentaux, le corps sanglé dans une robe d'apparat, le visage éclaboussé de poudre. A vouloir trop nier le temps, elle l'avait précipité. Perruques et peintures substituaient au visage d'une belle femme de quarante ans un masque sans âge. Elle avança en ondulant vers moi, d'une démarche totalement dépourvue de scrupule.

– Il n'est pas mort mais il s'est enfoncé dans un sommeil dont on ne peut plus le sortir.

– Est-ce dangereux ?

– Je l'espère. Je n'ai épousé ce goret puant et faisandé que pour devenir sa veuve. Il le sait d'ailleurs.

N'est-ce pas, Hérode, que je te hais et que j'attends que ton vieux cuir pourrisse ?

Hérode, mou comme une huître, ne cilla même pas.

Je ne pus m'empêcher de sourire des manières d'Hérodiade.

– Toujours aussi amoureuse, à ce que je vois.

– Toujours, répondit paisiblement Hérodiade.

Mon médecin examina Hérode et conclut que, bien que rien de vital ne fût touché chez le tétrarque, celui-ci, suite à une émotion très vive, s'était en quelque sorte retiré de lui-même. Il pouvait très bien sortir de cet engourdissement ou y rester.

– Il en reviendra, trancha Hérodiade. Il en est toujours revenu. Il m'a déjà fait ce coup-là lorsqu'on lui a servi la tête de Yohanân sur un plateau. Après trois jours, il a repris ses insupportables habitudes. Ta visite d'hier lui a fait le même effet que la décapitation de l'ermite à la bouche pleine de merde. Que lui as-tu donc dit ?

Je racontai, sur un ton sévère destiné à l'impressionner à son tour, comment j'avais mis en pièces le plan d'Hérode et comment je l'avais sommé de faire taire toutes ces rumeurs en exhumant le cadavre.

Hérodiade m'écouta avec intérêt, ses yeux brillaient d'une flamme noire, le visage absorbé dans une totale fixité.

Elle laissa passer un long silence avant de me répondre.

– Tu as tort, Pilate. Ton raisonnement visant à accuser Hérode est brillant, mais brillamment vicieux. Le goret est rusé comme un labyrinthe, pourtant tu sous-estimes une chose : Hérode a la foi de ses ancêtres et ne dérogera jamais à la Loi car il est profondément religieux. Il a très mal supporté que je lui aie extorqué la mort de Yohanân le Plongeur ; il y voyait un inspiré véritable, et il tremblait d'avoir assassiné un ministre de Dieu. S'il ne me touchait plus depuis longtemps, après cet épisode, il ne me parlait plus non plus. Lorsque Yéchoua est apparu, annoncé par Yohanân comme le véritable Messie, Hérode a effectivement mis beaucoup d'espoir en lui. Voulant l'aider, il lui a proposé de l'argent pour activer son prêche. Yéchoua s'en moquait. Hérode ne se vexait pas. Il voyait, une à une, les prophéties se réaliser, confirmant l'identité de Yéchoua. Lorsque le Nazaréen a annoncé qu'il irait, pour la fête des Pains azymes, à Jérusalem afin d'achever son œuvre, Hérode a bouclé nos bagages pour que nous assistions à son triomphe. Lorsque Yéchoua fut arrêté, Hérode n'eut pas peur un instant, persuadé que Yéchoua terrasserait ses adversaires en dressant une barrière de feu entre ses juges et lui, ou n'importe quel autre prodige. Il faut dire que Yéchoua nous avait habitués à guérir tant de malades. Lorsque ses espions lui apprirent que le sanhédrin, pas du tout retenu par Yéchoua, mais au contraire poussé par son attitude entêtée, votait sa mort à l'unanimité, Hérode est intervenu. Il s'est servi d'arguments juridiques pour envoyer le Nazaréen chez toi, puis ici. Et cette nuit-là... cette nuit-là...

Elle s'arrêta un instant, fatiguée à l'idée de ce qu'elle allait devoir me raconter. Elle renversa sa tête en arrière puis, par une manipulation rapide, ouvrit le chaton d'une de ses bagues, en retira une petite dose de poudre qu'elle posa sur sa langue et, paupières closes, elle semble reprendre des forces.

– Rien ne se passa comme prévu, Pilate, rien. Hérode reçut fort gentiment Yéchoua en lui annonçant qu'il allait le sauver. Yéchoua lui répondit que personne, et surtout pas lui, Hérode, ne pouvait le sauver ; il devait accomplir son destin, c'étaient les hommes qu'il devait sauver, et non pas lui-même. Nous n'y comprenions rien. Yéchoua souhaitait mourir, il disait que rien n'arriverait sans cela. Il nous sembla déprimé, au plus bas de lui-même. Inquiets, nous lui avons demandé de se ressaisir, de nous faire des prodiges. Il ne répondait qu'une chose : qu'il devait mourir et qu'il agoniserait dans des conditions atroces. Moi, je m'étais toujours doutée qu'il n'était qu'un imposteur mais Hérode, cette nuit-là, pour la première fois, accédait à mon idée. Il est entré dans une colère terrible, s'est mis à insulter Yéchoua, le sommant d'exécuter un miracle devant nous. Le Nazaréen ne réagit même pas, prostré, les épaules basses, comme un escroc en bout de course. Hérode a ameuté le palais, les gardes, les domestiques, les esclaves ; chacun s'est déchaîné sur Yéchoua en se moquant de lui, en l'injuriant, en le déguisant en femme. Nous poussions la provocation au plus loin pour obtenir une réponse. Au lieu de cela, amorphe comme une poupée de son, le Nazaréen se laissait faire. Il fut piétiné, insulté, fardé, attouché, embrassé, palpé, avec dans les yeux une tristesse soumise qui redoublait la rage de tous les participants. Enfin, au comble du dégoût et de la désillusion, nous te l'avons renvoyé, Pilate, dans l'état que tu sais, et couvert de cette fausse pourpre royale, ce manteau

déchiré et souillé, pour nous moquer de sa prétention
à fonder un royaume et te signifier qu'il ne s'agissait
que d'un imposteur méprisable. Je dois d'ailleurs te
dire que, si nous n'étions pas convenus auparavant de
te le rendre, nous l'aurions mis en pièces et tué ici
même cette nuit-là.

Elle soupira longuement. Elle regrettait cette exécution différée. Un appétit de tuer habitait cette femme
étrange.

– Alors, Pilate, tu comprends qu'hier soir, apprenant
la rumeur de sa résurrection, Hérode a dû imaginer
avoir frappé pour la deuxième fois un envoyé de Dieu,
la terreur a dû l'envahir et l'expédier en sommeil sur
ces terres inconnues, désertes et silencieuses, où il se
réfugie lorsqu'il n'a plus le courage de vivre.

Dure, elle me regarda dans les yeux.

– Crois-tu à cette résurrection ?

– Evidemment non.

– Moi non plus.

Me tournant le dos, elle se dirigea vers une statue
d'or et d'ivoire qu'elle caressa longuement avec ses
mains hérissées d'ongles admirables. Elle réfléchissait,
j'avais l'impression de n'être plus dans la même pièce
qu'elle tant je la sentais absorbée dans sa méditation.
Soudain, son front se plissa, elle cessa de toucher la
sculpture et me fixa, les yeux mi-clos, comme si elle
scrutait la vérité au plus profond de mes prunelles.

– As-tu pensé à un double ?

– Pardon ?

– Moi, ce qui me frappe dans les témoignages, c'est
que les hommes et les femmes ne reconnaissent pas
immédiatement Yéchoua. L'homme porte un capu-

chon, il ne l'enlève que brièvement puis il disparaît. Ce que ferait un sosie qui utiliserait une faible ressemblance.

– Alors les témoins ne mentiraient pas mais auraient été abusés par un double de Yéchoua.

– Naturellement. Rien de plus fragile qu'un faux témoin. Tandis qu'un témoin de bonne foi, un témoin abusé par une bonne mise en scène, même sous la torture, criera encore avoir vu Yéchoua ressuscité.

J'aperçus immédiatement la force de cette hypothèse. Prenant congé d'Hérodiade, sur le pas de la porte, je me crus obligé de proposer les services de Sertorius.

– Veux-tu que je te laisse mon médecin, afin de veiller à la santé d'Hérode ?

Hérodiade eut une moue de mépris.

– Inutile ! Hérode tient de la mauvaise plante, vivace, solide, indéracinable, qui n'a même pas besoin de printemps pour refleurir toujours.

Sur ces mots, sa bouche se tordit dans un rictus de vomissement. Décidément, Hérodiade haïssait passionnément Hérode.

Je traversai Jérusalem, mâchant et remâchant sa suggestion. La brièveté qui entourait les apparitions de Yéchoua d'un halo de mystère pouvait s'expliquer par l'imposture. L'homme qui jouait le rôle du crucifié se manifestait prudemment dans la pénombre, dissimulé sous son capuchon ; il entamait d'abord la conversation avec sa victime pour tester son chagrin, et par-delà, son éventuelle tendance à croire à un retour de Yéchoua ; puis une fois le poisson ferré, lorsque le crucifié était devenu le centre des préoccupations, l'homme enlevait son capuchon.

Ayant envie de soumettre cette théorie à Caïphe, j'envoyai un messager au Temple et le grand prêtre, sans attendre, arriva secoué par la colère.

– Va sur le marché et écoute-les, Pilate : les femmes n'ont plus que le nom de Yéchoua à la bouche. Voici ce qui nous attend, si nous les laissons faire : des femmes qui pensent, des femmes qui donnent leur avis ! Pourquoi pas des femmes au pouvoir ? ! Elles s'attroupent sur la place publique et clament qu'une nouvelle ère commence ! Si Moïse voyait cela ! Et de plus, quelles femmes ont reçu la révélation de Yéchoua ? Salomé ! Myriam de Magdala ! Une nymphomane et une prostituée ! Deux virtuoses du bassin ! Deux exaltées qui se convertissent, qui passent de la débauche au mysticisme ! D'une transe à l'autre !

– Cette Myriam de Magdala exerce-t-elle toujours son métier ?

– La pécheresse prétend que c'est Yéchoua qui l'a éloignée du vice. Facile ! Elle avait compris qu'elle atteignait l'âge du rebut. Des chiennes, toutes des chiennes !

Je laissai Caïphe vitupérer puis, profitant d'une respiration, je lui exposai ma nouvelle théorie. Il m'écouta d'abord avec agacement, puis avec intérêt, enfin avec soulagement.

– Naturellement, tu as raison, Pilate : Yéchoua pourrit quelque part tandis qu'un sosie a repris son rôle. Mais qui ?

Nous réfléchissions. Par la fenêtre, je regardais le jour baisser. Le ciel devenait violacé, les corps ne portaient plus d'ombre sur les pavés. C'était l'heure indécise où le jour et la nuit glissent l'un sur l'autre sans qu'aucun ne l'emporte. Je ressentais la torpeur de ce moment immobile.

Ni l'un ni l'autre nous ne pouvions dénicher, dans nos souvenirs, un sosie de Yéchoua car Yéchoua n'avait pas un physique remarquable. De lui on ne retenait aucun trait précis. Je ne me rappelais qu'un regard, un regard d'une intensité suspecte.

Caïphe me quitta en me promettant de réfléchir et de consulter les membres du sanhédrin. Mais je ne croyais pas la méthode efficace : le sosie pouvait très bien venir d'ailleurs, de Galilée par exemple, et nous être inconnu. Non, il me fallait le prendre sur le fait, pendant sa mystification. Mais comment le prévoir ?

J'examinai de nouveau l'ordre et le lieu de ses apparitions pour y trouver une piste. Je n'y voyais rien, sinon... sinon une prise de risque toujours plus importante. L'escroc avait commencé à jouer sa farce à Salomé qui connaissait très peu Yéchoua ; puis aux pèlerins d'Emmaüs qui l'avaient suivi plusieurs semaines. Alors, encouragé par son succès, il avait eu l'audace de s'approcher de Myriam de Magdala qui fréquentait le Nazaréen depuis des années... Nul doute que, désormais, il allait tenter une apparition auprès des intimes de Yéchoua.

Qui choisirait-il ? Les disciples, la famille ? Comme les disciples étaient interdits de séjour à Jérusalem, il allait sans doute leur préférer la famille. S'il était capable de la convaincre, l'affaire était faite.

Je ne convoquai que quatre hommes, dont Burrus. Je leur demandai de se cacher sous des manteaux de commerçants et je les emmenai, à la nuit, sur la place de la fontaine, là où Myriam de Magdala était venue annoncer la bonne nouvelle à la vieille mère du magicien.

Mes hommes se répartirent dans l'ombre bleue pour faire le guet autour de la petite maison de pisé.

Je ne te ferai pas plus languir, mon cher frère. Pendant la troisième veille après minuit, une ombre encapuchonnée se glissa dans la rue. L'homme avançait prudemment. Il se retournait sans cesse. Il prenait les précautions d'un voleur. Nous retînmes notre souffle. Il semblait hésiter. Nous avait-il devinés ? Il s'immobilisa un long temps. Puis, sans doute rassuré par la tranquillité, il s'approcha de la maison de Myriam. Je retins encore mes hommes. Il tergiversa encore, regarda derrière lui, puis frappa à la porte.

Là, mes hommes se ruèrent. En un instant, il fut à terre, mains et jambes bloquées, la tête plaquée au caniveau plein d'ordures. Je m'approchai et j'arrachai sa capuche ; je vis apparaître le visage, grimé, du plus jeune disciple de Yéchoua.

Yohanân, le fils de Zébédée, celui-là même qui, auparavant, était revenu en courant vers ses camarades leur annoncer la disparition du cadavre, celui-là même qui voulait y voir l'intervention de l'ange Gabriel, Yohanân avait coupé sa barbe et frotté ses paupières au charbon. Ainsi modifié, il ressemblait vaguement à son maître...

Il ne se débattait même pas, nous considérant avec plus de surprise que de terreur.

J'étais tellement habité de sentiments contradictoires, à la fois soulagé de l'avoir arrêté et écœuré par cette machination, que je ne prononçai pas un mot.

Nous l'avons ramené au fort Antonia et jeté dans une geôle au sous-sol. En ce moment, il gît sous mes pieds. Je l'interrogerai pendant la dernière veille, lorsque j'éprouverai un peu moins de dégoût pour des comportements si fourbes.

Te souviens-tu de cette chute que je fis, lorsque j'avais huit ans, quand nous jouions sur le toit de la villa et que je me pris les pieds dans une tuile ? Miraculeusement, je n'eus pas mal. Stupidement, je n'avais pas eu peur avant et je n'eus peur qu'après. Je passai de longues heures à trembler, craignant après coup une mort que je venais d'éviter. Ce soir, je suis dans le même état : au lieu de me réjouir d'avoir mis fin à l'affaire, je frémis en songeant aux dangers que j'ai écartés.

Tu auras le récit de mon interrogatoire demain. En attendant, porte-toi bien.

De Pilate à son cher Titus

Qu'est-ce qu'une surprise ? Un événement inattendu qui provoque en nous de la peine ou de la joie ; c'est bref, une surprise ; on s'en remet toujours, qu'elle soit bonne ou mauvaise. Mais comment appeler une surprise sans fin ? Une flèche qui nous fige dans la perplexité ?

Hier soir, je descendis au cachot.

Il n'y avait que Yohanân et la nuit.

Le jeune homme se tenait couché sur le ventre, les bras en croix, le visage sur la dalle. Une lune indifférente lâchait quelques rayons avares à travers les barreaux.

Il était aussi long, aussi grand que Yéchoua. Sa tunique blanche épousait ses larges épaules, sa taille étroite, sa croupe de marcheur, ses jambes hautes, nerveuses...

J'avais longtemps erré dans le fort endormi. J'avais froid. Je n'aime pas ces nuits glaciales de printemps qui ne tiennent pas les promesses du jour. Sans me manifester, je contemplais les mains de Yohanân, paumes plaquées au sol, des mains pâles, plus douces que le duvet des joues.

– Approche, Pilate, puisque tu meurs d'envie de me parler.

J'ai sursauté. Sa voix avait résonné sous les voûtes sans que rien de lui ne bougeât.

– Approche.

Je souris. Yohanân avait poussé le mimétisme jusqu'à parler comme Yéchoua, avec ce timbre d'effusion tendre, cette familiarité insolite qui refusait de distinguer un empereur d'un berger.

J'avançai vers la grille et murmurai :

– Quelle étrange position pour prier...

– Il se tenait ainsi lorsqu'il est mort. En croix, comme un criminel. C'est ainsi que je prierai désormais. Tout à l'heure, j'ai presque senti les clous à mes poignets.

Soudain, il rassembla ses membres, fit demi-tour sur lui-même et s'assit face à moi. Ses bras entouraient ses genoux et ses yeux noirs brillaient tandis que ses longs cheveux devenaient bleu de cendre sous la lumière morte de la lune.

– Je voudrais lui ressembler le plus possible. Et l'imiter. Tant que ma vie durera.

A la sincérité éperdue qui vibrait dans sa voix, je me pris à soupçonner que Yohanân était devenu fou. Peut-être se prenait-il pour son maître ? Peut-être était-ce malgré lui, sans intention maligne, qu'il avait abusé les témoins ? Peut-être n'avait-il même pas eu conscience de les induire en erreur ?

Je devais mener l'interrogatoire.

– Quoi que le sanhédrin ait dit, j'ai toujours pensé que ton Yéchoua était un homme droit, juste et sincère.

– Alors toi aussi, Pilate, tu as recueilli la lumière de sa parole ?

Je déteste cette rhétorique juive, ces images exaltées, pain quotidien de leur pensée nébuleuse. Je le remis à sa place.

– Non. Simplement, j'ai reçu une éducation grecque et j'en suis resté curieux des sages.

– Mais Yéchoua n'est pas un sage !

– Si, un sage maladroit, un sage entêté, comme Socrate, qui meurt de n'avoir pas voulu démentir.

– Yéchoua n'est pas un sage !

J'avais pensé l'amadouer en lui faisant ce compliment énorme – comparer son maître à Socrate – mais, loin d'abolir la distance entre nous deux, cela avait construit un mur de silence. Le jeune homme s'était fermé.

– Pourquoi te fais-tu passer pour Yéchoua ?

Il me regarda sans comprendre, l'air authentiquement étonné. Je commençai à me demander si les gens

n'avaient pas pris Yohanân pour Yéchoua sans même
qu'il s'en doutât.

– Yohanân, écoute-moi. Tu as toujours eu une vague
ressemblance avec Yéchoua et, pour la cultiver, tu te
rases la barbe. Excellente idée. Tu noircis tes paupières
au charbon pour te fatiguer et te vieillir. Tu te caches
sous un capuchon, tu imites sa voix, et, lorsque tu sens
que ton interlocuteur est disposé à faire la confusion,
tu montres quelques instants ton visage dans la
pénombre.

– Non.

– Si.

« Sinon, pourquoi aurais-tu fait cela, toi, un Juif
pieux ? Un Juif pieux ne se rase pas !

Yohanân éclata de rire.

– Je n'ai pas rasé ma barbe pour ressembler à
Yéchoua mais pour échapper à la surveillance de tes
hommes. Tu nous as interdit, à nous, les disciples, de
remettre les pieds à Jérusalem. Or je savais qu'il allait
se passer beaucoup de choses ici. J'ai négligé ton veto
et décidé de me cacher. Le capuchon poursuit le même
but. Oui je me dissimule, oui je vis en clandestin, mais
je ne me fais pas passer pour Yéchoua.

– Pourquoi te rendais-tu chez sa mère ?

– Yéchoua aimait profondément sa mère et je suis
certain qu'il va venir lui annoncer la Bonne Nouvelle.
J'aimerais être là, tapi dans un coin, pour assister à son
apparition.

Ce garçon me déconcertait. Il pensait violemment
tout ce qu'il disait, incapable d'une feinte.

– Je t'en supplie, Pilate, laisse-moi aller chez
Myriam. Je ne veux pas manquer cela.

Il m'avait pris les mains et son regard m'implorait.

– Plus tard, Pilate, plus tard, je ferai autant de prison que tu voudras, tu pourras même me crucifier, peu m'importe, du moment que j'aurai vu Yéchoua. Laisse-moi l'attendre chez Myriam.

Je m'éloignai pour qu'il me lâche. Il tomba à terre, toujours suppliant.

Puisque ce garçon ne mentait pas, je devais maintenant vérifier la justesse de ma deuxième hypothèse : il n'était pas un mystificateur volontaire, mais un mystificateur inconscient.

– Tu nies t'être fait passer pour Yéchoua ?

– Bien sûr.

– As-tu rencontré dernièrement Salomé, la fille d'Hérode ?

– Oui.

– Et Myriam de Magdala ?

– Oui.

– Et les deux pèlerins d'Emmaüs ?

– Bien sûr.

Il avouait sans malice. Il ignorait l'effet qu'il avait produit sur eux.

– Que penses-tu de leur témoignage ?

– Je les envie. Oh ! Pilate ! je t'en supplie, laisse-moi rejoindre Yéchoua chez sa mère. Je n'ai déjà plus besoin de le voir par moi-même pour y croire, mais je serais si heureux de le retrouver. Laisse-moi partir. Je m'engage à me livrer.

Je le laissai s'époumoner.

Il finit par se taire.

Comprenant que je le maintiendrais dans ce cachot, lentement, il se remit sur le sol, en croix, et recommença à prier. Je le voyais s'apaiser, son souffle redevenant régulier.

Déjà, les pâleurs de l'aube glissaient sur la mousse des soupiraux. Songeant qu'il serait peut-être utile que je me repose avant d'affronter une nouvelle journée, je me levai pour quitter la prison.

– Je t'aime, Pilate.

Yohanân avait prononcé ces mots en me voyant partir. J'en demeurai glacé.

– Je t'aime, Pilate.

Je me retournai vers Yohanân avec l'envie de l'insulter pour le faire taire.

– Cesse de parler comme lui !

– C'est lui qui me l'a appris.

– Comment peux-tu prétendre m'aimer ? Je t'enferme en prison ; dans quelques heures, je te livrerai au sanhédrin ; tu ne reverras peut-être jamais le jour ; tu prétends m'aimer ? M'aimer, moi, qui ai aussi fait exécuter ton maître !

– Il a demandé sur la croix qu'on te pardonne.

– Moi ?

– Toi comme les autres. Il a murmuré : « Père, pardonnez-leur car ils ne savent pas ce qu'ils font. »

Sans m'en rendre compte, je me jetai contre la grille, l'attrapai à travers les barreaux et me mis à le secouer violemment.

– Pas moi, tu m'entends, pas moi ! Tu n'as pas à m'aimer ! Tu n'as pas à me pardonner ! Je n'en veux pas !

– Ne sois pas si orgueilleux. Yéchoua t'aimait.

C'en était trop. De son cachot, Yohanân me menaçait. Il devenait le chasseur, moi la proie, et je reculais

dans la pénombre pour me protéger de son insupportable bonté.

– Vous êtes fous ! Fous ! Caïphe a raison : il faut
vous empêcher de parler ! Il faut vous exécuter, tous !

– Tu ne veux pas que je t'aime ?

– Non, je ne veux pas de ton amour. Je préfère
choisir qui m'en donne. Et à qui j'en donne. Domaine
réservé.

– Tu as raison, Pilate. Que deviendrions-nous si nous
nous aimions tous ? Penses-y, Pilate, que deviendrions-
nous dans un monde d'amour ? Que deviendrait Pilate,
préfet de Rome, qui doit sa place à la conquête, à la
haine et au mépris des autres ? Que deviendrait Caïphe,
le grand prêtre du Temple, qui t'achète sa charge à
force de cadeaux et assoit son autorité sur la crainte
qu'il inspire ? Y aurait-il encore des Juifs, des Grecs,
des Romains dans un monde inspiré par l'amour ?
Encore des puissants et des faibles, des riches et
des pauvres, des hommes libres et des esclaves ? Tu
as raison, Pilate, d'avoir si peur : l'amour serait la
destruction de ton monde. Tu ne verrais le Royaume
de l'amour que sur les cendres du tien.

Puis-je te l'avouer, mon cher frère ? Devant tant de
folie, je m'enfuis.

Je quittai le fort Antonia pour rejoindre notre palais,
grimpai quatre à quatre les escaliers qui mènent à notre
chambre et là, comme un nomade trouve le puits, je
me jetai dans le lit où dormait Claudia.

Elle reposait sur le flanc et je me plaquai contre elle,
la caressant pour qu'elle se réveille. Elle sourit en
m'apercevant. Elle cria presque de joie.

– Pilate, je voulais te dire...

Je mis ma bouche en guise de bâillon. Je débordai de tendresse et aussi d'une sorte de joie sauvage, une envie d'étreindre, de caresser, de pénétrer le corps de ma femme. Nous avons roulé dans le lit. Elle voulut encore parler, mais ma bouche l'empêchait. Enfin, elle se rendit, nous nous sommes emboîtés et nous avons fait longuement, furieusement, l'amour.

Quand le plaisir nous sépara, nous glissâmes chacun de notre côté puis Claudia se leva et vint s'asseoir devant moi.

– Pilate, j'ai quelque chose à te dire de très important.

– Que tu m'aimes, Claudia ?

– Ça, je viens de te le dire.

Nous nous embrassâmes encore.

– Pilate, j'ai autre chose à te dire, d'incroyable, de bouleversant, de...

Elle se tut. Je l'encourageai d'un baiser dans le cou.

– Eh bien ?

– J'ai vu Yéchoua cette nuit. Il m'est apparu. Il est ressuscité.

De Pilate à son cher Titus

Comment ai-je fini ma lettre d'hier ?

Je ne sais plus.

Je pense avec difficulté.

Les faits se dérobent à toute logique, s'emballent, galopent, prennent des pistes inconnues, filent dans le désert. Claudia m'assure qu'il faut les suivre, les faits, et reconstruire sa pensée à partir d'eux. J'en suis incapable. Je ne peux pas abandonner le bon sens, rivé à une alternative qui exige que l'on soit *ou bien* mort *ou bien* vivant, mais pas les deux. Ces derniers jours, comme tu l'as lu, j'ai multiplié les astuces de raisonnement pour garder ma confiance... dans le raisonnement. Chaque fois, j'ai été démenti. Chaque fois, j'ai été giflé par la réalité, une réalité têtue, absurde, impensable, inacceptable, effrayante, ahurissante.

Non seulement Claudia a revu Yéchoua pendant que je tenais son sosie enfermé dans une cellule du fort Antonia, mais, cette même nuit, Yéchoua s'est aussi montré à sa mère, puis à Chouza, l'intendant d'Hérode. A chacun, il annonçait « la Bonne Nouvelle ».

Je ne comprends pas ce qu'est cette bonne nouvelle. J'ai d'abord estimé que c'était sa propre résurrection car ce doit être agréable de revenir d'entre les morts mais Claudia m'assure qu'il ne peut s'agir d'une pensée aussi égoïste et personnelle. Selon elle, Yéchoua n'a pas vécu pour lui, il n'est pas mort pour lui, il ne revient pas non plus pour lui.

Elle en est d'autant plus certaine qu'il a choisi de se montrer à elle, une Romaine. Or, malgré cette élection, elle s'estime encore incapable de bien saisir l'enjeu et demeure persuadée qu'il va envoyer d'autres signes...

Imagine ma situation... Je peux mettre tous les témoignages en doute sauf un, celui de Claudia Procula. En apparaissant à mon épouse, Yéchoua, je le soupçonne, a décidé de m'atteindre. Il veut me convaincre. Mais de quoi ?

Pourquoi se cacher et se montrer à la fois ? Pourquoi

ce mélange de présence et d'absence ? Si j'étais, comme lui, injustement condamné, et si, par prodige, je revenais de la mort, que ferais-je ? Soit je fuirais à l'étranger pour me protéger de mes bourreaux. Soit j'exploiterais ce miracle en me montrant crânement et en me protégeant ainsi par une réputation d'invulnérabilité. Mais j'aurais une attitude nette. Ou bien disparaître. Ou bien me manifester. Yéchoua échappe à cette logique. Il ruse, il finasse, il biaise, il désarçonne, il s'enveloppe de mystère.

Comment puis-je traquer un adversaire que je ne comprends pas ?

J'ai essayé, en interrogeant Claudia, de la faire accoucher d'une explication, cependant, presque aussi troublée que moi quoique pour d'autres raisons, elle peine aussi à démêler les intentions du Nazaréen.

– Il faudrait, me dit-elle, mieux connaître les textes de la Loi juive.

J'ai donc décidé d'aller consulter Nicodème, membre du sanhédrin, qu'on dit savant docteur, expert des plus infimes détails de la religion mosaïque.

Claudia me supplia d'assister à cette consultation. Dissimulés sous de grands manteaux de pèlerins car on pourrait s'étonner que le préfet et la préfète de Rome rendissent visite à Nicodème, emmitouflés, encapuchonnés, nous avons gagné le quartier des potiers, dépassé la place des Innocents et frappé à la porte basse.

Nicodème mit longtemps à nous ouvrir. Lorsqu'il nous scruta à travers la lucarne grillagée, je relevai légèrement la tête pour me faire reconnaître. Les loquets jouèrent, il nous fit entrer et referma soigneusement derrière nous.

Je ne m'attendais pas à ce que la maison d'un docteur de la Loi fût ainsi : je l'avais imaginée pleine de rouleaux, de manuscrits or je ne voyais que des étagères vides et une cruche cassée.

Nicodème devina mon étonnement.

– Mes biens viennent de m'être confisqués. Caïphe me reproche d'avoir trop prêté l'oreille à Yéchoua, d'avoir voulu lui éviter le procès puis de l'avoir accompagné jusqu'au tombeau. Depuis qu'il est réapparu, ils passent leur colère sur moi. Comme ils ragent d'impuissance, ils m'ont transformé en bouc émissaire.

Le petit homme souriait.

– Pour l'heure, ils me laissent encore la maison de mon père. A mon avis, dans une semaine, ils la prendront aussi et je serai totalement spolié.

Cela ne semblait pas l'affecter. Heureux, volubile, il nous versa de l'eau dans les bols qui lui restaient.

– Nous vivons un moment extraordinaire ; c'est un privilège insigne de voir l'Eternel devenir temporel. Quel honneur ! Pourquoi nous ? Pourquoi ici et maintenant ? Merci, Seigneur ! Moïse le premier annonça qu'un jour, un prophète viendrait et créerait la nouvelle Alliance. Puis David, Ezéchiel, Osée, et surtout Jérémie ont, par voie d'inspiration, prédit l'œuvre à venir du Messie. Et Yéchoua se montra. Lui, à la différence de tous les autres vrais prophètes et faux messies, oui, lui seul accomplit une à une toutes les prophéties. D'abord, il avait été prévu que le Messie naîtrait à Bethléem, Yéchoua y naquit. Que le sommet de sa prédication se passerait à Jérusalem, Yéchoua

vint y créer des émeutes. Lorsqu'il atteignit l'âge mûr,
Yohanân le Plongeur, dernier prophète avant le Messie,
le reconnut au milieu d'une foule anonyme, s'agenouilla devant lui et déclara qu'il était arrivé sur la
terre de Palestine. Après cela, les évènements se pré-
cipitent et Yéchoua multiplie les confirmations prophétiques. « Exulte de toutes tes forces, fille de Sion !
Pousse des cris de joie, fille de Jérusalem ! Voici ton
roi qui vient vers toi : il est juste et victorieux, humble
et monté sur un âne, un âne tout jeune. » Comme l'avait
prédit Ezéchiel, Yéchoua entra dans Jérusalem monté
sur un mulet que personne n'avait encore bâté ; les
gens, reconnaissant le signe, étendirent sur le chemin
leurs manteaux, d'autres des rameaux coupés dans la
campagne ; ceux qui marchaient devant comme ceux
qui suivaient criaient : « Hosanna ! Béni soit celui qui
vient au nom du Seigneur ! » C'est là, au mont des
Oliviers, que Dieu devait apparaître à la fin des temps
selon Zacharie. Les prêtres du Temple, furieux, ordon-
nent aux enfants de se taire et Yéchoua leur répond :
« Vous n'avez donc jamais lu dans l'Ecriture : De la
bouche des enfants, des tout-petits, tu as fait monter la
louange ? » Bien sûr, certains ont alors prétendu que
Yéchoua se servait de sa connaissance des Ecritures
pour préparer ses répliques et ses déplacements. Mais
alors, s'il n'est qu'un escroc, pourquoi prend-il lui-
même le risque de prédire l'avenir ? Souvenez-vous de
sa colère au Temple, lorsqu'il renversa les comptoirs
des changeurs, les sièges des marchands, les barrières
retenant les bœufs et les brebis, lorsqu'il expulsa les
commerçants avec un fouet... S'il justifie son acte par
l'Ecriture : « Ma maison s'appellera maison des prières

pour toutes les nations, vous en avez fait une taverne de bandits », il s'aventure ensuite à prophétiser à son tour : « Détruisez ce Temple et, en trois jours, je le relèverai. » Sur le coup, les prêtres n'ont rien compris et ils ont ricané. « Il a fallu quarante-six ans pour bâtir ce temple, et toi, en trois, tu le relèverais ! » C'est pourtant ce qu'il a fait, nous ne le comprenons qu'aujourd'hui. Le Temple dont il parlait, c'est son corps. Et son corps, il l'a ressuscité en trois jours ! Trois jours !

Devant cette affirmation péremptoire, j'allais suggérer que c'était jouer avec les mots lorsqu'une pression de Claudia sur ma main me retint.

– Les prophéties exigeaient-elles aussi, demanda Claudia, que votre Messie fût exécuté sur une croix, comme un vulgaire voleur ?

– Naturellement. Isaïe nous en avait avertis. « Mon Serviteur réussira, dit le Seigneur, il montera, s'élèvera, il sera exalté ! La multitude avait été consternée en le voyant, car il était si défiguré qu'il ne ressemblait plus à un homme. Il sera arrêté, puis jugé, supprimé et enterré parmi les mécréants. Maltraité, il n'ouvre pas la bouche ; comme un agneau conduit à l'abattoir, comme une brebis muette devant les tondeurs, il n'ouvre pas la bouche. » Vous, les Romains et les Grecs, vous ne pouvez pas imaginer un de vos dieux s'accomplissant dans l'humiliation, vous confondez la sainteté et l'héroïsme. Mais nous, nous pouvons saisir le sens de ce supplice. Le Messie accepte la mort pour le salut de tous. Sur sa croix, il ne porte pas ses péchés, mais ceux du peuple. « Le Seigneur a fait retomber sur lui nos fautes à nous tous, disait Isaïe. Il a fait de sa vie un sacrifice d'expiation. Il portait le péché des multitudes et il intercédait pour les pécheurs. » Parce qu'il a connu la souffrance, parce qu'il l'assume, il se charge de toutes nos fautes. Il nous demande de les reconnaître, de les expier et, comme lui, de renaître peu après. Oh, si vous saviez, même d'infimes détails de l'Ecriture se sont réalisés. On disait « aucun de ses os ne sera brisé », et toi, Pilate, tu ne l'as ni amputé ni écartelé ; on l'a descendu de croix intact, je peux en témoigner, j'y étais, en compagnie de Yoseph d'Arimathie. L'Ecriture disait : « Ils lèveront les yeux vers celui qu'ils ont transpercé », annonçant tes légionnaires au pied de la croix. « Des fleuves d'eau vive jailliront de son cœur », et je peux témoigner que, lorsque ton soldat planta sa lance dans sa poitrine, de l'eau mêlée de sang jaillit de sa poitrine. N'est-ce pas merveilleux ? Pourtant cet après-midi-là, moi-même j'ai douté. Moi aussi, comme Caïphe, comme les prêtres, comme la plupart d'entre nous, j'avais attendu un Messie glorieux, un homme fort, puissant, grand général ou grand roi. Et puis, à cause de ma formation de docteur de la Loi, j'avais tendance à saisir les choses au pied de la lettre. Ainsi, quand David disait que le Messie délivrerait le peuple de ses ennemis, j'avais d'abord songé qu'il nous débarrasserait des Romains. Je n'avais pas tout de suite saisi que les ennemis dont Yéchoua délivre, ce sont les péchés.

Je ne crus pas devoir poursuivre l'entretien. J'étais allé au plus loin où je pouvais m'aventurer dans les folies juives, mais je butais sur deux choses auxquelles je ne saurais souscrire : croire en ces textes prophétiques déposés par des barbus enragés pendant des siècles sur les terres instables de Palestine ou envisager que Yéchoua, ressuscité, était l'homme providentiel annoncé par ce tissu d'âneries.

– Que vas-tu faire, Nicodème ?

– Prendre la route de Nazareth. La semaine de sa mort, lors du dernier repas avec ses disciples, il leur a annoncé : « Une fois ressuscité, je vous précéderai en Galilée. » Nous savons donc qu'il se manifestera et parlera sur le chemin de Galilée. Maintenant, ce n'est plus nous qui attendons le Messie, c'est lui qui nous attend. Il faut simplement que je trouve une litière...

– Pourquoi ?

Nicodème désigna sa hanche.

– Celle-ci n'avance plus. Elle ne supporte ni de marcher ni de monter une bête. Il n'y a guère qu'allongé que je peux accomplir de grandes distances. Et maintenant que le sanhédrin m'a spolié, je n'en ai plus les moyens. Mais je trouverai bien un ami...

Cette infirmité m'amusa cruellement. Après cette avalanche de nébulosité religieuses, j'étais presque content de voir Nicodème buter sur un détail concret.

– C'est curieux, Nicodème. Pourquoi Yéchoua ne t'a-t-il pas guéri lorsque tu l'as rencontré ?

– Parce que je ne le lui ai pas demandé.

Nicodème m'avait répondu avec candeur. Agacé, je lui claquai la porte au nez et nous retournâmes au palais.

Crépuscule.

La nuit tombe et ne m'apaise pas. Les lumières finissantes s'enfoncent dans l'horizon sans emporter mes soucis. Par la fenêtre, je vois les collines, la masse sombre des montagnes appuyées contre l'obscurité. Le silence me meurtrit ; il se tait ; il dort sur ses secrets ; il me les dissimule.

Je t'écris et la pâleur de ces feuilles se communique à ma pensée. Je ne pense plus, j'attends. Je refuse ce choix entre une parole sage et une parole folle. J'attends que la raison me revienne. J'attends que le bon sens réorganise les faits.

Tout à l'heure, j'ai subitement ressenti le besoin de parler avec Claudia, de l'embrasser. Mon sang s'accélérait dans ma poitrine. J'ai eu le sentiment que j'allais manquer un rendez-vous auquel j'étais convié. Je suis monté dans notre chambre et là, j'ai compris pourquoi j'avais le cœur battant.

Claudia était partie. Elle m'avait laissé, posé en évidence sur le lit, un mot. Une branche de mimosa empêchait le papyrus de s'envoler.

« Ne t'inquiète pas. Je reviens bientôt. »

Comme tu le sais, je suis habitué à ces petits billets qui m'annoncent des heures de solitude forcée. Claudia est coutumière de ces fugues, je sais qu'elle ne cède qu'à des inspirations irrépressibles et je ne serais plus son époux si je m'avisais de ne pas les supporter.

Je m'allongeai sur la couverture de soie.

La chambre était pleine d'elle, de son parfum ambré, de son goût délicat pour les étoffes rares, les chaises sculptées incrustées de pierres colorées, les bustes étranges rapportés de nos voyages. Partout où nous avons été, au gré des mutations, je ne me suis senti chez moi que dans le lit et dans l'odeur de Claudia. Cette fois, je sais où elle se trouve. Cette fois, elle n'est pas allée suivre une caravane, ou remplacer une mère défaillante auprès de ses enfants, ou passer quelques jours au bord de la mer, la tête au-dessus d'un coquillage, cherchant son secret, absorbée dans une de ses méditations qui lui ôtent le boire et le manger. Cette fois, elle a pris la route de Nazareth...

Je dois la laisser aller au bout de son illusion et moi chercher, ici, la solution.

Curieusement, j'ai le sentiment que tout ainsi rentre dans l'ordre. Je me suis dédoublé. Ma force, mes muscles et mon bon sens demeurent ici, au fort Antonia, pendant que ma moitié, ma moitié rêveuse, ma moitié sensible, imaginative, ma moitié qui pourrait céder aux mirages de l'irrationnel, accompagne Claudia sur les chemins pierreux de Galilée.

J'ai déposé un baiser sur la branche de mimosa, ne doutant pas que ma femme, où qu'elle soit, recevrait sur son front la chaleur de mes lèvres.

Où es-tu, toi-même, mon cher frère ? Où liras-tu cette missive ? Je ne sais rien des gens qui t'entoureront alors, des arbres et des maisons qui te protégeront, de la couleur du ciel sous lequel tu me déchiffreras. Je t'écris de mon silence pour rejoindre le tien, je t'écris pour abolir la distance, aller de ma solitude à la tienne. Oui, c'est cela. Ma solitude, la tienne. La solitude. Seule chose en quoi, à coup sûr, nous sommes égaux. Seule chose qui nous sépare et nous rapproche. Porte-toi bien.

De Pilate à son cher Titus

J'ai trouvé !

Ton frère est redevenu ton frère, la logique l'a

emporté. Mon esprit est en ordre. Il ne me reste plus qu'à en mettre dans le pays.

Le surnaturel a disparu. Les faits ne s'opposent plus à la raison ; au contraire, ils déroulent le fil d'une machination astucieuse, tortueuse, implacable, une véritable intrigue orientale qui ferait le bonheur d'un poète. Tout danger n'est pas encore écarté en Palestine, mais s'éloigne, en tout cas, le danger de perdre l'esprit. Lorsque tu auras fini ma lettre, tu découvriras qu'il n'y a pas de mystère Yéchoua ; il ne subsiste qu'une affaire Yéchoua. Encore n'est-ce qu'une question d'heures...

La solution me fut suggérée par Craterios sans que celui-ci s'en rendît compte. Ne respectant pas la consigne de nos armées, il mangeait, assis en tailleur, au milieu de la cour, tandis que mes soldats criaient : « Chien ! Sale chien ! Va au réfectoire ! A la cuisine. » Lui, continuant à s'empiffrer, leur répondait calmement : « Vous êtes les chiens ! Vous rôdez autour de moi lorsque je sors ma nourriture. » J'arrivai au moment où il risquait d'en venir aux mains avec Burrus. Nous nous dirigeâmes vers les thermes.

Le marbre fumait de vapeur.

– J'aime les bains car là, au moins, la nudité rend les hommes égaux. Plus de toge et de pourpre pour hausser les uns et écraser les autres.

Naturellement, Craterios trouva encore le moyen de provoquer un scandale en apostrophant des jeunes hommes aux corps huilés, superbes, qui, visiblement épris d'exercices athlétiques, s'entraînaient à lutter et soulever des poids.

– Les beaux hommes dépourvus de culture sont comme des vases de marbre remplis de vinaigre. Vous me faites pitié ! Vous passez plus de temps à vous entraîner à devenir coureur, lanceur, qu'à devenir honnête homme. Que mettra-t-on comme épitaphe sur votre tombe ? Il était musclé ?

Il agressa ensuite un garçon un peu efféminé qui regardait avec trop d'intérêt les athlètes.

– La nature t'a fait homme. Tu veux empirer ton cas en devenant une femme ?

Lorsque je réussis enfin à l'isoler dans la salle de vapeur, nous avons parlé. Il me redit son intérêt croissant pour Yéchoua, qu'il tenait pour un philosophe de première valeur, disciple de Diogène puisque son idéal était de parcourir les routes pour provoquer les hommes, les désarçonner dans leurs certitudes.

– Comme Diogène, il a abandonné tous ses biens, abandonné sa famille. Il vivait en nomade, acceptant les aumônes. Il faisait table rase des coutumes, des conventions, il ne reconnaissait aucune loi préétablie, il estimait que la vertu est la seule richesse. Je te le dis, Pilate, ce Juif avait choisi, comme moi, à l'exemple de Diogène, le raccourci du chien.

– Comment comprends-tu sa mort sur une croix ?

– Il n'y a rien à comprendre. Le vrai sage ne craint pas la mort car il sait qu'elle n'est rien. La conscience ne souffre pas puisqu'elle a disparu. Avec la chair qui pourrit, c'est l'esprit qui pourrit aussi, et les désirs, et l'angoisse. Notre disparition, nous privant de toute possibilité de souffrance, doit être attendue comme une béatitude. C'est d'ailleurs le seul moyen d'être sage : envisager la mort comme une fête.

Je lui appris alors la suite de l'histoire, la disparition

du cadavre, puis la résurrection du mort, ses apparitions successives. Il haussa les épaules.

– Impossible !

– C'est ce que je me dis aussi. Mais comment expliquer qu'il circule, alors ?

– Très simplement : s'il est toujours vivant, c'est qu'il n'était pas mort sur la croix.

Je ne trouvai pas tout de suite sa consistance à l'affirmation de Craterios. Il fallut un détail, un étrange détail. De la salle moyenne nous parvinrent des cris de protestation. Je m'y rendis et découvris que les jeunes gens insultaient un vieillard, ou plutôt un squelette couvert de peau flasque, qui descendait dans la piscine aux carreaux bleu crétois. Son corps portaient des escarres, des croûtes, certaines encore purulentes.

Les jeunes gens lui hurlaient de sortir, l'accusant de souiller l'eau avec ses blessures encore ouvertes, mais le vétéran de la centurie, trop occupé à avancer dans l'hostilité de l'eau froide, ne les entendait même pas.

C'est alors qu'une image me revint, une image qui ne m'avait pas frappé les jours précédents et qui, maintenant, m'arrivait tel un poing dans l'estomac : j'avais vu, lors de ma visite à la ferme de Yoseph d'Arimathie, un grand homme pâle et blessé autour duquel s'empressaient les servantes... Et si cela avait été Yéchoua ? Yéchoua convalescent, que ni les hommes de Caïphe ni moi n'avions reconnu puisque, bien évidemment, nous cherchions un mort ?

J'ai quitté les thermes pour travailler cette hypothèse et voici, mon cher frère, ce qu'à force d'enquêtes je peux désormais, ce soir, te dévoiler.

Yéchoua est vivant. Il parle. Il marche. Il respire

comme toi et moi tout simplement parce qu'il n'est pas décédé.

Revenons au jour de la crucifixion. J'envoie trois condamnés, deux voleurs et le Nazaréen sur le mont du Crâne vers midi. Yéchoua est le dernier à être hissé en croix ; on le cloue vers midi et demi. Or, cinq heures après, Yoseph d'Arimathie vient me prévenir au palais que Yéchoua ayant déjà trépassé, on pouvait l'enterrer. Cela m'arrange car les trois jours de la Pâque juive n'autorisent pas à exposer les morts. J'envoie Burrus vérifier le décès de Yéchoua. Il me le confirme. On achève alors les deux autres larrons et je donne l'autorisation de décrocher les corps pour les ensevelir.

Or, mon médecin est formel : on ne meurt pas si vite.

Sertorius m'a expliqué qu'un crucifié ne décède pas de ses plaies, si douloureuses soient-elles, ni même du sang perdu lorsqu'on le cloue aux poutres. Non, une crucifixion n'est pas une exécution mais un supplice. Le condamné meurt très lentement. Nos juristes ont proposé cette technique parce qu'une longue agonie donne le temps au criminel d'apercevoir l'horreur de ses actes. Selon Sertorius, qui aime les comparaisons médico-juridiques, la crucifixion a des vertus bien supérieures à la lapidation traditionnellement pratiquée par les Juifs. Certes, jeter des pierres aux condamnés permet aux villageois d'assouvir leur vengeance ou quelques pulsions violentes dont la purge est toujours utile, mais l'affaire est trop brièvement menée, un choc sur le crâne conduisant rapidement à la mort. La crucifixion vaut aussi mieux que le feu auquel on condamne l'homme convaincu d'adultère avec sa belle-mère, ou bien le plomb fondu dans la gorge, même si cette dernière méthode permet de conserver le cadavre et de l'exposer. La crucifixion, d'après tous nos experts, a le triple avantage de faire souffrir longtemps et de tuer quand même, tout en offrant un spectacle qui épouvante le peuple et le dissuade d'agir contre l'autorité. Sertorius ne tarissait pas d'éloges non plus sur ses vertus symboliques : lorsqu'on punit un bandit, on le cloue par les mains dont il se servait pour voler et les pieds qui lui permettaient de fuir. Bref, la crucifixion n'est pas juive, mais romaine.

De quoi meurt le crucifié ? D'asphyxie. Le poids de son corps pèse tant sur ses bras que cela lui comprime le thorax et tétanise les muscles. Il se contracte, éprouve du mal à respirer et étouffe lentement.

– Combien de temps prend l'asphyxie ?

– En moyenne ? C'est difficile... il faut tenir compte de l'hémorragie, de l'inflammation des plaies, de la chaleur du soleil sur le crâne... on doit remarquer que certains poumons ou certaines têtes se congestionnent plus vite... Enfin, on peut dire qu'en moyenne, le crucifié met trois jours à mourir.

– Trois jours ?

– On raconte que des sujets particulièrement robustes ont râlé pendant dix jours avant de rendre leur dernier souffle, mais cela reste exceptionnel.

– Cinq heures de crucifixion paraissent donc insuffisantes ?

– Ridiculement courtes. On a déjà vu des crucifiés décrochés après une journée entrer en convalescence et se porter rapidement comme des charmes, excepté quelques séquelles. Aussi est-ce pour cela que l'on a inventé le bris de tibias.

Le médecin fouilla dans ses accessoires et me rapporta un corps de cire rivé sur une croix. Il s'agissait d'une maquette pas plus haute que ma jambe. Sertorius accrocha la croix à un clou, sur le mur, puis saisit une hache.

– Vois ce mannequin que j'ai fait mouler pour mes cours. Grâce à son appui sur les pieds cloués, le crucifié ne fait pas porter tout le poids de son corps sur ses bras. Tant qu'il a des forces, il peut se maintenir sur ses jambes, et respirer encore. Aussi, si l'on veut le faire mourir rapidement, on lui coupe les tibias.

D'un coup de hache, il brisa les jambes du mannequin. La marionnette s'affaissa, tenue uniquement par ses poignets cloués.

– L'étouffement se produit vite. On pratique le bris de tibias par sécurité avant de déclouer qui que ce soit.

Je convoquai alors Burrus, le centurion qui avait été chargé de la vérification. Celui-ci rapporta qu'il avait coupé les tibias des deux voleurs, qui vivaient et juraient encore, mais qu'il n'avait pas tranché les chevilles de Yéchoua puisque celui-ci était déjà mort.

– Comment pouvais-tu en être sûr ?

– On lui a enfoncé une lance dans le cœur et il n'a pas réagi.

– S'il n'avait été qu'évanoui, il n'aurait pas réagi non plus.

– Bien sûr, mais la lance, on la lui a enfoncée. Rien que ça, ça aurait suffi à le tuer.

Sertorius, comme moi, se montrait sceptique. Toute

blessure n'est pas mortelle, nous avons fait assez de guerres pour le savoir.

Je convoquai alors dans l'atelier du médecin le soldat qui avait donné le coup, un petit Marseillais trapu avec une seule longue barre de sourcils très fournis au-dessus des deux yeux.

– Peux-tu nous montrer exactement ce que tu as fait ?

L'homme prit la lance, s'approcha du mannequin et frappa la poitrine. La cire commença par résister mais le soldat, pris au jeu de la reconstitution, l'enfonça alors violemment.

Il soupira de satisfaction.

– C'est rentré plus facilement. Mais en gros, c'est ça. Je l'ai frappé au cœur.

Je me tournai vers le médecin.

– Qu'en penses-tu ?

– Je pense d'abord que le cœur est de l'autre côté.

Nous sommes partis dans un grand éclat de rire. A chaque hoquet, mes douleurs des jours précédents s'envolaient. Plus nous nous esclaffions, plus je me libérais.

Le Marseillais se renfrogna en fermant les poings ; sous la grimace, son visage semblait encore plus obtus ; il avait moins de front qu'un singe.

– Mais enfin, je sais reconnaître un mort, tout de même !

– Ah oui ? dit mon médecin avec mépris. A quoi le reconnais-tu ? Moi-même je me trompe si je ne fais pas un examen précis.

– Je t'assure que je l'ai enfoncée fort, ma lance. Et

profond. La preuve, c'est qu'il en est sorti du liquide. Ça a jailli.

– Jailli ? répéta le médecin. Eh bien, justement, un cadavre ne saigne pas. Il suinte tout au plus un sang épais, brunâtre, qui coule difficilement mais rien qui puisse gicler ! Nous pouvons donc être certains que le crucifié n'était pas mort lorsque tu as cru vérifier son décès.

– Mais mon coup l'aura achevé !

– Un coup de lance ne suffit pas. Raconte-nous plutôt comment tu as senti le corps lorsque tu l'as décroché. Etait-il chaud ? Tiède ? Froid ? Encore souple ou déjà raide ?

Le Marseillais devint cramoisi, s'absorbant dans la contemplation du sol. Je pris le relais du médecin et lui ordonnai de répondre sans délai.

– Eh bien... c'est-à-dire. Ça nous aurait été difficile de nous rendre compte parce que, pendant ce temps-là... nous descendions les deux autres...

– Quoi ! Ce ne sont pas mes hommes qui ont décloué les condamnés !

– Ceux des côtés, ils n'avaient pas de famille, personne. Mais pour celui du milieu, le Nazaréen, il y avait plein de monde qui voulait s'en occuper... dont ce monsieur qui était venu te voir...

– Yoseph d'Arimathie !

– Oui, alors, comme on était pressés...

Je ne saurais te dire, mon cher frère, si j'étais alors furieux ou soulagé. Jouant la colère, j'ai bouclé ces hommes au cachot du fort Antonia, le préfet se devant de punir tout laxisme dans l'exécution de ses ordres. Mais je supporterais mieux de perdre mon autorité que ma raison ; le soulagement de comprendre m'avait gagné. D'ailleurs, lorsque les autres soldats m'ont confirmé n'avoir pas touché le corps du Nazaréen, l'un d'eux, en voulant protester et se vanter de sa compétence, m'a encore éclairé :

– Oh, nous, on en a décloué deux pendant que les Juifs en déclouaient un seul. On voyait qu'ils n'avaient pas l'habitude. Ils ont dû s'y reprendre à trois fois pour le gros clou du pied. Nous, on sait y faire avec la viande morte, on y va carrément. Eux, ils le traitaient comme s'il pouvait encore sentir quelque chose.

Je me rends compte ce soir que j'ai un ennemi sur la terre de Palestine, un ennemi que je n'avais pas soupçonné, qui manipule Caïphe, moi, le sanhédrin, les disciples de Yéchoua, et peut-être Yéchoua lui-même : il s'agit de Yoseph d'Arimathie. Il prévoit, anticipe et brouille les pistes. Sachant que les trois jours de la Pâque juive n'autorisent pas à laisser un crucifié exposé, il comptait dès le départ utiliser cette astuce : Yéchoua, arrêté dans la nuit précédant les fêtes, puis jugé, condamné, n'aurait pas le temps de mourir sur le gibet ! Sur le chemin du supplice, il fait porter sa croix par un complice, sans doute pour épargner ses forces, peut-être pour lui glisser son plan à l'oreille. Cinq heures après, Yéchoua donne l'apparence de la mort et Yoseph bondit au palais me l'annoncer. Il délivre le moribond avec ses complices, l'emporte précautionneusement dans son propre tombeau, drogue les gardes de Caïphe pour qu'ils s'assoupissent et récupère dans la nuit son blessé. Il lui laisse trois jours de convalescence en le cachant parmi ses domestiques. Puis il commence à le faire réapparaître, toujours brièvement, toujours parcimonieusement, car le blessé demeure faible.

Mais Yoseph a peur que le Nazaréen ne décède. Ces jours-ci, il multiplie les rencontres puis, autant par précaution que pour créer du mystère, décide d'aller le cacher en Galilée. Parce que le Nazaréen est en mauvaise santé, Yoseph va bientôt lancer le bruit que Yéchoua risquera une dernière apparition avant de rejoindre le Royaume de son Père.

Si je ne le prends pas de vitesse, Yoseph peut encore faire triompher l'idée que Yéchoua est le Messie. Si, dans les jours qui viennent, il consolide la rumeur de la résurrection, c'est la face du monde qui sera changée, ce sont tous les autres cultes qui seront mis à bas, et c'est la philosophie juive qui couvrira les terres et les océans de sa fumée.

Cette nuit, mes hommes parcourent la Palestine pour mettre la main sur l'imposteur Yoseph et son complice Yéchoua. Ce que je croyais n'être qu'une petite affaire galiléenne pourrait devenir un complot contre le monde entier et attenter à l'idée que l'humanité se fait d'elle-même.

Rassure-toi, ton frère s'est ressaisi. Lorsque tu recevras ma lettre, tout sera sans doute apaisé. J'ai hâte de te le confirmer. En attendant, porte-toi bien.

De Pilate à son cher Titus

– Je comprends pourquoi Rome domine le monde.

Telle fut la conclusion admirative de Caïphe lorsque

je lui racontai mes déductions. Puis nous avons trinqué ensemble, communiant dans le bonheur de l'énigme résolue. Après quelques verres, le vin de Lesbos aidant, nous avons ri des pièges que nous avait tendus Yoseph : Yéchoua rasé, donc méconnaissable, qui se faisait soigner devant nous par les femmes alors que nous cherchions un cadavre ; Yéchoua ménageant des apparitions brèves à cause de sa convalescence et conférant à cette brièveté un caractère de miracle. Nous nous sommes particulièrement amusés d'un détail de la machination : les bandelettes et le suaire laissés dans le tombeau. Yoseph, lorsqu'il vint récupérer son blessé sur son faux lit d'éternité, exigea sans doute que Yéchoua s'habillât afin de ne pas être reconnu dans les ruelles de Jérusalem ; il prévoyait aussi que les esprits naïfs, ne trouvant plus que les éléments terrestres, appartenant au Nazaréen, en concluraient d'autant plus facilement que le magicien s'était évanoui mystérieusement vers le ciel.

Mon premier détachement revint de la ferme de Yoseph et nous confirma sa fuite. Il avait laissé la maison vide, abandonnant ses bêtes et ses vignes à trois femmes impotentes. Celles-ci, secouées par mes hommes, finirent par avouer que Yoseph et les siens étaient partis pour Nazareth rejoindre Yéchoua.

Mes autres détachements parcourent déjà les routes de Galilée.

Notre seul point de divergence, à Caïphe et moi, porte sur la complicité de Yéchoua. Caïphe en est convaincu, moi pas.

Caïphe voit dans Yéchoua un imposteur lucide, intelligent, opportuniste, qui capte les faiblesses et les désirs du peuple. Tout, dans sa démarche, se résume à une conquête démagogique des suffrages. Il sait combien le respect scrupuleux et quotidien de la Loi pèse aux Juifs : habilement, il se dégage de la stricte obéissance aux règles et lance son slogan : « Le Sabbat est fait pour l'homme et non l'homme pour le Sabbat. » Il sait combien les femmes souffrent d'être réduites à des ventres dans la société juive : il flatte en elles la fibre passionnelle en multipliant les discours sur l'amour. Il sait que la plupart des hommes gagnent juste de quoi subsister : il fait donc l'apologie de la pauvreté et stigmatise les riches. Il sait que la population de Palestine est mêlée, divisée : il développe le thème de la fraternité, il prêche au gros filet. Il sait que les hommes fautent perpétuellement : il invente la rémission des péchés. Il sait les Juifs pieux et attachés aux traditions : il prétend ne pas être venu abolir mais accomplir. Il sait les textes sacrés dans les moindres détails : il s'efforce de réaliser les prophéties afin de se faire reconnaître comme le Messie. Il sait par la loi juive que si on le crucifie juste avant les trois jours de la Pâque, on ne pourra laisser son corps exposé : il organise son arrestation, hâte sa condamnation. Il sait qu'il doit garder ses forces pour tenir quelques heures sur la croix : il joue la faiblesse, laissant porter sa croix par un passant. Il sait qu'on doit le déclouer avant le soir : il simule la mort. Il a annoncé qu'en trois jours il se reconstruirait : il se tient à l'abri trois jours avant de commencer ses apparitions. Caïphe n'a jamais cru à la sincérité du Nazaréen, il y croit aujourd'hui encore moins.

Je n'ai à lui opposer que des sensations, des impressions confuses. J'aurais tendance à supposer que Yoseph se sert de Yéchoua, que celui-ci, sans percevoir la manipulation, annonce en toute bonne foi qu'il est vivant. Se souvient-il de tout ? Ne prend-il pas son évanouissement sur la croix pour une sorte de mort dont il serait revenu ? Dans quelle mesure n'est-il pas lui-même convaincu d'être ressuscité ?

Ce que je n'osai pas avouer à Caïphe, c'était que ma vraie raison de croire en l'innocence de Yéchoua s'appelle Claudia. Mon épouse, fille de l'aristocratie romaine, sait reconnaître le démagogue avant tout le monde. Or Yéchoua avait apaisé Claudia qui souffre de notre absence d'enfants ; il l'avait arrachée à ses pleurs, à ses saignements ; il lui avait rendu une paix et une confiance dont je profitais depuis des mois. Certes, Claudia, crédule, était tombée dans la mascarade de la résurrection, mais comment résister à une mise en scène si parfaite ? Et, encore une fois, qui me prouvait que Yéchoua ne pensait pas, authentiquement, avoir connu la mort puis la renaissance ?

Je suis monté m'isoler au plus haut du fort Antonia. Sans avouer à mes vigiles que je fais leur travail, je guette l'horizon, je scrute le moindre poudroiement sur les chemins, espérant à chaque instant apercevoir sous la poussière l'escorte qui me ramènera Yoseph et Yéchoua.

Porte-toi bien.

De Pilate à son cher Titus

J'attends toujours.

A chaque instant, j'invente une nouvelle raison

expliquant le retard de mes soldats : je calcule les distances, les heures de marche, la fatigue des chevaux,
les repas et repos nécessaires. Mais l'impatience
est une soif qu'aucune justification n'étanche : je voudrais sauter du fort Antonia, m'élancer dans le vide
et voler au-dessus de la Galilée. Je fulmine contre
mes hommes, il me semble qu'à leur place je galo-
perais spontanément, sans hésiter, vers la bergerie
ou l'auberge dans laquelle se tapissent Yoseph
et Yéchoua. Je supporte mal l'inconfort d'être un
chef : donner les ordres et attendre, dans une vacuité
angoissée, leur bonne exécution. Je préférerais prendre
la place d'un de mes soldats, même celle du dernier
homme de troupe, pour fouiller les buissons avec ma
lance, renverser les bottes de paille, palper les paillasses, éventrer les coffres.

Fabien est venu me dire adieu. Il continue son
périple. Intrigué par Yéchoua, guère plus, il ne croit
pas que ce soit l'homme annoncé par les astrologues
car beaucoup de signes lui manquent : la royauté et la
marque des Poissons.

– Même s'il est suivi par des milliers de Juifs plus
ou moins pouilleux, ce mendiant ne correspond pas au
portrait que j'ai du nouvel Empereur du monde.

Je me taisais, les yeux sur les chemins de l'Ouest,
n'osant lui parler de Claudia ni lui demander, au cas
où il la rencontrerait, de lui dire à quel point elle me
manquait.

Il sembla deviner mes pensées.

– Tu songes à ma cousine, Pilate ?

– Oui. C'est idiot. Mais l'amour rend si fragile.

– Au contraire, Pilate, l'amour rend si fort.

Surpris, je me retournai vers Fabien et le dévisageai. Loin de retrouver le séducteur aux yeux brillants, à la bouche souriante, aux dents voraces et blanches entre la perle et le croc, je vis un homme triste, dont les épaules ployaient sous le poids des chagrins innommés. Pour la première fois, Fabien ne m'inspirait ni rivalité ni jalousie, mais une vague pitié. Il répéta :

– L'amour te rend tellement fort. Si tu as l'air droit, solide, inébranlable, Pilate, ce n'est pas parce que tu es grand nageur et bon cavalier, c'est parce que tu aimes Claudia et que tu en es aimé. J'ai l'impression que c'est là ta vraie colonne vertébrale.

– On ne m'a jamais dit ça.

– On ne dit jamais rien parce qu'on parle tout le temps.

Je demeurai étonné par le ton que prenait la conversation mais je ne tenais pas à l'interrompre.

– Et toi, Fabien, tu n'aimes personne ?

– Moi ? Je cours après tout ce qui bouge mais je ne m'attache pas. Je ne suis qu'un homme dissolu, Pilate, c'est-à-dire un homme qui n'a aucune considération pour lui-même. De temps en temps, j'essaie d'en lire dans le regard des autres. Comme j'ai un physique qui fait tomber les femmes dans un lit ; je tombe avec. Je trompe ma soif d'amour avec le sexe. Mais je suis incapable de m'engager. Après deux ou trois étreintes, je sens qu'il faudrait aller plus loin, montrer mon âme à nu. Je préfère me promener les fesses à l'air que l'âme à découvert. J'ai participé à toutes les orgies de Rome sans me dévoiler un instant. Toi, en revanche, j'ai l'impression que tu es constamment toi-même. Et la raison en est Claudia.

Je souris, ce qui lui fit baisser les yeux.

– Pourtant, en ce moment, Fabien, tu parles bien à nu.

– Du tout. C'est très protecteur de dire du mal de soi, surtout si l'on sait trouver les bonnes formules : elles vous habillent.

Fabien m'a quitté. A l'instant où je t'écris, je le vois s'éloigner dans l'allée de cyprès, au soleil couchant, droit sur son cheval, suivi par une dizaine d'esclaves qui portent ses malles et quatre géants de Numidie qui le protègent. A la recherche d'un Empereur qui n'existe sans doute pas, il fera le tour de notre mer en vain. Il attend de l'existence quelque chose qu'elle ne lui donnera pas, et cette attente idiote, c'est sa passion. Cette attente idiote qui l'empêche de vivre, c'est sa vie. Pourquoi les hommes rendent-ils creux ce qui est plein ?

Mais j'entends, mon cher frère, un brouhaha de chevaux dans la cour principale. Un détachement est revenu. Mes hommes s'embrassent avec joie au-dessous de moi, ils se congratulent : j'entends qu'ils viennent de ramener Yoseph et Yéchoua !

Je te quitte au plus vite. Tu sais désormais l'essentiel. Tu auras les détails demain.

En attendant, porte-toi bien.

De Pilate à son cher Titus

Je viens d'assister à une des comédies les plus indignes qu'on puisse jouer. J'étais tellement ulcéré qu'on se moquât à ce point de moi, qu'on me prît pour un tel imbécile que j'eus un moment l'envie de tuer. Je ne sais ce qui me retint au dernier moment ; peut-être le sens du ridicule ; ou bien le mépris, l'heureuse paralysie que donne le mépris devant un spectacle déshonorant.

Mes hommes n'avaient ramené que Yoseph d'Arimathie, Yéchoua courant encore.

Je fis allumer des torches dans la salle du conseil et j'interrogeai Yoseph d'Arimathie.

– Où est Yéchoua ?

– Je ne sais pas.

– Où l'as-tu caché ?

– Je ne l'ai pas caché. Je ne sais pas. Je le cherche moi aussi.

Pour ne pas perdre de temps, j'ai giflé le vieux Yoseph. Puis, en tournant autour de lui, au milieu des cinq flambeaux qui fumaient et râlaient, distillant une lumière jaune et vacillante, je lui demandai de cesser de feindre et je lui expliquai tout ce que j'avais compris.

Yoseph m'écouta debout, très droit, sur ses maigres jambes de vieillard que son manteau de drap brun, crotté et poussiéreux, laissait apercevoir.

Tendant la main, il nia tout.

– Je te jure, Pilate, que Yéchoua était mort sur la croix et que c'est un cadavre que j'ai déposé au fond du tombeau.

– Naturellement. Je ne m'attends pas à ce que tu te dédises. Et tu vas me jurer aussi qu'il est ressuscité ?

– Non, ça je ne te le jurerai pas car moi, je ne l'ai pas revu.

Ses yeux, piqués de veines rouges, laissèrent couler

sur les joues ravinées des larmes qui allèrent se perdre dans le moisi de la barbe.

– Il s'est montré à beaucoup de gens, sauf à moi. Je trouve cela injuste, j'ai tellement fait pour lui.

Cette fois, sans plus se retenir, il pleura à gros sanglots, les épaules secouées par l'émotion.

– J'ai pris soin de lui jusqu'au dernier moment et il préfère apparaître à des inconnus, voire à ceux qui l'ont trahi !

Il glissa sur le sol et s'allongea, les bras en croix, le visage à même la dalle glacée.

– Oh, mon Dieu, pardonne mes paroles. J'en ai honte ! Mais je ne peux pas m'empêcher d'être jaloux ! Oui ! Jaloux ! Je crève de jalousie ! Pardonne-moi.

Je me suis reculé avec horreur. J'aurais pu tuer Yoseph pour qu'il se taise, qu'il cesse de me prendre pour un crétin, qu'il avoue son complot manifeste. Les protestations d'innocence rendent chez les coupables un cri strident, inharmonieux, qui insulte l'intelligence des juges, qui perce les oreilles comme le hurlement inutile du cochon qu'on égorge.

Je fis ramasser le vieillard par mes hommes qui le jetèrent au cachot. En ce moment, rationnellement, méthodiquement, mes soldats recherchent Yéchoua. Sans la protection de Yoseph, son réseau, son pouvoir, ses serviteurs, nul doute que le Nazaréen ne pourra demeurer caché trop longtemps. Il nous faut encore un peu de patience, ce mot qui se prononce vite, cette vertu qui s'obtient difficilement.

J'hésite encore à écrire un rapport à Tibère. Dès le premier soupçon, j'aurais dû l'informer des risques de soulèvement que représentait l'affaire Yéchoua. Mais chaque jour, j'ai eu l'impression d'avancer dans mon élucidation, de maîtriser mieux la situation. Je n'enverrai les éléments à Rome que lorsque l'affaire sera close car je ne dois transmettre que les résultats de mon travail, non mes efforts, encore moins mes inquiétudes. De ces sentiments négatifs, tu es, mon cher frère, le seul confident. J'espère que, malgré ce poids que je t'envoie chaque jour, tu te porteras bien.

De Pilate à son cher Titus

C'est un blessé qui t'écrit.

Ne me demande pas où j'ai été frappé, mon frère ; ce n'est évidemment pas à la main droite qui trace les lettres ; ni à la main gauche qui tient le parchemin déroulé sur la table ; ni aux jambes qui me soutiennent puisque j'écris debout. Un coup sur la tête ? Au ventre ? J'aurais sans doute préféré cela, quelque chose qui saigne, qui cicatrise, qui se répare.

Le mieux est que je te raconte les faits.

L'aube annonçait une journée riante. Pour une fois, j'avais dormi un peu et le chant du coq pinça un Pilate reposé. Je regardai le ciel pur, le ciel blanc, le ciel qui ne s'use pas malgré tout ce qui s'y passe. Déjà, les palefreniers dans la cour donnaient à boire aux chevaux, les portes bâillaient, la vie rentrait au fort Antonia.

Un affranchi vint me prévenir que mon médecin souhaitait me voir. Je lui répondis que je le rejoindrais dans son atelier.

Là, alors que j'arrivais, rasé de frais, parfumé, m'attendait le premier coup du jour.

Sertorius était en train d'examiner les viscères d'une oie.

– Fais-tu des prédictions à partir des entrailles ? demandai-je gaiement.

– Non, j'essaie de comprendre la digestion.

Sertorius s'essuya les mains mais continua à se les frotter de manière embarrassée même après que celles-ci furent propres. Je m'assis sur un tabouret et l'engageai à parler.

– Sachant que tu étais intéressé, Pilate, par la cruci-fixion du Nazaréen, j'ai continué à faire la lumière sur son cas et repris à un les éléments en consultant tous les témoins. Malheureusement, cela m'oblige à revenir sur mon précédent diagnostic.

– Qu'est-ce que tu veux dire ?

– Qu'il est fort possible, voire probable, très pro-bable que le Nazaréen soit mort sur la croix.

Il se grattait la tête, comme si ses scrupules le démangeaient.

– L'autre jour, je n'avais pas toutes les données en main, ce qui m'a conduit à surestimer la santé du Nazaréen. Tout d'abord, il se trouvait à jeun depuis quarante-huit heures, ce qui l'affaiblissait. Ensuite, la nuit où il fut arrêté au mont des Oliviers, son crâne suait du sang, un phénomène déjà notifié par Timo-crate, un confrère grec, pour qui cette sudation exceptionnelle se révélerait le symptôme d'une grave maladie. Je conclus qu'avant même son procès le Nazaréen n'était pas en bonne santé. Mais ce qu'on ne m'avait pas dit, non plus, l'autre jour, c'est que

l'homme avait été torturé et flagellé avant d'être
conduit au Golgotha.

– On ne meurt pas du fouet ! protestai-je.

– Si ! Cela s'est vu. Car le criminel y perd beaucoup
de sang, les muscles sont lacérés. Tes centurions m'ont
d'ailleurs confirmé qu'ils fouettaient traditionnellement les condamnés à la croix afin qu'ils trépassent
plus vite.

– Je n'ai pas fait battre Yéchoua pour qu'il périsse
mais pour lui éviter la mort. Je pensais que cela suffirait
à satisfaire le peuple.

– Médicalement, le résultat est le même. Le Nazaréen s'est montré incapable de porter la poutre supé-
rieure de la croix jusqu'au mont du Crâne, il fallut
qu'un passant le fît à sa place. Tes légionnaires ont
d'ailleurs accepté la proposition de ce Juif parce qu'ils
avaient peur que le condamné n'arrivât pas vivant au
lieu du supplice. Dans cet état, l'hémorragie des poignets et des pieds plus quelques heures d'asphyxie sur
la croix ont pu suffire à l'achever.

– Mais le sang ? Le sang qui jaillit lorsque le soldat
a enfoncé sa lance ? Le sang, déjà épaissi, ne gicle pas
d'un cadavre !

– Justement, j'ai obtenu des précisions qui me
font, là encore, diagnostiquer différemment. D'après
Yohanân, le jeune disciple, et les soldats au pied de la
croix, ce qui fusa hors du corps était un mélange de
sang et d'eau. Ce qui nous indique que le coup de lance
a atteint la plèvre, cette poche qui contient un liquide
transparent. En éclatant, elle a forcément lâché un peu
de sang qui a coloré la substance même si le corps
était déjà mort. De plus, à supposer que l'homme ne

fût alors qu'agonisant, fendre la plèvre l'aurait tué. En fait, aujourd'hui, au regard de tout cela, je me sens obligé de conclure qu'il y a quatre-vingt-dix-neuf chances sur cent que le Nazaréen fût trépassé lorsqu'on le décloua.

– Très bien, Sertorius. Alors comment expliques-tu qu'il vive, parle et marche aujourd'hui ? Par la résurrection ?

– L'idée de résurrection n'appartient pas à mon arsenal médical.

– Donc, si la résurrection n'est pas pensable pour toi comme pour moi, même s'il y avait quatre-vingt-dix-neuf chances sur cent que Yéchoua fût mort sur la croix, il ne l'était pas puisqu'il vit toujours.

Je quittai l'atelier sans un mot ni un regard pour le médecin. S'il s'était soulagé de ses scrupules, il ne m'avait pas ébranlé, il avait juste réussi à me mettre de mauvaise humeur.

On vint alors me prévenir que Yoseph d'Arimathie, du fond de sa cellule, souhaitait me faire des aveux. J'en fus ragaillardi : enfin, nous allions mettre la main sur Yéchoua.

Je trouvai un Yoseph étrangement calme. Il sourit même en me voyant. Il m'annonça qu'il voulait dévoiler toute la vérité, mais il y posait une condition : que nous nous rendions au cimetière.

Je ne pouvais pas imaginer un piège, ni une ruse. Son regard était clair, le vieillard respirait paisiblement, comme un homme qui va se délivrer des secrets qui l'empoisonnent. Je lui passai son caprice.

Suivis d'une garde restreinte, nous arrivâmes devant le tombeau de Yéchoua.

– Eh bien, parle, Yoseph.

– Rentrons dans la tombe. Là, je te montrerai les deux choses que j'ai à te révéler.

D'un geste, j'ordonnai à mes hommes de rouler la pierre. Qu'avais-je à craindre ? Peut-être Yoseph voulait-il m'indiquer une trappe, un passage secret qui avait permis à Yéchoua de se cacher ou de s'enfuir ? J'étais déjà piqué par les pointes de la curiosité.

La vieille main sèche de Yoseph me prit le bras et nous pénétrâmes dans le vestibule. Il avait plus peur que moi.

Là, il demanda qu'on referme la meulière. Mes hommes hésitèrent. Je donnai l'ordre à mon tour. Les muscles se bandèrent de nouveau, nous entendîmes les souffles raccourcis par l'effort, quelques jurons, puis le jour disparut. Nous étions seuls dans le tombeau obstrué.

Yoseph m'amena à tâtons au fond de la chambre mortuaire et me fit asseoir. Une odeur fraîche et entêtante avait gagné l'obscurité.

Je m'appuyai contre le roc glacé pour attendre les révélations de Yoseph.

– Je n'imaginais pas qu'une tombe sente aussi bon.

– N'est-ce pas ? Il y a ici cent livres de myrrhe et d'aloès, le cadeau de Nicodème, que tu connais sans doute, le docteur de la Loi. Il l'avait fait déposer l'après-midi de la crucifixion.

– Eh bien parle, Yoseph, je t'écoute.

Yoseph ne répondit pas.

– Que veux-tu me montrer ?

Yoseph ne répondit pas davantage.

Etait-ce le froid ? L'humidité ? L'enfermement ? Je commençais à me sentir légèrement nauséeux.

– Yoseph, dis-moi pourquoi tu nous as fait venir ici ?

– Je veux te convaincre que Yéchoua était mort.

Yoseph avait parlé d'une voix blanche, tant il avait de la difficulté à respirer. Moi-même, j'avais le cœur qui s'accélérait et je cherchais mon air.

– Allons, parle vite ! Cette odeur est insupportable ! Je ne tiendrai pas longtemps...

Je passai ma main sur mon front et je découvris qu'il était couvert de sueur alors que je grelottais. Que se passait-il ?

– Yoseph, ça suffit ! Que faisons-nous là ?

– Tu n'as qu'à deviner toi-même...

Sa voix devenait à peine audible, un souffle rauque au bord de l'exténuation.

Puis il y eut un bruit sourd, celui d'une chute.

Je me dressai. Je sentis une chose chaude et molle, sous mes pieds. Je l'enjambai et hurlai à mes hommes, à travers la paroi, d'ouvrir.

Sans entendre de réponse, je m'approchai de l'unique rai de lumière pour respirer un air plus pur, puis, au bord de la défaillance, j'appelai de nouveau. J'étais devenu sourd et je découvrais le monde tout aussi sourd à mes appels. Je venais de sombrer dans une machination. J'ai crié, crié, crié...

Enfin le rai de lumière s'arrondit, la pierre commença à rouler, me parvinrent les chants des oiseaux, les jurons de mes hommes et je vis le soleil vert et blanc du verger fleuri. Je bondis hors de la tombe et m'écroulai dans l'herbe.

Mes hommes allèrent chercher Yoseph, la chose

évanouie qui était tombée à mes pieds, et ils l'allongèrent près de moi. Ils nous aspergèrent avec l'eau de leur gourde.

En revenant à la vie, à moi-même, je me dis que j'aimais l'affairement de mes soldats, ces grosses faces plébéiennes où le sourire effaçait l'inquiétude.

Yoseph mit plus de temps à reprendre des couleurs. Je vis enfin son œil bleu, blanchi par les couches de l'âge, se rouvrir au ciel. Il se tourna vers moi.

– Alors, as-tu compris ?

J'avais compris. Les épices et aromates entreposés dans le caveau pour l'aseptiser et accompagner le défunt, cette myrrhe et cet aloès, créaient une atmosphère suffocante, irrespirable, mortifère. Yéchoua, moribond ou en bonne santé, n'aurait jamais pu survivre dans cette chambre empoisonnée.

Mes hommes nous remirent debout et nous déposèrent près de la fontaine, à l'ombre du figuier.

Je niais encore la démonstration de Yoseph. Qu'est-ce qui me prouvait que l'on n'avait pas déposé ces offrandes dans la tombe de Yéchoua après qu'il en fut parti ? Au moment où on l'avait retiré ?

Yoseph lisait mes doutes sur mon front.

– Je t'assure que Nicodème avait placé son présent avant qu'on y dépose le cadavre.

Je n'étais pas convaincu. Il ne s'agissait encore que d'un témoignage. Dans cette affaire Yéchoua, on rebondissait de témoignage en témoignage. Quoi de plus fragile qu'un témoignage ? Comment accorder du crédit à des Juifs qui, de toute façon, dès le départ voulaient voir en Yéchoua leur Messie ?

Yoseph me sourit et fouilla dans les plis de son

manteau. Il en sortit un parchemin, noué par un ruban que je connaissais bien, où était glissée une branche de mimosa.

Je frémis.

Claudia Procula lui avait confié ce message pour moi.

– Qui croire ? Qui ne pas croire ? Mon bon Pilate, je sais que tu n'écouteras qu'une seule personne. Lis donc.

Je déroulai la missive.

« Pilate,

« Il y avait quatre femmes voilées au pied de la croix. Myriam de Nazareth, sa mère. Myriam de Magdala, l'ancienne courtisane que Yéchoua aimait tendrement pour sa bonté et son intelligence. Salomé, la mère de Yohanân et de Jacob, les disciples. Enfin, la quatrième était ton épouse, Pilate. Je n'ai pas osé l'avouer, ni à toi ni aux autres : j'étais dissimulée sous plusieurs couches de soie afin que personne, sinon mes compagnes, ne m'identifiât. Je peux t'assurer, pour avoir enveloppé son corps raide et glacé dans le suaire, que Yéchoua était bien mort ce soir-là. J'en ai moi-même tant pleuré de désespoir. J'étais sotte. Je ne croyais pas assez en lui. Maintenant, la lumière s'est faite. Rejoins-moi vite sur la route de Nazareth. Je t'aime.

Ta Claudia. »

De Pilate à son cher Titus

Deux jours viennent de passer sans que je t'écrive.

J'étais loin de tout, y compris de ma propre pensée. Des sensations me traversaient la tête mais aucune ne s'arrêtait, ne prenait le temps de s'épanouir en idée, de s'enraciner dans une formulation. Des feuilles mortes agitées par le vent.

Je suis cloîtré dans le mutisme et la surdité. Pour ce qu'on me rapporte, ce qu'on me décrit, ce qu'on me demande, je n'ai que de l'indifférence. Si je connaissais l'indifférence des blasés, ceux que plus rien ne peut surprendre, j'ignorais la sorte d'indifférence qui m'atteint, l'indifférence du choqué, de celui qui, trop violemment surpris une fois, ne veut plus qu'on le surprenne encore. Le monde m'apparaît dangereux, je préfère m'en retirer.

Je ne suis pas attiré par ce prodige, même si j'admets aujourd'hui que l'affaire Yéchoua n'est pas seulement une énigme, mais un mystère. Rien de plus rassurant qu'une énigme : c'est un problème en attente provisoire de sa solution. Rien de plus angoissant qu'un mystère : c'est un problème définitivement sans solution. Il donne à penser, à imaginer... Or je ne veux pas penser. Je veux connaître, savoir. Le reste ne m'intéresse pas.

Craterios est venu déjeuner avec moi. Il mangeait si goulûment et si salement qu'il nourrissait ses pieds en même temps que sa bouche.

Lorsqu'il commença à me parler de Yéchoua, je lui demandai de changer de sujet. Il rota et s'assit sur mon bureau, jambes écartées, les couilles à l'air.

– Si, si, je tenais à te dire que je m'étais intéressé à lui les premières fois où Claudia Procula – quelle excellente femme, où est-elle ? vraiment tu ne la mérites pas – m'avait rapporté ses propos. Mais je suis finalement déçu. Nous autres, philosophes cyniques, nous cherchons à lutter contre les souffrances ; j'ai le sentiment, au contraire, que ce Yéchoua exalte les souffrances, il y voit de la grandeur, il leur confère une utilité de rachat. En fait, il se moque totalement du bonheur terrestre, il évoque un bonheur à venir, dans un Royaume sans frontières, au-delà de la mort. Cela me paraît ridiculement fumeux ! Je soupçonne ce Yéchoua de faire l'ange plus que la bête. Au lieu de se soumettre, comme notre maître Diogène, à la nature, il tente absurdement de nous transformer en esprit. S'enivrant de mystère, il désigne un dieu au-delà des nuages et passe définitivement les limites de la bonne philosophie. Surtout lorsqu'il se réfère à l'amour. J'ai été choqué. C'est la première fois que j'entends un philosophe parler d'amour. Quelle grossière erreur ! On ne peut rien fonder sur l'amour. L'amour n'appartient pas à la juridiction philosophique. L'amour n'est en rien un concept qui se trouve par le raisonnement ou l'analyse. Je refuse que ce Yéchoua bâtisse quoi que ce soit là-dessus.

Pour la première fois, je me piquai au jeu de répondre, car les affirmations ronflantes de Craterios m'agaçaient.

– C'est peut-être l'intérêt de ce qu'il dit, justement ! Qu'il parle d'amour ! Quand je vois à quoi la seule raison te conduit, toi, je ne trouve pas motif à fierté, non ?

– Mais, Pilate, qu'est-ce qui te prend ?

– Tu m'épuises, Craterios, tu n'es qu'une imposture ! Tu passes pour un sage alors que tu n'as jamais tendu la main à personne, jamais donné un sou à personne, jamais souri à personne, jamais apporté le moindre réconfort à quiconque. Tu causes, tu causes, et ton action se résume au bruit que tu fais ! Tes raisonnements, lorsqu'ils sont adressés aux autres, ont pour but essentiel de choquer ; lorsqu'ils sont adressés à toi-même, de faire sentir le poids de ton intelligence. Tu es vain ! Tu es Athènes ! Tu es Rome ! Tu ne penses qu'à toi, tu ne parles que de toi, tu n'es rien d'autre qu'une boursouflure !

Craterios sauta de la table et lâcha un pet.

– Enfin ! Je suis content que tu sortes de ta réserve, Pilate : j'avais l'impression que tu étais mort.

– Craterios, ne fais pas semblant de contrôler la situation ni d'avoir voulu ma colère ! Et si tu me parles de Yéchoua, réponds à la seule question essentielle qui se pose à son sujet : est-il ressuscité, oui ou non ?

Craterios posa sa grosse main sur mon front.

– Mon pauvre Pilate, cela fait trop longtemps que tu demeures en Palestine : le soleil a fini par avoir raison de toi.

– Est-il ressuscité, oui ou non ? Est-il seulement un sage ou bien le Fils de Dieu ? Est-il le Messie ?

A ma propre surprise, je hurlais, au bord des larmes, sans pouvoir me contrôler.

Craterios dit, en se grattant pensivement la couille gauche :

– Personne n'a jamais ressuscité.

Je ne pus m'empêcher de lui aboyer aux oreilles :

– Comment peux-tu savoir à l'avance ce qui est vrai et ce qui n'est pas vrai ? Ce qui est possible et n'est pas possible ? Crois-tu vraiment tout savoir du monde créé ? Avant que tu vives, qui aurait pu imaginer qu'il existerait un individu aussi répugnant et inutile que Craterios ?

Et je quittai la pièce, sans me retourner sur le philosophe de notre enfance.

Je viens de préparer une besace de voyage ; j'ai emprunté un manteau de pèlerin ; dès que j'aurai terminé cette lettre, je partirai à la recherche de Claudia sur la route de Nazareth.

Je ne sais si je pourrai t'écrire. Je tâcherai de le faire lorsque je m'arrêterai dans les auberges. J'ignore à la rencontre de quoi je vais, mais une chose est certaine : j'y vais.

Porte-toi bien.

De Pilate à son cher Titus

Je ne suis plus qu'un marcheur au milieu des marcheurs.

Pour l'heure, je n'ai toujours pas retrouvé Claudia, ni appris quelque chose de nouveau.

Chaque jour, les routes se couvrent de plus de gens qui veulent voir le Galiléen.

Au gré des villages traversés, les pèlerins s'arrêtent aux fontaines et répètent la même histoire : Yéchoua est apparu aux onze disciples. Lors d'un repas, ils le prirent d'abord pour un mendiant ; fidèles à leur devoir

de charité, ils le prièrent d'entrer pour dîner avec eux ;
le vagabond se mit à table, rompit le pain et le leur
donna ; alors seulement leurs yeux s'ouvrirent et ils le
reconnurent.

Les aubergistes, peu préparés à autant d'affluence,
manquent de chambres et dressent des paillasses dans
les cours. Je préfère encore dormir plus loin, au milieu
des champs, sous les étoiles muettes, afin que l'on ne
me remarque pas.

A bientôt. Porte-toi bien.

De Pilate à son cher Titus

Rien de nouveau, mon cher frère, sinon une barbe
naissante qui me permet de circuler plus discrètement.
Mais je ne me fais guère d'illusions sur ma capacité
de passer pour un Juif : outre mes jambes lisses et
poncées qui révèlent le Romain, je sais qu'une nation
dépose toujours sa trace indélébile sur les traits d'un
visage ; le langage fait autant la bouche que les dents ;
le régime alimentaire huile ou assèche les peaux ; les
mœurs créent des regards audacieux ou pudiques,
mobiles ou fixes ; même le ciel qui les voit naître
modifie la couleur des yeux. Aussi ai-je la nuque
cassée à force de marcher tête courbée, capuchon
baissé. Mon cou souffre autant que mes pieds.

Curieusement, alors qu'au départ de Jérusalem
je m'estimais isolé au milieu des pèlerins, je me
sens chaque jour plus proche des autres. Ce qui s'use
sur ces chemins pierreux de Galilée, ce ne sont pas

seulement mes semelles, mais le sentiment que j'avais d'être unique. Quelque chose me fait éprouver une plus grande proximité avec mes compagnons de voyage, je ne sais pas trop quoi... Peut-être la marche, la soif, la quête. Ou tout simplement la fatigue.

Porte-toi bien.

De Pilate à son cher Titus

Je marche toujours.

A certains moments, je ne suis même plus certain d'avoir un rendez-vous et je dois me remémorer la lettre de Claudia pour me donner de la force. Je suis persuadé qu'il en est de même pour les autres pèlerins. Où vont-ils ? Ils l'ignorent ; là où voudra bien apparaître Yéchoua. Pourquoi y vont-ils ? Ils ne le savent pas davantage ; ils sont poussés par quelque chose d'indistinct, une soif de l'esprit qui voudrait se rassasier à une vraie source. Ont-ils été conviés ? Aucun ne le fut personnellement car les messages de Yéchoua s'adressent à tout le monde ; seule sa foi permet à chacun d'estimer qu'il a le droit d'être là.

Etrange cohorte qui soulève la poussière pour l'élever dans le soleil.

Ce matin, lors d'une halte pour vérifier qu'une écharde n'entamait pas la peau encore tendre de mes orteils, une femme s'approcha.

– Laisse-moi te laver les pieds.

Avant même que j'eusse le temps de répondre, elle s'agenouilla, versa de l'eau douce sur mes membres meurtris et commença à les frotter délicatement. J'éprouvai un bien-être immédiat.

Puis elle les essuya avec un linge propre, secoua mes sandales poussiéreuses et me les rattacha. Je n'avais vu de sa tête penchée que ses beaux cheveux noirs coiffés autour d'une raie et partiellement couverts d'un voile.

– Merci, esclave.

Je lui tendis une pièce pour son travail.

Elle releva alors le visage vers moi et je découvris Myriam de Magdala, l'ancienne courtisane, une des femmes qui suivaient Yéchoua, peut-être la première à bénéficier d'une apparition.

– Je ne suis pas une esclave.

Elle souriait, nullement vexée, le front serein.

– Pardonne-moi de t'avoir offensée.

– Tu ne m'offenses pas. Si être esclave, c'est faire du bien à son prochain, je préfère être esclave. Yéchoua lui-même lavait les pieds de ses disciples. Peux-tu imaginer cela, Romain, un Dieu qui aime tellement les hommes qu'il s'agenouille pour leur laver les pieds ?

Sans attendre ma réponse, elle sourit encore et se releva.

– Hâte-toi, Pilate, ta femme t'attend avec impatience. Elle fait partie des bienheureuses auxquelles le Seigneur s'est montré.

– Où est-elle ? Quel chemin dois-je prendre ?

– Peu importe. Tu la trouveras lorsque tu seras prêt. Tu sais très bien que ce voyage, nous ne le faisons pas seulement sur les routes, mais d'abord au fond de nous-mêmes.

Et elle disparut.

J'ai donc eu la confirmation de mon rendez-vous. Je

vais où mes pas me portent. J'espère que mes pieds sont plus intelligents que moi.

Au bout de l'encre et du parchemin que m'a procurés l'aubergiste, je te quitte en te souhaitant, mon cher frère, de te porter bien.

De Pilate à son cher Titus

Les pèlerins affluent de toutes parts, comme les ruisseaux joignent et grossissent le fleuve. Les mêmes conversations, les mêmes anecdotes, les mêmes espoirs sont charriés par le courant, passant de bouche en bouche.

Chaque jour je ressens davantage l'énergie énorme, redoutable, formidable, qui pousse les flots des marcheurs. Cette force qui leur fait les yeux clairs, le front serein et les cuisses inépuisables, c'est la Bonne Nouvelle. Je commence juste à saisir ce qu'ils entendent par là. Ils croient qu'un monde nouveau commence, le Royaume dont parlait Yéchoua. Je m'étais mépris sur ce mot « royaume ». En bon Romain pratique, inquiet et responsable, j'y voyais la Palestine et je soupçonnais que Yéchoua voulait reprendre l'œuvre d'Hérode le Grand, abolir la division en quatre territoires, les réunifier, nous chasser et s'asseoir sur un trône unique. Puis, comme Craterios, j'ai pensé qu'il parlait d'un royaume imaginaire, un territoire d'après la mort, tel l'Hadès des Grecs, une promesse de salut. Je me suis trompé deux fois. Il s'agit en fait d'un royaume à la fois très concret et très abstrait : ce monde-ci va être transformé par la parole de Dieu. Il va demeurer en apparence le même, mais infiltré de l'intérieur par l'amour. Chaque individu va se changer lui-même. Pour que le Royaume advienne, il faut que les hommes le désirent. Si la graine tombe sur une mauvaise terre, elle sèche et meurt. Si, au contraire, elle tombe sur la bonne terre, elle croît et porte ses fruits. La parole de Yéchoua n'existera que si elle est reçue. Le message d'amour de Yéchoua ne se réalisera que si les hommes veulent bien aimer.

Je ne sais pas encore, mon cher frère, ce que j'en pense. Je jugerai plus tard. Mais j'apprécie que ce Yéchoua n'assène rien sans faire appel à la liberté de ses interlocuteurs. Quelle différence avec les prêtres qui vous assomment de dogmes, les philosophes de raisonnements, les avocats de rhétorique. Yéchoua ni n'impose, ni ne raisonne, ni ne convainc. Il sollicite une disponibilité intérieure, une porte que nous consentirions à ouvrir, et, à cette condition-là, propose son message qui nous offre une vie différente. Quelle étrange douceur...

Pas de nouvelles de Claudia. Parfois, mon cœur s'affole. Je ne sais combien de temps mettront mes messages à te parvenir... Qu'ils t'apportent, avec mes doutes et mes errances, mon affection. Porte-toi bien.

De Pilate à son cher Titus

Toujours rien.
Je me lève avec le soleil et me couche avec lui. Dans

l'intervalle, je marche. Notre foule va à l'orient, puis à l'occident, monte, descend. Tous nos mouvements sont vains mais la fatigue, chaque nuit, nous empêche d'y songer et le sommeil nous recharge en espoir. En fait, personne ne sait où Yéchoua réapparaîtra. Et moi, j'ignore où m'attend Claudia.

Plusieurs fois, lors des haltes, je remarquai qu'étaient dessinés des poissons sur le sable. Je n'y prêtai d'abord pas attention, mais lorsque je perçus la répétition systématique de ce dessin, sa multiplication sous forme de cailloux assemblés, de coquilles disposées, je soupçonnai qu'il y avait là un signe.

Cachant autant que possible mon accent romain, je demandai à une femme qui portait un poisson en pendentif ce qu'il signifiait.

– Comment ? Tu l'ignores ? C'est la marque de Yéchoua. « Poisson » en grec se dit « ἰχθύς », et cela donne les initiales de : « Yéchoua-Christ-Fils de Dieu-Sauveur ». Nous l'utilisons comme marque de ralliement.

J'ai songé à Fabien... Selon lui, le futur roi du monde qu'annonçaient tous les astrologues avait un lien avec le signe des Poissons. Fabien aurait-il abandonné la piste de Yéchoua s'il avait eu connaissance de ce code secret ?

Porte-toi bien.

De Pilate à son cher Titus

Je n'ai toujours pas retrouvé Claudia mais j'ai la réponse à la question de ma lettre précédente.

Assis pour bivouaquer au bord du chemin, j'avais, accablé par la chaleur, enlevé mon capuchon lorsqu'une main me tapota l'épaule.

– Mon bon Pilate, je n'aurais jamais pensé te voir avec une barbe.

Fabien, le beau cousin de Claudia, me contemplait avec son visage ouvert de Romain bien nourri de femmes et de viandes. Sans attendre ma réaction, il s'accroupit en face de moi, ordonnant à ses esclaves de parquer leurs mules dans le champ voisin.

– Quelle déception ! Non, excuse-moi, Pilate, mais je crois que Claudia nous a mis sur une mauvaise piste. Un roi, ce Yéchoua ? Incapable de tenir une lance, de diriger une armée. Au lieu de profiter de l'insondable crédulité du peuple à son égard, il se fait rare, mystérieux et maintenant il annonce son proche départ ! Quelle incohérence ! Quel manque d'opportunisme ! Et cette phrase, cette phrase idiote, si, si, je t'assure, il l'a prononcée, comment est-ce ?... « Aime ton prochain comme toi-même, y compris ton ennemi. » Absurde ! Inconséquent ! Un roi n'est roi que parce qu'il a des ennemis, qu'il en triomphe et qu'il s'en fait respecter. Un roi n'aime pas ! Non, ce garçon n'a décidément aucun avenir politique.

Fabien était si convaincu qu'il ne cherchait même pas mon assentiment. Il se releva.

– Je pars chercher du côté de Babylone. Ces gens-là ont une réputation d'excellents guerriers. D'eux pourrait venir le Roi annoncé par les devins.

Il époussetait sa toge, si convaincu de sa bonne décision que je ne pris même pas la peine de lui mentionner ma découverte concernant le signe des Poissons.

– Cela dit, Pilate, je ne suis pas mécontent de te voir arriver dans les parages. Sans me mêler de ce qui ne me regarde pas, tu aurais tout intérêt à ce que les idées de ce Juif ne se diffusent pas. Il propose une morale dangereuse, qui pourrait bouleverser tout l'équilibre de notre monde si elle avait le moindre écho : il prétend que tous les hommes sont égaux. Tu entends, Pilate ? Te rends-tu compte ? Aucun homme ne vaut mieux qu'un autre ! Cela veut dire qu'il attaque l'esclavage ! Imagine qu'on l'écoute, il pourrait provoquer une révolte, mettre tout l'ordre à bas, devenir un Spartacus qui réussit. Car la faiblesse de Spartacus, c'est qu'il restait un esclave qui avait ameuté des esclaves, tandis que ce Juif libre s'adresse à la terre entière et prétend briser toutes les chaînes. Méfie-toi, Pilate ! Surveille-le ! Boucle-le !

– Je l'ai déjà crucifié. Que puis-je faire de plus ?

Fabien me regarda longuement. Se repassant ma réponse dans son esprit, il tentait de se convaincre qu'il avait bien entendu ce qu'il avait entendu et il y eut un éclair de pitié méprisante dans ses yeux. Puis il éclata de rire.

– Que me racontes-tu, Pilate ? Je l'ai rencontré, ton homme, et pas plus tard qu'hier. Pas très solide, pas très fort sur ses jambes. Du charme mais pas de santé.

– Vous avez parlé ?

– Naturellement.

– Et alors ?

– Je n'ai pas été convaincu.

Fabien signala à ses hommes qu'ils allaient repartir. Je ne pus m'empêcher de crier :

– Mais enfin, Fabien, tu as parlé avec un ressuscité !

Fabien ne cilla même pas. Il monta sur son cheval et me considéra avec désolation.

– Ah non, Pilate, tu ne vas pas me faire croire que tu gobes ça aussi ! Cela fait trop longtemps que tu demeures en Palestine. Décidément, le pouvoir est romain, la culture grecque, la folie juive...

Il donna un coup d'éperon et disparut.

Je n'avais même pas eu le temps de lui demander où était Claudia. Mais peut-être ne voulais-je pas l'apprendre de lui.

Je deviens compliqué. Ou beaucoup plus simple ? En attendant, porte-toi bien.

De Pilate à son cher Titus

A je ne sais quel frémissement dans l'air, je sentais que j'approchais du but.

Depuis le matin, nous suivions les nuages qui avaient commencé à déposer un filet d'encre délavé au firmament, puis avaient noirci, s'étaient gonflés, amoncelés, et se dirigeaient vers le mont Tabor. La foule, en longue file brune, serpentait à travers les escarpements.

En passant le premier col, nous avons appris que les onze disciples nous précédaient. Nous devions faire vite.

Les nuages se bousculaient dans le ciel, pleins à crever, fumant d'une lumière noire. L'orage allait éclater.

Puis une grande clarté, une épée d'acier étincelante

creva les nuées et vint frapper le mont. La foudre venait de tomber là-haut. Je pensai en moi-même : trop tard.

Des gouttes épaisses s'écrasèrent sur nous, longues, drues, serrées. Certains s'abritèrent sous des rochers et quelques-uns, dont moi, continuèrent d'avancer.

Quand nous fûmes au pied de l'ultime raidillon, nous vîmes la montagne dégorger les apôtres.

Je faillis ne pas les reconnaître. Au lieu des lâches apeurés, couraient désormais des hommes forts, vigoureux, au visage brillant de santé et de joie. Ils vinrent au-devant de nous et nous embrassèrent. Ils parlaient tous en même temps, véloces, enthousiastes, et les mots coulaient facilement de leur bouche :

– Yéchoua nous a rejoints à l'abri d'une bergerie, alors que nous partagions le pain et le vin ainsi qu'il nous l'avait appris. Il nous a demandé plusieurs fois si nous l'aimions ; il y avait quelque chose d'angoissé dans sa question, comme si toute sa mission s'écroulerait si nous répondions mal. Il semblait moins paisible qu'auparavant, passait de la tendresse à la violence, avec cette voix tremblante qu'ont les amis qui partent pour un très long voyage. Quand Syméon l'eut rassuré, lui eut répété deux fois que nous l'aimions, il montra les moutons autour de nous sur la montagne. « Prenez soin de mes brebis. Je vous le dis en vérité : quand vous étiez jeunes, vous enrouliez vous-même votre ceinture et vous alliez où vous vouliez ; mais quand vous serez vieux, vous étendrez les bras, un autre enroulera votre ceinture et vous conduira où vous voudrez. »

« Nous n'avons pas compris ses mots. Nous les

comprendrons sans doute un jour, comme tout ce qu'il nous a dit, quand nous aurons progressé en sagesse.

« Puis il fit venir à lui trois d'entre nous, Syméon, André et Yohanân, les trois qui se tenaient auprès de lui, la nuit de son arrestation, au mont des Oliviers, lorsqu'il attendait la mort. Il voulait que ceux qui l'avaient connu au plus bas l'aident à gravir la pente.

« Nous sommes montés au sommet.

« Il était faible, notre Yéchoua, maigre, efflanqué, tel qu'on l'avait cloué sur la croix, ses plaies ouvertes. Un corps si frêle, si léger qu'on avait du mal à concevoir qu'il tînt encore debout. Où allait-il chercher sa force ? Pas dans ses muscles déchirés. Pas dans sa chair vidée de toute eau. Pas dans ses os saillants. De cette carcasse au bord d'un ravin, une force émanait encore, celle de ses yeux ; c'était là que s'était réfugiée la vie, une vie forte, têtue, violente, presque en colère.

« A la cime, Yéchoua glissa et demeura à genoux. Il priait. Ensuite, il nous bénit. "Allez dans le monde entier, auprès de toutes les nations, et annoncez la Bonne Nouvelle à tous les hommes. Baptisez-les au nom de mon Père. Enseignez-leur ce que je vous ai dit. Vous parlerez toutes les langues, même les langues nouvelles. Si vous imposez vos mains sur les malades, ils seront guéris. Si vous prenez des serpents dans vos mains, ils ne mordront pas. Et sachez-le, je vais être avec vous tous les jours, jusqu'à la fin du monde."

« Et pendant qu'il nous bénissait de nouveau, il se sépara de nous. Il fut transfiguré.

« Ses vêtements aussi blanchirent.

« Après quoi, nous avons senti des présences tout autour de son souvenir. Et les présences parlaient. Et

Yéchoua leur répondait. Et Yéchoua souriait comme s'il retrouvait de vieux amis.

« Nous avions beau fermer nos paupières pour apprivoiser la trop vive lumière, nous ne parvenions à rien distinguer. Mais ceux d'entre nous qui ont l'oreille la plus fine entendirent Moïse et Elie qui discutaient avec Yéchoua. Nous ne comprenions pas, nous pouvions juste saisir des mots : ils évoquaient Jérusalem, la nouvelle alliance, son départ.

« Mais cette scène ne devait pas être pour nous car un sommeil puissant, comme une grêle de printemps, s'abattit sur nous et nous coucha dans l'herbe.

« Combien de temps nous terrassa cette torpeur ? Le temps d'un froissement d'ailes ? Le temps d'une longue sieste estivale ? Quand nous avons rouvert les yeux, Yéchoua n'était plus là. »

Les onze cessèrent soudain de témoigner.

Le silence vibrait de la vision magnifique. Une émotion nous liait et prolongeait notre exaltation. C'était une de ces heures ouvertes, ces heures où l'on pourrait croire, ces heures où l'on se sent le courage de changer, de recommencer. Le ciel paraissait proche. La pluie avait cessé.

Chacun gardait, au fond de lui-même, la chaleur de ce récit, une flamme qu'il protégeait, une flamme qu'il faisait sienne.

Nous redescendîmes en silence. Il n'y avait que le silence pour exprimer ce plein que nous ressentions tous. Sinon, il aurait fallu crier, hurler sans fin.

Je sais maintenant que Claudia est proche. Que je l'embrasserai très bientôt. Pour l'heure, je ne peux pas

t'en dire plus. Je t'aime, mon cher frère, et souhaite
que tu te portes bien.

De Pilate à son cher Titus

J'ai retrouvé Claudia.

Elle m'attendait debout, toute droite, au milieu d'un
chemin, comme si elle savait que j'allais arriver là, à
cet instant.

J'ai cru que j'allais la broyer dans mes bras. Heureusement qu'elle a ri avant que je ne l'étouffe. Puis
je l'ai empêchée de parler en l'embrassant longuement.

Lorsque j'ai cessé, elle a ri de nouveau.

– Tu as l'air d'un fou.

Elle m'a embrassé à son tour, à sa manière, plus
féminine, plus coquette, tout en lèvres qui se donnent
et se refusent. J'eus immédiatement envie de faire
l'amour.

– Ne pars plus, Claudia.

– Je ne partirai plus. Tu dois t'occuper de moi maintenant. Je suis devenue fragile. Je porte notre enfant.

De Pilate à son cher Titus

Nous voici de retour à Césarée.

Tous les jours, je contemple la mer et je tente d'imaginer que Rome, toi, la maison de notre enfance et
le parc aux mille cyprès, vous êtes tapis derrière

l'horizon, intacts, et que vous m'attendez. Non, je ne cherche pas une excuse pour avoir cessé de t'écrire pendant plusieurs semaines ; je n'en ai pas. Sois assuré, mon cher frère, que je t'aime autant, sinon davantage. Cependant, la nécessité quotidienne de correspondre s'est évanouie ; je me suis rendu compte que j'adressais d'abord ces lettres à moi-même et que, dans chacune, je cherchais surtout à vérifier mon appartenance à Rome. J'envoyais mes pensées à ma terre pour renforcer mes racines, crier que je n'étais pas d'ici, de Palestine. Je te parlais parce que tu es toi, certes, mais aussi parce que tu es mon frère, mon image peinte, mon visage resté sur une fresque romaine.

Aujourd'hui cela me semble si vain. Etre d'ici ou d'ailleurs, quelle importance ? Est-ce seulement possible ? Epouser un pays, ses particularités, c'est épouser ce qu'il a de petit. S'en tenir à sa terre, c'est ramper. Je veux me redresser. Ce qui m'intéresse dans les hommes, désormais, ce n'est pas ce qu'ils ont de romain, de grec ou d'égyptien, c'est ce qu'ils pourraient avoir de beau, de généreux, de juste, ce qu'ils peuvent inventer qui rendrait le monde meilleur et habitable.

Pour l'instant je m'acquitte de mes tâches. J'assure l'ordre : je menace, je surveille, je punis. Bientôt, dès que notre enfant sera né, nous rentrerons à Rome où je veux raconter, par moi-même, à Tibère ce qui vient de se passer ici. La vieille marionnette peinte ne m'écoutera sans doute pas. Claudia est d'ores et déjà persuadée que l'empereur me révoquera de mes fonctions et, bien qu'elle ait fait autrefois jouer ses relations pour m'obtenir cette promotion, elle s'en moque désormais.

Son ventre s'arrondit, nous parlons de Yéchoua, elle considère l'avenir avec sérénité.

J'avoue que je suis loin de partager son calme. Je ne peux vivre constamment à l'altitude du mont Tabor. Après tout qu'ai-je vu ? Rien. Qu'ai-je compris ? Rien.

Je n'ai rencontré Yéchoua qu'une fois. Mais peut-on appeler cela une rencontre ? Une rencontre, c'est quelque chose de décisif, une porte, une fracture, un instant qui marque le temps et crée un avant et un après. A ces conditions, je n'ai pas rencontré Yéchoua.

Ce jour-là, on m'avait amené un prisonnier.

Situation mille fois vécue...

Maître des exécutions, je pouvais accepter ou refuser la sentence de mort demandée par le tribunal religieux.

Situation mille fois vécue...

Les juges le trouvaient coupable, l'accusé s'estimait innocent.

Situation mille fois vécue...

L'ai-je seulement regardé ? Ai-je détaillé ses traits ?

Pourquoi aurais-je ouvert plus particulièrement les yeux ? Fonctionnaire romain, je me concentrais sur ma tâche. Au nom de quoi aurais-je donné à ce moment banal une attention différente ?

On ne voit jamais les autres tels qu'ils sont. On n'en a que des visions partielles, tronquées, à travers les intérêts du moment. On essaie de tenir son rôle dans la comédie humaine, rien que son rôle – c'est déjà si difficile. Nous étions deux acteurs cette nuit-là. Yéchoua jouait la victime d'une erreur judiciaire. Et moi, Pilate, je jouais le préfet romain, juste et impartial.

– Es-tu le roi des Juifs ?

– Je n'ai jamais dit cela.

– On le dit pourtant.

– Qui ?

– Les hommes qui t'accusent, les hommes qui t'amènent à moi, tout le sanhédrin.

– C'est injuste. Eux le clament, pas moi, et pour me perdre, ils me reprochent de l'affirmer.

– Pourtant tu prétends bien fonder un royaume ?

– Oui.

– Alors ?

– Mon Royaume n'est pas de ce monde.

Il semblait triste, amer, comme dévasté par ce constat d'échec.

Puis il se reprit et me lança avec énergie :

– Si je voulais être roi en ce monde, j'aurais empêché qu'on m'arrête, je ne serais pas là en face de toi. Non, mon Royaume n'est pas de ce monde.

– Tu es donc roi ?

– Oui, je suis roi, roi d'un autre monde, d'où je viens, où je vais retourner, et qui reste, ici, à faire. Je suis venu en Palestine pour parler de la vérité. Tout homme qui s'intéresse à la vérité écoute mes paroles.

– Qu'est-ce que la vérité ?

J'avais dit cela comme on hausse les épaules, pour me débarrasser d'un visiteur importun. Qu'est-ce que la vérité ? Il y a la tienne, il y a la mienne, et celle des autres. En bon Romain formé au scepticisme grec, je relativisais. Toute vérité n'est que la vérité de celui qui la dit. Il y a autant de vérités que d'individus. Seule la force impose une vérité avec ses armes ; par le glaive, par le combat, par le meurtre, par la torture, par le chantage, par la peur, par le calcul des intérêts, elle oblige les esprits à s'entendre provisoirement sur une doctrine. La vérité au singulier, c'est une victoire, c'est la défaite des autres, au mieux un armistice. Mais la vérité n'est jamais une ; c'est pour cela qu'elle n'existe pas.

– Qu'est-ce que la vérité ?

J'avais dit cela autant pour moi que pour lui. Je me tranquillisais. Or, à ma grande surprise, ce Juif m'avait bien entendu et s'était mis à trembler.

J'étais surpris.

Cet homme doutait.

D'ordinaire, les fanatiques écrasent leurs doutes en braillant leur foi. En revanche, Yéchoua se remettait sincèrement en question, semblait craindre d'avoir fait entièrement fausse route, se demandait, tout bonnement, si je n'avais pas raison...

Puis, maîtrisant ses frissons, rassemblant ses forces, il soutint mon regard et prononça lentement :

– En effet : qu'est-ce que la vérité ?

Il me renvoyait la question.

Par un retour de balle, c'était moi qui, maintenant, tremblais sous le coup de l'interrogation et commençais à avoir peur. Non, je ne détenais pas la vérité, je possédais juste le pouvoir, le pouvoir aberrant de décréter ce qui est bon et mauvais, le pouvoir exorbitant de vie et de mort, l'obscène pouvoir.

Le silence s'installa.

La balle s'était perdue entre nous deux.

Nous nous taisions.

Le silence bavardait entre nous. Il disait mille choses rapides, confuses, mouvementées, indécises.

Ce silence, curieusement, me parlait de moi. Que fais-tu là ? me demandait le silence. Qui te donne le droit de disposer des existences ? Qui t'éclaire pour prendre des décisions ? Un sentiment d'usure me gagna. Ce n'était pas la fatigue du pouvoir, celle-là, je la connaissais déjà, elle n'a besoin que de repos pour disparaître ; c'était une lassitude plus insinuante, plus lente, qui m'engourdissait le corps comme un poison paralysant : l'absurdité du pouvoir. Qu'avais-je de plus que ce mendiant juif ? Une naissance romaine, un poste qui me donnait les soldats et les armes... Mais est-ce que cela avait de la valeur ?

– Qu'est-ce qui vaut ?

Voilà comment le Juif avait transformé ma question sur la vérité. Qu'est-ce qui mérite qu'on se batte ? Qu'on meure ? Qu'on vive ? Qu'est-ce qui vaut vraiment ?

Plus le silence bruissait, plus je me sentais seul. Mais, curieusement, il y avait quelque chose de délicieux à flotter dans cet état : j'étais libre. Ou plutôt libéré de fers, de liens et de chaînes dont j'ignorais jusqu'ici la morsure profonde, des chaînes qui n'étaient pas celles de l'esclavage, mais du pouvoir...

Après cette longue rêverie, l'impatience des prêtres derrière la porte me fit revenir à ma charge et je tentai en vain de sauver Yéchoua.

Donc, qu'ai-je vu ? Rien. Qu'ai-je compris ? Rien non plus, sinon que quelque chose pouvait échapper à ma compréhension. Dans l'affaire Yéchoua, j'ai essayé de sauver la raison, la sauver coûte que coûte contre le mystère, sauver la raison jusqu'à l'irraisonnable... Echec ! J'ai compris qu'il existait de l'incompréhensible. Cela m'a rendu un peu moins arrogant, un peu plus ignorant. J'ai perdu des certitudes – la certitude de maîtriser ma vie, la certitude de connaître les hommes – mais qu'ai-je gagné ? Je m'en plains souvent à Claudia : auparavant, j'étais un Romain qui savait ; maintenant je suis un Romain qui doute. Elle rit. Elle bat des mains comme si je lui faisais un numéro de jongleur.

– Douter et croire sont la même chose, Pilate. Seule l'indifférence est athée.

Je refuse qu'elle m'embrigade ainsi dans les sectateurs de Yéchoua. D'abord, mon poste me l'interdit : mes alliés objectifs, les prêtres du Temple menés par Caïphe, réagissent avec violence contre cette nouvelle foi et font la chasse aux disciples, aux Nicodème, aux Yoseph d'Arimathie, aux Chouza, même à ce pauvre Syméon de Cyrène, le passant qui porta par hasard la croix. Ensuite, j'ai trop de questions en suspens pour arriver à me construire une opinion.

Te souviens-tu de cette maxime que nous répétait Craterios lorsque nous étudiions avec lui ? « Ne jamais croire ce qu'on est disposé à croire. » Lors de nos discussions, je l'ai plusieurs fois opposée à la foi de Claudia.

– Tu voulais croire ce que disait Yéchoua, Claudia, avant même qu'il ne prouve qu'il était l'envoyé de son Dieu.

– Naturellement. J'ai envie de croire que la bonté vaut quelque chose, que l'amour doit l'emporter sur tous les préjugés, que la richesse n'est pas ce après quoi nous devons courir, que le monde a un sens et que la mort n'est pas à craindre.

– Si tu as besoin de l'espérer, tu ne fais que satisfaire un besoin, tu ne réponds pas aux exigences de la vérité.

– Que seraient les exigences de la vérité ? Le déplaisir ? L'angoisse ? Selon toi, on ne devrait croire que ce qui nous déplaît ?

– Je n'ai pas dit cela non plus.

– Ah, tu vois ! Ni le plaisir ni le déplaisir ne peuvent constituer les critères du vrai. Or, ici, il ne s'agit pas de raisonner ni de connaître. Il s'agit de croire, Pilate, de croire !

Cette foi demande trop d'activité. Pour l'instant, elle n'exige aucun culte, à la différence des rites grecs ou romains, mais elle mobilise l'esprit d'une façon dévorante.

Pour cela même, je pense qu'elle n'aura pas d'avenir.

Je l'explique souvent à Claudia. Tout d'abord, cette religion est née dans un mauvais endroit ; la Palestine demeure une toute petite nation qui n'a ni importance ni influence dans le monde d'aujourd'hui. Ensuite, Yéchoua n'a enseigné qu'à des analphabètes, de rudes pêcheurs du lac Tibériade qui, à part Yohanân, ne savent parler que l'araméen, à peine l'hébreu, très mal le grec. Que va devenir son histoire quand les derniers témoins seront morts ? Yéchoua n'a rien écrit, sinon sur du sable et de l'eau ; ses disciples non plus. D'ailleurs savait-il seulement lire ? Enfin, sa grande faiblesse fut de partir trop vite : il n'a pas pris le temps de convaincre assez de gens, ni surtout les gens importants. Que ne s'est-il rendu à Athènes ou à Rome ? Pourquoi même a-t-il quitté la Terre ? S'il est bien Fils de Dieu, comme il le prétend, pourquoi ne pas demeurer parmi nous à jamais ? Et par là nous convaincre. Et nous faire vivre dans le vrai. S'il séjournait perpétuellement ici, personne ne douterait plus de son message.

Mes raisonnements provoquent immanquablement l'hilarité de Claudia. Elle prétend que Yéchoua n'avait aucune raison de s'installer. Il suffit qu'il soit venu une fois. Car il ne doit pas apporter trop de preuves. S'il se montrait avec évidence, il obligerait les hommes à se prosterner. Or il a fait l'homme libre. Il tient compte de cette liberté en nous laissant la possibilité de croire ou de ne pas croire. Peut-on être forcé d'adhérer ? Peut-on être forcé d'aimer ? On doit s'y disposer soi-même, consentir à la foi comme à l'amour. Yéchoua respecte les hommes. Il nous fait signe par son histoire, mais nous laisse interpréter le signe. Il nous respecte trop pour nous contraindre. C'est parce qu'il nous estime qu'il nous donne à douter. Cette part de choix qu'il nous laisse, c'est l'autre nom de son mystère.

Je suis toujours troublé par ce discours. Et jamais convaincu.

Les figures du poisson se multiplient dans le sable et la poussière de Palestine ; les pèlerins les tracent du bout de leur bâton comme la clé secrète d'une communauté qui s'élargit. Mes espions viennent de me rapporter que les sectateurs de Yéchoua s'étaient aussi trouvé un nom : les chrétiens, les disciples du Christ, celui qui a été oint par Dieu, et qu'ils ont désormais un autre signe de reconnaissance qu'ils portent souvent en pendentif : la croix.

J'ai frémi en apprenant cette bizarrerie. Quelle idée barbare ! Pourquoi pas une potence, une hache, un poignard ? Comment espèrent-ils rassembler les fidèles autour de l'épisode le moins glorieux, le plus humiliant de l'histoire de Yéchoua ?

Lorsque je l'appris à Claudia elle réfléchit à voix haute :

– Ils n'ont pas tort. Même si le signe est horrible, c'est sur la croix que Yéchoua nous manifesta l'essentiel. S'il s'est laissé crucifier, c'est par amour pour les hommes. S'il est ressuscité, c'est pour montrer qu'il avait raison d'aimer. Et qu'il faut toujours, en toute circonstance, même si l'on est démenti, avoir le courage d'aimer.

Mon cher frère, je ne veux pas t'importuner plus longtemps avec mon trouble et mes réflexions. Nous aurons tout le loisir d'en discuter bientôt, quand nous débarquerons à Rome. Peut-être que, pendant la traversée, toutes mes idées disparaîtront d'elles-mêmes et que j'apprendrai, en posant le pied sur le quai d'Ostie, qu'elles devaient rester en Palestine ? Le christianisme, cette histoire juive, est peut-être soluble dans notre mer ? Mais peut-être me suivront-elles jusque là-bas... Qui sait le chemin que prennent les idées ?

Porte-toi bien.

Post-scriptum. Ce matin, je disais à Claudia qui se prétend – sache-le – chrétienne, qu'il n'y aura jamais qu'une seule génération de chrétiens : ceux qui auront vu Yéchoua ressuscité. Cette foi s'éteindra avec eux, lorsque l'on fermera les paupières du dernier vieillard qui aura dans sa mémoire le visage et la voix de Yéchoua vivant.

– Je ne serai donc jamais chrétien, Claudia. Car je n'ai rien vu, j'ai tout raté, je suis arrivé trop tard. Si je voulais croire, je devrais d'abord croire le témoignage des autres.

– Alors peut-être est-ce toi, le premier chrétien ?

JOURNAL D'UN ROMAN VOLÉ

Année 2000

Sept ans de travail viennent de partir entre les mains des cambrioleurs. L'alarme a retenti dans la rue, sans alerter ni déplacer personne.

Nous sommes le 4 janvier 2000 et tout m'a été arraché en quelques secondes.

Depuis 1993, sans m'interrompre sauf pour écrire des pièces de théâtre, j'ai rêvé, conçu, médité puis rédigé ce livre. La chair de ma chair. Notes et versions successives, je les ai toutes enregistrées dans mes deux ordinateurs. Or les malfaiteurs n'ont pris que cela dans la maison !

Ou presque...

Comble du professionnalisme : ils ont dérobé aussi la valise contenant mes disquettes de sauvegarde...

Il ne me reste rien.

Est-il possible que je n'en aie gardé aucune trace sur le papier ? Je le redoute. Par souci de ne pas encombrer mon bureau, je suis capable d'avoir jeté les liasses au fur et à mesure.

Confirmation : je ne possède aucune version imprimée de mon travail.

Et si quelqu'un allait publier ce roman sous son nom ?

Pour me rassurer, les policiers me rappellent que nous sommes ici en Irlande, que presque personne ne lit le français et que, vraisemblablement, les cambrioleurs demeureront indifférents au contenu des ordinateurs. Selon eux, il s'agit d'un gang qui opère depuis trois semaines dans le quartier et ne pénètre dans les maisons que pour les vider de leur matériel informatique.

– Ils ont déjà tout effacé, me disent-ils pour me consoler.

Cette phrase me tue une deuxième fois.

Dans tous les journaux dublinois, du plus chic au plus populaire, Bruno M. fait passer des annonces pour demander qu'on me restitue les ordinateurs. Il promet qu'il n'y aura pas de poursuites mais, au contraire, une récompense.

Bono, membre du groupe U 2, cambriolé récemment, a, paraît-il, obtenu ainsi la restitution de ses disquettes.

Cependant je ne bénéficie pas de la popularité d'une rock star...

Je sens bien que Bruno M. ne croit pas trop à l'efficacité de cette démarche mais qu'il veut me prouver sa solidarité.

Sottement, au lieu de le remercier, je lui demande toutes les heures : « Crois-tu que ça va marcher ? »

Personne n'ayant répondu aux annonces, je dois me rendre à la raison : mon livre a bel et bien disparu dans le néant actionné par un doigt inconnu sur la touche « delete ».

Partout dans le monde, à cause de cette féroce tempête qui vient de griffer l'Europe pour inaugurer l'an 2000, on pleure devant des maisons écrasées, des forêts dévastées, des jardins détruits, des arbres abattus.

Moi, je pleure sur mon œuvre envolée.

Etranges chemins de la sympathie...

Ce soir, décision : demain j'irai acheter un bloc de papier et j'écrirai, à la main, d'une traite, le livre de la première page à la dernière.

Tout s'est bien passé. J'ai rédigé les pages du jardin des Oliviers. Elles sont venues plus aisément que jamais, nos mémoires – celle de Yéchoua et la mienne –, se mêlant pour restituer le passé, n'en gardant que l'essentiel, avec une fluidité inhabituelle qui tenait sans doute à ce que, ne cherchant pas ce que j'avais à dire, je pouvais m'attacher au seul soin de le formuler.

Comment ai-je l'audace d'écrire au nom de Jésus ? Un athée n'en éprouverait aucune gêne tandis que moi, qui ai reçu la foi dans le Sahara, et dont la spiritualité peut se qualifier, avec l'étude et le temps, de chrétienne, je transgresse continuellement un interdit, j'usurpe mon droit à chaque instant, je piétine le caractère sacré des Evangiles !

Je justifie cette audace par la finalité de mon livre :

rendre vivant, proche, intime ce Jésus dont la figure est délavée par des siècles d'imagerie, dont la parole ne résonne plus que comme un refrain éculé à force d'être répétée mécaniquement, dont les actes se sont figés en tableaux si connus qu'on ne les remarque plus, dont les cris, les doutes et le courage sont ignorés, étouffés par les Eglises qui, pour l'édification du peuple, ont voulu présenter un Dieu rassurant, sûr de lui, conscient de son destin.

Après vingt siècles de bruits, d'écritures, de palimpsestes et de murmures, on n'entend plus rien, on ne voit plus rien ! Si j'interroge mes contemporains, Jésus est un inconnu célèbre : il n'est plus ni un Dieu ni un homme. Il n'est plus un Dieu car on l'a réduit à une figure historique – sage, illuminé, imposteur ou victime – dont on concède, tout au plus, qu'elle a pu exister. Il n'est plus un homme car, dans leur désir de croire et de faire croire, les religieux s'attachent excessivement au caractère divin, aux pouvoirs miraculeux du personnage.

Dans mon livre, je le voudrais d'abord homme, puis peut-être Dieu...

Aussi me suis-je bien amusé, aujourd'hui, à décrire Yéchoua de Nazareth, gamin persuadé d'être Dieu comme tous les enfants aimés et découvrant son incapacité physique : il ne peut pas voler ! L'apprentissage de l'humanité équivaut à l'apprentissage de nos limites : nous sommes malades, souffrants, nous mourrons un jour, nous ne saurons jamais tout et notre pouvoir sur les autres autant que sur nous-même se résume à trois fois rien. Si Jésus fut homme, il découvrit cela, il prit conscience de son humanité.

Amusant de penser qu'à l'origine, nous sommes tous partants pour être Dieu...

Le silence de Jésus autant que sa parole m'intriguent.

Pourquoi s'est-il tu pendant trente ans ?

C'est sur ce silence que j'écris en ce moment.

Depuis deux mille ans les théologiens se disputent – c'est leur métier, d'ailleurs – sur la conscience qu'avait le Christ de lui-même. Jésus savait-il dès le départ qu'il était le fils de Dieu ou l'a-t-il découvert progressivement ? Sa messianité lui était-elle connue de façon consubstantielle ou l'a-t-il perçue avec le temps ?

Les quatre Evangiles me semblent, à un détail près, répondre à cette question : Jésus n'est qu'un homme, certes inspiré par Dieu, mais rien qu'un homme jusqu'à sa mort sur la croix. Sinon il ne souffrirait pas. Sinon il ne mourrait pas. C'est la Résurrection qui lui confère, dans sa réalité terrestre, le statut de Dieu.

Jésus ne prend pas la parole avant l'âge de trente ans. Il mène une vie ordinaire de charpentier, sans quitter Nazareth, sans se faire remarquer outre mesure, sans provoquer aucun rassemblement. S'il était informé d'emblée de sa mission, pourquoi tarderait-il tant ? Cette lenteur me paraît prouver que sa messianité ne lui a été révélée que progressivement.

Les étapes – toujours selon les Evangiles – m'apparaissent évidentes.

D'abord, il y a la reconnaissance par Jean-Baptiste au bord du Jourdain. Le prophète décèle dans le pèlerin Jésus le Messie qu'il annonce depuis des années.

Choqué, bouleversé, Jésus disparaît quarante jours dans le désert. Que se passe-t-il pendant ces quarante jours ? Tout le monde l'ignore mais il est indubitable que ce séjour le change totalement : lorsqu'il revient au monde civilisé, il parle ! Il parle enfin !

Cependant, parler n'est pas se nommer. Il ne se désigne pas encore comme le Messie. Lorsqu'on lui demande qui il est, il ne répond pas. Si son interlocuteur insiste et insinue : « Es-tu le Messie ? », il répond invariablement : « C'est toi qui l'as dit. »

Pendant des années je n'ai voulu apercevoir que le sens philosophique de cette réplique. « C'est toi qui l'as dit » me semblait exprimer remarquablement la position de Jésus par rapport au croyant : « C'est toi qui décides en ton âme et conscience si je suis le Messie ou pas, c'est toi qui choisis de me reconnaître comme Dieu, tu es libre. » Aujourd'hui, j'y vois toujours cette pédagogie de la liberté, mais j'y décèle aussi le doute profond qui le déchire. Lui-même s'interroge : est-il bien le Messie, est-il capable d'assumer cette tâche ?

Les doutes de Jésus, jamais les Eglises n'ont voulu en parler, motivées sans doute par le souci de présenter une version simple pour des gens simples. Quel dommage ! Du coup, elles oublient le courage de Jésus. Car existe-t-il un courage sans hésitation, un courage sans peur ? Comment peut-on oublier que sa dernière parole sur la croix est : « Mon Père, pourquoi m'as-tu abandonné ? »

La première partie de mon livre est bâtie sur cette

phrase qui exprime de manière bouleversante l'humanité du Christ, ce cri de désarroi que je n'ai jamais cessé de méditer depuis des années.

Un détail semble contredire mon interprétation. Il s'agit du court passage de Luc (2 : 45-51) où Jésus, âgé de douze ans, en voyage à Jérusalem, abandonne ses parents pour discuter avec les érudits et les prêtres du Temple. Lorsque Joseph et Marie s'étonnent, il répond : « Ne saviez-vous pas que je me dois aux affaires de mon Père ? » La surprise des parents montre que, eux, en tout cas, ne s'attendaient pas à cette réponse. Ce qui contredit les récits d'annonciations faites à Marie comme à Joseph. Bref, cela se résume à une anecdote banale comme on en rapporte sur toutes les vocations. Négligeable, donc.

Le rôle de Marie...
Autant j'aime cette personne, autant je ne lui donne pas un rôle important. Car, dans ma lecture des Evangiles où elle est très peu mentionnée – à ma connaissance, elle ne prononce que quatre ou cinq phrases –, je n'éprouve pas plus que les évangélistes le besoin de lui accorder une place déterminante. Peut-être cela choquera-t-il certains lecteurs. Sans doute cela peinera mes deux grands-mères, qui, comme tant de petites filles de France au début du XXe siècle, ont été baptisées Marie...
Dans mon roman je ne pourrai expliquer mes choix, c'est pourquoi dans ce journal, j'éprouve le besoin de les exprimer.

Pour moi Jésus a un père humain et une mère humaine. Il est le fruit des amours de Joseph et de Marie. Pas plus que les évangélistes Jean et Marc je n'ai besoin de penser autre chose. C'est la résurrection de Jésus qui m'étonne, pas sa naissance.

Seuls Matthieu et Luc – dont les textes sont parfois siamois – se sentent obligés d'ajouter les récits de l'Annonciation. Ils font descendre des anges du ciel et mettent Marie dans la confidence concernant le destin de son fils. Pourquoi ? J'y vois un souci de conteur, un réflexe du genre « ouvrez grandes vos oreilles, je vais vous narrer une histoire fort peu ordinaire ». Du coup, le bonimenteur qui veut capter l'attention des foules a tendance à placer le début à la fin, à faire pressentir la conclusion.

Cependant rendre d'emblée manifeste un thème qu'on doit réserver à la conclusion me paraît d'aussi mauvaise littérature que de mauvaise philosophie. Cela confère au récit un caractère de légende – une légende qui ressemble à bien d'autres légendes – et c'est, me semble-t-il, ce qu'il faut surtout éviter !

Par ailleurs, aucun des quatre évangélistes ne nous précise ensuite ce qui arrive à Marie après la mort et la résurrection de son fils.

De même, aucun ne la décrit comme une vierge éternelle puisqu'elle a d'autres enfants avec Joseph, enfants qui sont mentionnés dans tous les Evangiles, par Paul et par l'historien Flavius Josèphe, enfants parmi lesquels Jacques, une fois Jésus disparu, semble avoir joué un rôle important pour la première communauté chrétienne.

Le rôle donné à Marie apparaît nettement comme le

fruit de l'histoire du christianisme plus que le produit des Evangiles. A travers le temps, Eglises et conciles ont rajouté de nombreuses notions à son sujet : assomption, virginité perpétuelle, rôle de médiatrice, le sommet étant la théorie de l'Immaculée Conception en 1854. Or, si je comprends bien les mouvements sociaux et historiques – plus que théologiques – qui ont incité les institutions à ajouter ce qui n'avait jamais été écrit ni mentionné dans les Evangiles, j'en demeure néanmoins surpris, sinon choqué. Selon moi, il ne saurait y avoir de dogmes que s'ils sont révélés, pas décidés. Comment l'Eglise pourrait-elle créer de nouveaux dogmes ? Sa mission n'est-elle pas tout simplement de conserver ceux qui existent ?

Marie, je la verrai donc avec les yeux de Jésus, avec amour, respect, compassion, une femme qui a forcément ses limites, qui ne comprend pas tout (Matthieu 12 : 46-50, Marc 3 : 25-31 et Luc 8 : 19-21), qui souffre mais qui, la première, lui a appris et montré ce que c'était qu'aimer.

Incarnation : Jésus naît et meurt comme un homme. C'est la Résurrection qui en fait le fils de Dieu.

Pendant ces dernières dix années, j'ai lu des sommes historiques concernant Jésus, son procès, la vie quotidienne à Jérusalem, les mouvements politiques et religieux dans cette région du monde, même des traités de médecine sur la crucifixion. Tout autant que les réflexions théologiques, je me suis approprié le travail des chercheurs du réel. Car le Jésus historique me paraît aussi nécessaire au christianisme que le Jésus fils de Dieu. Si on oppose l'homme et le Dieu, le christianisme s'effondre, car cela revient à nier soit l'humanité soit la divinité du Christ.

Ainsi Renan a-t-il constitué, pour moi, une lecture aussi essentielle que Pascal...

Ecrire « Moi, Yéchoua de Nazareth »...

Chaque jour, la prise de plume exige une préparation étrange, entre la méditation et la prière, les mains à plat sur la table, la nuque cassée sous le poids de la tête, les yeux fermés pour mieux entendre, comme si j'allais m'enrouler, descendre au fond de moi pour y trouver le meilleur. Dans le silence et les effluves d'une bougie à la lavande, je m'éloigne du monde, de ses pollutions, tente de me transformer en grande oreille.

Parfois, cette sérénité reste inaccessible. J'insiste avec douceur. Peu importe de perdre une heure ou deux, la douceur demeure la voie d'accès...

Au fond de moi il y a autre chose que moi. M'y attendent des sentiments, des pensées, des états qui n'appartiennent pas à l'ordinaire de ma personnalité. D'où naît cette surprise qu'on appelle l'inspiration ? Des expériences accumulées, d'un cœur plus large que l'esprit, d'un inconscient plus riche que la conscience ? Des autres, vivants ou morts, qui s'emparent de mon imagination pour s'exprimer ? Est-ce une mémoire génétique, celle de l'humanité, devenue enfin accessible ? Est-ce l'entrée dans un état de résonance avec le monde, une sorte de sixième sens que la science ignore encore ? Est-ce saisir un murmure divin ? Je crois toutes ces hypothèses probables...

Lorsque j'écris, je fais l'expérience d'une altérité. Je suis autant scribe qui écoute qu'écrivain qui crée.

J'aborde un infini, un univers sans bornes... Seules les limites m'appartiennent en propre.

Afin de faire parler Jésus « juste », d'une voix qui ne tremble pas mais qui connaît le doute, enrobée d'une expression ferme, précise mais qui ne soit ni philosophique ni intellectuelle, je tente de m'absenter du monde, et surtout de moi-même. J'essaie de descendre au fond de moi pour trouver le meilleur de moi, ce meilleur qui n'est plus moi et qui n'est pas à moi...

Pas tous les jours disponible, le meilleur de moi, pas vraiment tous les jours...

Quelques lignes aujourd'hui, guère davantage...

Comme la simplicité exige, non pas du travail, mais de la patience...

Les voyages d'un écrivain proche de saint Augustin...

Descendre au fond de moi pour trouver autre chose que moi... Parfois je le trouve et j'y demeure l'après-midi à méditer. Telle fut ma journée d'aujourd'hui.

Ce soir, je suis heureux.

Je m'en veux cependant : mon roman n'a pas avancé. Quoique...

Il est évident que, pour décrire le séjour de Jésus au désert, je me sers de ma propre nuit au désert lorsque, au mois de février 1989, je suis entré athée dans le Sahara et ressorti croyant.

En fait, je n'utilise pas tant que cela mon expérience singulière. Je n'écris que ce qui est nécessaire à mon livre. Je continue à garder pour moi cette nuit sous les étoiles qui a changé ma vie.

Les miracles, j'en sais l'importance pour certains. Pascal y voyait une preuve de la vérité du christianisme.

Or je tiens à présenter un Jésus aussi distant par rapport à ses miracles qu'un philosophe sceptique, un Jésus qui aurait lu Renan ! Car Jésus n'est pas le seul thaumaturge de son époque, les guérisseurs pullulaient en ces temps d'indistinction scientifique où la frontière entre le normal et le surnaturel manquait pour le moins de précision. De plus, je crois que ce thème du miracle ne doit pas polluer la foi moderne ; en dehors de la Résurrection, aucun miracle ne m'intéresse. Enfin Jésus lui-même, comme le disent maintes fois les Evangiles, semblait très agacé par ses miracles, au point de ne plus souffrir qu'on lui en demandât. Plusieurs fois, on comprend qu'il y voit une dérive dangereuse et il précise que la foi doit précéder le miracle, non lui succéder.

Correction par rapport à hier : les seuls miracles qui m'intéressent sont ceux qui troublent Jésus. Ainsi la résurrection de l'enfant de Nahim et celle de l'ami Lazare. Il y voit la confirmation de son destin.

Judas...

Je vais beaucoup surprendre.

Même si je ne suis pas le premier écrivain à reconsidérer son rôle, je crois aller plus loin qu'on n'est jamais allé...

Je me suis offert ce matin un mensonge dont je me régale encore.

Richard Ducousset, mon éditeur, m'appelle de France pour une de ces conversations fulgurantes et fantaisistes dont il a le secret, où les propos désordonnés, gracieux, capricants, ironiques se succèdent et laissent s'enlacer moqueries et douceurs, où l'on ne sait plus très bien de quoi on parle mais où l'on éprouve une seule certitude, celle d'éprouver du plaisir à échanger.

Immanquablement, chasseur qui fait semblant de musarder, il en vient au point précis où il comptait arriver depuis le début.

– Eh bien, ce livre ?

– Il est fini. Mais je le relis avec soin.

– Ne croyez-vous pas que vous péchez par excès de scrupule ? La première version que j'ai eue entre les mains il y a plusieurs années me semblait déjà bonne.

– Celle-ci sera meilleure.

– Laissez-m'en juge. J'attends depuis sept ans.

– Moi aussi. Croyez bien que je ne rêve que d'une chose, c'est de le voir publié.

– Quand comptez-vous me le remettre ?

Sans me troubler, j'improvise et réponds :

– Le 28 mars, le jour de mon anniversaire.

– Très bien. En attendant, je vous inscris sur le programme de la rentrée.

En raccrochant, j'étais euphorique. On espérait mon livre ! Mieux : on l'annonçait pour la rentrée de septembre.

Grisé, j'en ai oublié ce que je constate ce soir : mon livre n'est pas fini ; loin de le relire, je le rédige ; je commence à me sentir fatigué ; et je suis d'ores et déjà certain de ne pas l'avoir achevé fin mars.

Une seule solution pour avancer : ne pas penser à la marche du lendemain. Me contenter de celle du jour.

Je refuse de calculer ce qui me reste à écrire : chaque après-midi, j'écris.

Mais combien de temps tiendrai-je ?

Je n'ai jamais apprécié le rôle que l'imaginaire chrétien populaire prête à Judas. Autant les reniements de Pierre me parlent intimement, autant Judas réduit au rôle du traître cupide me choque. Comment un homme qui a tout abandonné pour suivre Jésus, qui le voit continuellement grandir en spiritualité en même temps qu'il élargit son audience, comment un homme élu parmi les douze apôtres, les douze proches, les douze intimes, comment cet amoureux de Jésus pourrait-il stopper son ascension en plein vol ? Comment et surtout : pourquoi ?

On a répondu très vite : « Pour trente deniers », posant là un des fondements de l'antisémitisme chrétien, cette horrible et tenace idée que le Juif est prêt à tout vendre pour un peu d'or, l'antisémite oubliant alors avec allégresse que Jésus, lui aussi, est juif.

Trente deniers, vraiment ? De toute façon, Judas possède déjà l'argent puisque, dans le groupe de ceux qui suivent Jésus sur les routes, il détient la fonction de trésorier. Alors, trente deniers de plus... S'il est mû par le seul intérêt, pourquoi a-t-il rejoint un mouvement qui justement prône la pauvreté ? De plus, si Judas est si cupide, quelle raison a-t-il de se pendre le lendemain ? Le lendemain, il devrait ouvrir une banque, sûrement pas se pendre ! Son suicide contredit sa prétendue trahison.

Si encore Judas se tuait après la résurrection de Christ, je comprendrais qu'il soit dévasté par le remords... car il aurait provoqué la mort du Messie. Mais avant ? Il se tuerait par remords de voir son ami arrêté et crucifié alors qu'il savait très bien que sa dénonciation conduirait à cette situation ? Voilà un traître qui manque de conséquence...

Au XXe siècle, plusieurs auteurs ont remarqué que l'intervention de Judas était nécessaire à l'accomplissement de Jésus, certains allant jusqu'à rendre Judas en partie conscient du rôle de méchant qu'il doit jouer pour que le bien triomphe.

Judas nécessaire aux Ecritures, donc Judas justifié, sinon pardonné.

Je propose d'aller encore plus loin : Judas fait le sacrifice volontaire de sa réputation parce qu'il est le fameux « disciple préféré » toujours évoqué et jamais nommé, le disciple qui croit tellement à la messianité de Jésus de Nazareth qu'il est prêt à prendre tous les risques pour lui.

Ainsi ai-je aujourd'hui récrit la Cène. Lors du dernier repas qu'il partage avec ses proches, Jésus livre son raisonnement. S'il veut éviter que toute la troupe de disciples soit condamnée et crucifiée, s'il veut éviter un châtiment collectif, il doit se faire désigner comme unique responsable. « Quelqu'un doit me dénoncer. » Implicitement, il demande à Judas, le seul assez proche et subtil pour le comprendre, d'accomplir cette besogne.

Par amour, par conviction, par dévotion, Judas accepte.

Confiant dans la messianité de Jésus, il jouera, aux yeux de tous, le mauvais rôle. Blessé, bouleversé et en même temps confiant, il emporte son secret dans la tombe.

Ainsi le christianisme est-il fondé sur un double sacrifice, le sacrifice de Judas et le sacrifice de Jésus.

Pourquoi Yéchoua plutôt que Jésus ? Yohanân le Plongeur plutôt que Jean-Baptiste ? Pourquoi revenir aux noms araméens plutôt qu'à ce qu'ils sont devenus en français à travers le grec et le latin ? Pas seulement par souci d'authenticité. Plutôt pour éviter les clichés, les images toutes faites, les idéologies implicites. Et surtout pour rendre possible le travail romanesque. Si j'écris « Marie », vingt siècles de prêt-à-penser s'interposent immédiatement entre mon texte et moi ; en revanche, si j'écris « Myriam », je peux rester dans le roman et maîtriser la présentation de mes personnages.

Plus subtilement, lorsque je parle de Yéhoûdâh comme du disciple préféré, les lecteurs cultivés vont spontanément croire qu'il s'agit de Jean avant de découvrir, avec surprise je pense, qu'il s'agit de Judas...

J'ai achevé aujourd'hui la première partie du livre, choqué que cela finisse si brièvement, surtout si brutalement.

Alors que je voulais brosser un grand tableau tourmenté de ces derniers instants qui précèdent l'arrestation et préfigurent la croix, je me suis surpris à resserrer le trait, à ne garder que l'essentiel, à saisir sous la flèche d'une phrase ce qui pouvait se développer en plusieurs paragraphes.

Bref. Trop bref. Comme la vie du Christ...

Pourquoi la justesse, chez moi, revient-elle toujours à la concision ? Est-ce une qualité ou la marque d'une impuissance ?

Une phrase me fait davantage trembler qu'un paragraphe. L'esquisse d'une image me trouble plus qu'une description achevée.

Relisant aujourd'hui cette première partie que j'aimerais appeler « L'Evangile des Oliviers », je me dis que j'aimerais entendre ce récit sur scène, avec de la chair, de la présence, du silence, de l'ombre et du sang. Tout y est oralité. Les phrases n'ont pas été

écrites mais entendues, elles sont destinées à être prononcées plutôt que lues.

Avant de quitter cette première partie, je me rends
compte qu'elle contient plus d'originalité que je ne le
pensais au départ. La conscience profondément libre
de ce Jésus humain a modifié scènes et perspectives.

Depuis deux mille ans on hésite entre deux théories :
Jésus se sachant le Messie ou Jésus se découvrant le
Messie ; j'en propose une troisième : Jésus fait le pari
qu'il est le Messie.

« Si je perds, je ne perds rien. Si je gagne, je gagne
tout. Et je nous fais tous gagner. » Emotion d'écrire
cela, de sentir l'auteur le plus important pour ma
construction intellectuelle, mon précieux Pascal, me
tenir la main et m'aider à accomplir, à ma modeste
mesure, mon chemin de croyance.

Jusqu'au bout mon Jésus demeure un esprit qui
doute, un esprit fini qui se sent appelé par l'infini mais
qui n'est sûr de rien, une lumière naturelle qui se
nourrit de la lumière révélée mais qui garde un discours
humain.

« Mon Père, pourquoi m'as-tu abandonné ? »
Lumière de Dieu qui nous éblouit tant que, parfois,
nous demeurons aveuglés...

Aujourd'hui, première journée en compagnie de
Pilate. Quel choc ! Passer de la douceur de Jésus à la
rudesse de Pilate, de l'interrogation continue aux affirmations péremptoires ! Ce fut une rupture brutale que

de quitter la lumière, fût-elle douloureuse, du Christ pour cette langue de soudard ! Si cet abandon ne me coûte pas, il provoque des regrets.

Cependant j'ai éprouvé un grand plaisir à décrire Jérusalem vue par Pilate. Dans la première partie, je l'ai décrite avec les yeux de Jésus. Dans les deux cas, la ville est fascinante et détestée. J'adore ressusciter ces villes mortes avec des sensations récentes...

Pour Pilate, l'épure ne suffit pas. L'essentiel n'a pas de raison d'être. Pilate n'a rien de Jésus, ni sa pureté de pensée, ni l'immensité de son cœur, ni sa limpidité d'expression. Je dois changer l'épaisseur de mon écriture, choisir une plume plus large, plus grasse. En termes de métier, il me semble qu'il convient davantage de « mettre la sauce », d'épaissir le réalisme du récit, d'appuyer les descriptions, d'allonger les dialogues.

Me voici donc condamné à me montrer « plus romancier », au sens traditionnel.

Comme on dit en peinture, « le sujet commande ».

Construire Pilate...

La seule manière d'humaniser ce personnage qui, au départ, doit être dur, militaire, campé sur ses positions, en armure, presque antipathique, serait de signaler la faille : l'amour inconditionnel qu'il porte à sa femme. Ce rustre sûr de lui n'est étonné que par une chose, le choix qu'a fait Claudia, une aristocrate, de s'unir à lui. Il n'en revient toujours pas...

A la fin du livre, c'est sur les traces de son épouse

disparue tout autant qu'à la recherche de Jésus qu'il partira. Car la vraie médiation pour arriver au Christ est l'amour. Pour Pilate, Jésus passe donc par Claudia.

J'aime cette Claudia inquiète, hautaine, sensible, imprévisible et mystérieuse. Elle m'a mis à ses pieds. Me voilà aussi enflammé que Pilate.

Comme tous les êtres grands, Claudia peut être perçue aussi bien comme sublime que comme ridicule.

Aujourd'hui, j'ai achevé le récit de Salomé.

Ce sera la seule grande entorse que je ferai à l'histoire ; je l'introduirai comme la première femme qui a vu Jésus ressuscité. Pourquoi ? D'abord, je ne prétends pas que c'est vrai : les témoins suivants seront pris au sérieux, pas elle. Ensuite, j'adore tellement ce personnage que je ne voulais pas me priver de le présenter : quand récrirai-je, en effet, un roman qui se déroule à Jérusalem au Ier siècle après Jésus-Christ ? Enfin, je tiens à surprendre celui qui connaît bien les Écritures afin qu'il ne s'installe pas dans le confort du déjà-vu, déjà entendu.

Fabien : la confusion du spirituel et du surnaturel. Un petit homme de notre petite époque.

Pilate, malgré sa rudesse, sa rusticité, est un héros philosophique. Il veut sauver la rationalité et ne se sert que de sa raison. Spontanément, il applique les préceptes que Descartes exposera dans le *Discours de la méthode* : face à un problème, tester une hypothèse jusqu'à ce qu'elle s'effondre, vaincue, démentie par le réel. Ainsi Pilate, face à la Résurrection, entame-t-il une procédure d'examen logique. D'abord, il contourne la possibilité même d'une résurrection : puisque Jésus est mort, il pense à de faux témoignages ; puis à une mystification organisée par Hérode ; puis à un sosie se faisant passer pour Jésus. Enfin, une fois toutes ces hypothèses antérieures abattues, Pilate, réduit à envisager que Jésus est bien réapparu, estime que s'il est vivant, c'est qu'il n'est jamais mort sur la croix. Il nie le concept de résurrection. Après consultation de son médecin, il conclut que Jésus n'a pas eu le temps de trépasser en quelques heures. Cependant les doutes du médecin, le témoignage de Claudia et son propre séjour avec Joseph dans la tombe lui feront apercevoir que Jésus était bien décédé.

Toutes les hypothèses rationnelles ayant été épuisées, Pilate se trouve donc face à un mystère.

Qu'est-ce qu'un **mystère** ? Tout autre chose qu'un **problème** ou une **question**.

Une **question** est une demande d'information qui reçoit une réponse. Exemple : en quelle année fut publiée *La Princesse de Clèves* ? Réponse : en 1678.

Un **problème** est une question qui peut recevoir plusieurs réponses. Exemple : la vie a-t-elle un sens ? Il y a de multiples réponses à ce problème, aucune n'est une solution, aucune ne clôt le problème, aucune

ne peut prétendre à devenir plus qu'une réponse parmi
d'autres.

Un **mystère** est un problème qui fait exploser le
cadre rationnel, qui mine la façon même de poser les
questions, épuise la rationalité.

Les deux piliers du christianisme sont deux mystères : l'Incarnation et la Résurrection. Ils mettent
la pensée en déroute : un Dieu qui se fait homme,
un retour à la vie après un décès ! Je comprends qu'un
esprit rationnel se détourne du christianisme...

Pendant mes années d'apprentissage philosophique,
je refusais de considérer ces prétendus « mystères »
qui m'apparaissaient comme des aberrations intellec-
tuelles, des contradictions de termes, de véritables
« poissons solubles ». En bon rationaliste – en bon
Pilate ! – j'excluais ce qui dérangeait ma raison et ma
conception de la raison.

Quelle frilosité ! Quel réflexe étroit ! Comme si la
raison était tout l'esprit, et seule valable dans l'esprit...
Comme si la raison ne devait pas être interrogée à son
tour... Comme si l'appréhension de l'énigme du monde
ne devait franchir que le crible étroit de la raison...

Les philosophes classiques, plus sages et moins présomptueux que nous, distinguaient la raison naturelle
(les raisonnements humains) et la raison révélée (les
paroles transmises par les religions), n'excluant pas
qu'il puisse exister un sens transcendant, un sens
communiqué, un sens en dehors du seul sens produit
par le cerveau humain.

Pilate finit donc son enquête sur le seuil du mystère.
A la différence de Claudia, il ne croit pas encore. Il
demeure un intellectuel qui refuse de céder à la foi.

Cependant il a définitivement changé car il admet que, dans l'histoire de Jésus, quelque chose lui échappe... Il a cessé de vouloir rendre compréhensible ce qui est incompréhensible, il dépose les armes de la raison...

Peut-être un jour croira-t-il...

Pilate, c'est nous. Claudia, c'est moi.

Plus j'avance dans mon œuvre, plus je constate un divorce entre mon « moi social » et mon « moi écrivain ». L'homme que je suis en société montre de la fermeté dans ses convictions ; l'écrivain que je découvre en m'abandonnant à la fiction remet ces convictions en question et doute sans cesse. Si lors d'un entretien je réponds de façon ferme à certaines interrogations, tout redevient complexe dès que je prends la plume.

A quiconque me demande brutalement si j'ai la foi, je répondrai, tout aussi brutalement : oui.

En revanche, lorsque j'écris *Le Visiteur* ou maintenant ce roman de Jésus, ça redevient problématique. Plutôt que d'exposer ma réponse, j'approfondis la question. L'écriture me conduit au partage de l'interrogation, pas à celui de ma réponse. Au plus profond de l'acte d'écrire l'œuvre commande, et je ne veux pas qu'elle soit gauchie par ma réponse.

Je n'ai jamais ambitionné de devenir un écrivain contagieux, un écrivain qui refile ses convictions aux lecteurs, un écrivain qui enseigne, qui instruit, qui se gagne des disciples. Quelle malhonnêteté ce serait ! Profiter de l'investissement émotionnel d'un roman ou d'une pièce pour manipuler l'intellect du public, c'est l'infantiliser, nier sa liberté. En réalité, je me fais une idée si haute du lecteur que je m'acharne à le respecter ; dès lors, dans mon texte, se creuse la dimension de l'autre, et apparaît le doute là où il y avait certitude.

Ecrire contraint de s'interroger.

Craterios, philosophe cynique, me repousse autant qu'il m'amuse. Parfois je me dis qu'il va trop loin dans la provocation obscène, et que je ne devrais pas l'accompagner. J'ai la conviction que certains lecteurs vont me le reprocher et j'aperçois déjà la grimace indignée de mon père.

Qu'ils comprennent que, même si je raconte l'histoire sainte, je ne veux pas enfiler les images pieuses. Il faut que la vie entre, avec sa chair, ses excès, son bouillonnement, ses humeurs, ses laideurs, sa grossièreté. Je ne veux pas peindre en bleu ciel et rose pastel. Surtout pas un sujet comme celui-ci.

De plus, j'évoque une réalité historique. Le mouvement philosophique « des chiens » rencontrait un certain succès, à l'époque. Le cynisme de Craterios l'aurait peut-être emporté, autour du bassin méditerranéen, si le christianisme n'était apparu...

Qui tue Jésus ?

Le pouvoir et l'institution.

Je ne sortirai pas de là. J'ai parfois entendu des débats ridicules où l'on tentait d'identifier un coupable : soit les Romains, soit les Juifs ! Mettons un peu d'ordre dans ces sottises.

Premiers accusés : les Juifs ! L'antisémitisme, ce virus qui mue et change continuellement de forme au cours de l'histoire, a osé, dans l'un de ses avatars, s'appuyer sur cet argument pour se justifier : les Juifs ont tué Jésus. Mais alors, nous sommes tous juifs ! Si Jésus est l'histoire d'un Juif dans un pays juif, c'est un homme victime de ses compatriotes, rien d'autre. Lorsqu'il est recherché puis condamné par le sanhédrin, il est rattrapé, comme tous les mystiques et les êtres libres, par l'institution qui ne souhaite pas qu'on entende une autre parole que la sienne. Chaque Eglise, la chrétienne comme la musulmane, a, en son temps, chassé le franc-tireur, dénoncé l'hérésie, refusé d'entendre une voix différente, surtout lorsqu'elle devient populaire. Il y a là le classique réflexe de défense d'une institution puissante sur l'individu solitaire, mais rien de spécifiquement juif.

Seconds accusés : les Romains ! Pilate, en l'occurrence, est désigné depuis des siècles comme « le bourreau du Christ ». Derrière cette accusation on sent le soupir de soulagement poussé par une Europe enfin chrétienne, après bien des larmes et du sang, une Europe qui se réjouit d'avoir rejeté le monde romain, donc païen, dans l'Antiquité... Loin de moi l'intention de réhabiliter ce personnage dont on ne sait pas grand-chose : je m'en sers autant que je le sers. Pilate réagit en politique, pragmatique et soucieux d'éviter le désordre, de soigner ses rapports avec les alliés qu'il contrôle, le grand prêtre en premier. Il ne se comporte pas en Romain, mais en occupant.

Dire autre chose me semble une ignorance de l'histoire passée, doublée de mauvaises intentions pour le présent.

Un mystère est ce qui donne continuellement à penser.

Aujourd'hui 28 mars, jour de mon anniversaire, les livreurs se succèdent à ma porte : me voici couvert de bouquets comme s'il s'agissait d'un soir de première. Mon bureau, où éclatent les tulipes, bourgeonnent les lilas et s'alanguissent les lys, évoque la loge d'un comédien plutôt que l'étude d'un écrivain.

Sentiment d'être un peu aimé.

Parmi ces fleurs qui viennent toutes de Hollande mais qui me sont envoyées de France, une énorme brassée de roses me touche différemment. Mon éditeur Richard Ducousset a pensé à moi.

J'ai toujours été bouleversé par le premier bouquet que m'envoie un être. Rougissant, un peu fébrile, le cœur battant, je l'appelle pour le remercier. Bavardage délicieux, désordonné, vagabond, nous bruissons comme deux frelons au-dessus du jardin. Puis arrive la pointe :

– Et votre livre ?

– J'ai besoin de le relire encore.

– Cela fait sept ans que vous le relisez. Que se passe-t-il ?

Je brode, je minimise, j'invente. Incapable d'avouer que le livre m'a été volé, craignant qu'il doute que je parvienne à le récrire et le finir à temps, je lui assure que ce n'est plus qu'une question de deux ou trois semaines.

Cela me permettra de dire la même chose dans deux ou trois semaines...

Pour l'heure, personne n'a encore rien lu.

Bruno M. me voit travailler avec des sentiments ambigus. D'un côté il m'encourage fortement car il veut me pousser loin du théâtre, sachant très bien que je ne peux pas tout dire à la scène. De l'autre, il aurait sans doute préféré me voir écrire un roman différent.

Il fait partie de ces êtres assez insensibles aux questions religieuses et qui ne sont guère tenaillés par la métaphysique... Je crois qu'il endure ce livre en attendant les prochains.

Ce travail est censé me transformer en romancier. Depuis mon premier roman, *La Secte des Egoïstes*, qui demeure une sotie, un conte philosophique ironique plutôt qu'un roman au sens traditionnel, je me suis consacré au théâtre, sans aucun doute ma forme d'expression spontanée.

D'où viennent les complexes qui m'ont retenu ces sept dernières années lorsque j'abordais le roman ?

Pour cette prose-là, je trouve difficile d'écrire « juste ». En dehors des chefs-d'œuvre que l'histoire a consacrés, la plupart des romans qui me passent entre les mains me semblent arbitraires. Pourquoi celui-ci fait-il quatre cents pages alors que son sujet et l'inspiration qu'il donne à son auteur n'en méritent que vingt ? Et pourquoi celui-là n'offre-t-il que cent pages alors qu'il en nécessitait trois cents ? J'ai l'impression que beaucoup de romanciers – ou prétendus tels – ne savent pas régler le sablier de l'écriture : ils ne donnent ni l'exact temps ni l'exacte épaisseur qu'il faut à leur texte. S'ils sont aussi nombreux à se tromper, pourquoi échapperais-je à cette errance universelle ?

Ensuite, je sais que je n'écris que ce que j'entends. Les phrases me viennent à l'oreille, avec leur galbe, leur rythme, leur souffle, souvent très brèves, parfois plus amples, leur débit variant en fonction de ce qu'elles expriment ou de leur place dans la scène, le paragraphe. Ce bureau que Flaubert appelait son « gueuloir » parce qu'il y braillait ses textes à voix haute afin de vérifier leur équilibre, j'aurais tendance, moi, à l'appeler mon « écoutoir » car je m'y tais pour tendre l'oreille à mon imaginaire. Ecrivain oral, dont les textes me sont prononcés intérieurement, je trouve légitime de les destiner à la scène où les acteurs leur redonneront voix ; en revanche, l'idée d'être lu dans le silence d'une chambre ou le brouhaha d'un salon me terrifie : va-t-on l'entendre ?

Un pied dans le mysticisme, l'autre dans la raison.

Je ne suis qu'un lecteur occasionnel de romans policiers, mais un lecteur alors fervent : il en reste quelque chose dans mon écriture. Ainsi, mon Pilate mène l'enquête comme un détective privé américain.

Cependant, si je joue avec la structure du roman policier, je ne la respecte pas. Un roman policier, dans la mesure où il ne pose qu'une question dont la réponse existe, s'achève par une réponse close, définitive. *L'Evangile selon Pilate* finit non par la résolution du mystère mais par son épaississement.

Un anti-roman policier, en quelque sorte...

Livre achevé. J'ai posé la dernière phrase, celle que je connaissais avant même la première, celle avec laquelle j'avais rendez-vous depuis des mois.

Demain j'irai marcher plusieurs heures. Besoin de faire revivre ce corps, qui ne me sert plus à rien lorsque j'écris.

Bruno M. lit le texte avant tout le monde.

Quoiqu'il se déclare passionné, je ne sais s'il l'aime vraiment.

A mon avis, lui non plus ne le sait pas. Cette terrible pression, cette responsabilité d'être le premier lecteur parviennent à le faire douter de son propre jugement.

Serge S. et Nathalie M., mes amis, accueillent mon roman avec enthousiasme. Ils me disent des choses si belles que j'ai, un instant, l'impression d'avoir réussi ma vie.

Merci.

Envie de revenir sur les dernières phrases du livre :
« Ce matin, je disais à Claudia qui se prétend
– sache-le – chrétienne, qu'il n'y aura jamais qu'une
seule génération de chrétiens : ceux qui auront vu
Yéchoua ressuscité. Cette foi s'éteindra avec eux, à la
première génération, lorsqu'on fermera les paupières
du dernier vieillard qui aura dans sa mémoire le visage
et la voix de Yéchoua vivant.

– Je ne serai donc jamais chrétien, Claudia. Car je
n'ai rien vu, j'ai tout raté, je suis arrivé trop tard. Si
je voulais croire, je devrais d'abord croire le témoignage des autres.

– Alors peut-être est-ce toi, le premier chrétien ? »

Telle est la violence du christianisme : après la disparition du Christ, la Révélation est close.

Il est la Révélation. Ensuite, elle ne se révèle plus
directement. Elle suppose la médiation des textes, des
hommes qui les écrivent, qui les copient, qui les inter-
prètent, qui les commentent. Le christianisme exige
une double confiance : une confiance en Dieu et une
confiance en l'homme.

Quiconque s'estime plus intelligent ou plus malin
que tous ceux qui l'ont précédé ne peut devenir chrétien. Je crains que notre époque narcissique, qui se
flatte de valoir mieux que toutes les précédentes, ne
soit mauvaise pour transmettre ce message. Sans une
certaine humilité, sans l'attention aux témoignages,
sans une considération minimale pour les croyances
antérieures, on ne peut connaître Jésus.

Le christianisme a besoin de nos vies pour vivre, de notre mémoire pour sa mémoire.

C'est une œuvre collective et perpétuellement recommencée.

Drame chez Albin Michel.

Il semblerait qu'une partie des conseillers littéraires regrettent que je ne me contente pas de la deuxième partie du livre, celle consacrée à Pilate. Je conteste violemment cette analyse et, pour la première fois depuis que je le connais, j'inflige ma colère à Richard Ducousset. Quoiqu'il m'assure d'emblée partager mon avis, il est trop tard. On ne peut plus m'arrêter. Je vitupère sans fin. Je ne publierai pas ce livre sans ses deux parties ! Je m'y refuse ! Il deviendrait anecdotique ! Les deux mystères du christianisme sont l'Incarnation et la Résurrection, soit mes deux parties ! Plutôt crever et arrêter d'écrire ! Voilà qu'au milieu de La Closerie des Lilas j'ai les tempes qui brûlent, les veines du cou prêtes à sauter, je me sens à ce point en détresse que j'aimerais être cloué sur-le-champ par une crise cardiaque. Certes, je me rends compte que je suis emporté dans une scène qu'on pourrait qualifier d'« hystérique » mais me voilà incapable de m'arrêter. Je ne cesse que parce que, comme les rares fois où je me mets en colère, ma voix finit par me lâcher et me voilà aphone. Richard Ducousset saisit cette opportunité pour me rassurer et surtout me renvoyer chez moi.

Ce soir, j'ai honte de lui avoir fait passer un aussi mauvais moment, même si, sur le fond, je demeure persuadé d'avoir raison.

D'ailleurs, comment accepter que des lecteurs qui n'y ont jamais réfléchi que le temps de rédiger une fiche puissent reconsidérer un travail sur lequel je réfléchis, moi, depuis dix ans...

Ce livre m'apporte une belle rencontre : celle de Pierre S. chez Albin Michel. J'aimerais le rebaptiser « l'inespéré » : je m'étais en effet résolu à penser qu'il était impossible, dans l'édition moderne, de rencontrer un homme qui ait lu autre chose que ce qui a été publié ces trente dernières années. Pierre S. a lu Bernanos, Mauriac, Morand, Gide, Green, les classiques de notre siècle comme ceux des siècles antérieurs. Avec lui, je peux parler de Shakespeare ou de Racine. Si je chantonne les premières paroles d'un air de Mozart, il entonne les suivantes !

J'ai demandé qu'il soit désormais mon directeur littéraire.

Pierre S. relit mon texte et traque ce qui pourrait demeurer, à mon insu, d'images trop pieuses, d'expressions trop pastorales, ce qui pourrait ressembler à la foi chrétienne telle qu'elle s'exprime d'ordinaire.

Je ne sais s'il le fait parce qu'il ne partage pas cette foi ou parce qu'il a compris ce que devait être ce livre. Sans doute la deuxième solution.

Epreuves rendues à l'imprimerie.

Comme toujours, avec fidélité et rapidité, ma cousine Christine, la plus redoutable traqueuse de fautes qui existe sur cette terre, m'a aidé à corriger les erreurs.

Maintenant il va falloir traverser l'été en attendant la sortie du livre.

De toute façon, je ne suis plus bon à rien car aussi fatigué qu'une femme qui relève de couches...

Mes premières discussions sur Dieu, je les ai eues avec mon père. Pour cette raison, j'ai décidé de lui dédier mon livre.

Quel âge avais-je ? Sept ans, huit ans ? Quoique je m'en souvienne confusément, il m'a fait sentir que nos vies se déroulaient sur un fond d'épais mystère. Je crois qu'il se questionnait avec moi plutôt qu'il ne me fournissait ses réponses.

S'il ne me l'a pas clairement dit pendant mon enfance, j'ai compris plus tard qu'il ne croyait pas en Dieu et qu'il tenait le christianisme à distance, le considérant avec un mélange de respect et de méfiance. Son antichristianisme est réel mais son athéisme demeure inquiet, tendu, douloureux : il aimerait avoir la foi. Et justement parce qu'il souhaite croire, il méprise ce souhait. Cercle vicieux et giration sans fin : son désir même lui rend suspect l'objet de son désir.

Il lui est d'autant plus douloureux de ne pas croire que sa mère Marie, ma chère grand-mère alsacienne, était une croyante profonde, catholique pratiquante assidue, tout en douceur et en fermeté, seule personne du côté Schmitt à fréquenter l'église le dimanche. Mon père doit culpabiliser en imaginant qu'elle a souffert, même si elle n'en a jamais pipé mot, de ne pas avoir transmis sa foi à ses quatre enfants. Mais comment cela se passe-t-il, la foi ? Personne ne le sait. Il n'est pas plus coupable de ne pas l'avoir reçue qu'elle de ne pas l'avoir communiquée.

A mon tour de lui transmettre mes interrogations, mes espoirs, mes troubles. Je vais inverser la situation ordinaire de transmission : le fils croyant adressera sa foi à son père incroyant.

Mon père dévore avec passion mes deux récits. Comme prévu, il ne commente pas la dédicace : beaucoup trop pudique pour cela.

Ma mère m'avoue cependant qu'il passe ses journées à lire et relire les pages éparpillées sur son lit.

J'ai réalisé ce matin que je m'appelais « Emmanuel », ce qui signifie « Dieu avec nous » en hébreu. Matthieu ne dit-il pas que l'enfant de Marie devra s'appeler Emmanuel (Matthieu 1 : 23) ? Etrange quand on écrit deux nouveaux évangiles, non ?

Plus étranges encore, les circonstances dans lesquelles ce nom me fut donné. Tant que je demeurai dans le ventre de ma mère, mes parents avaient prévu de m'appeler Eric. Lorsque j'apparus, il leur sembla sur-le-champ qu'Eric n'était pas suffisant, qu'Eric Schmitt ne sonnait pas juste, manquait de douceur, renvoyait à un autre physique que le mien et, là, sur la table, au milieu des sages-femmes, tandis que j'ouvrais pour la première fois les yeux sur le monde, ils créèrent ce prénom inouï que je n'ai jamais vu attribué à personne : Eric-Emmanuel.

Se rendaient-ils compte de ce qu'ils faisaient ?

Le sens de ce prénom leur demeurait-il secret ou l'avaient-ils à l'esprit ? Je ne sais. Je crois surtout que l'inconscient du langage travaillait en eux, cet inconscient qui a plus de vocabulaire que nous, l'inconscient virtuose de la polysémie qui sait imposer le mot dont le son, pour une raison mystérieuse, paraît juste.

Têtes de certains lorsqu'ils comprennent que je suis, à ma manière, chrétien : visages catastrophés, mines défaites ! Je les déçois. Je dégringole dans leur estime.

Cela m'amuse.

Quelques grimaces, ce ne sont pas les lions qui dévorent le chrétien dans l'enceinte d'un cirque !

Si notre siècle a connu un grand progrès, c'est celui de l'insignifiance.

Aujourd'hui, le livre est en vente. Ce qui ne signifie pas que quiconque l'achètera.

On l'achète. Mon éditeur est étonné. Moins que moi.

Bonheur de savoir que le livre est bien reçu et trouve de nombreux lecteurs. Bonheur des belles rencontres dans des salles pleines.

Avant de publier ce livre, j'avais l'impression d'être le seul écrivain à connaître ce genre de soucis : peser le christianisme, évaluer son apport, son intérêt, son mystère. Maintenant que nous sommes en pleine « rentrée littéraire », expression dont les deux termes sont sans doute usurpés, cette sensation se confirme. En dehors de mon amie Amélie Nothomb qui reçoit le livre avec beaucoup de respect et de bouleversantes louanges, j'ai le sentiment, malgré les bonnes critiques, d'être un vilain petit canard.

Lorsque j'avoue avoir la foi, certaines personnes me regardent comme si je disais quelque chose de profondément obscène. Ou d'inapproprié. Je deviens un crétin ou un être transparent. En tout cas, par cette confession, les voilà convaincus que je suis nécessairement un mauvais romancier et une imposture philosophique...

En revanche, je partage cette quête, ce souci du sens, avec beaucoup de lecteurs, croyants ou pas, et mon sentiment de solitude s'est éloigné. Athées et chrétiens réagissent avec force et intérêt. Des lecteurs moins métaphysiques m'ont simplement suivi par curiosité.

Au fond, chacun marche vers son jour et ne rencontre vraiment que ceux qui empruntent le même sentier...

La presse est bonne. Me voici applaudi par beaucoup, déchiré par deux ou trois, ignoré assez convenablement par les autres. Rien ne m'atteint réellement. J'ai l'impression qu'éprouve celui qui, se remettant d'un malaise, entend des voix indistinctes autour de lui, voit des ombres s'agiter : un tout petit peu vivant au milieu d'un monde qui m'échappe.

Très en colère, très rouge, quelqu'un s'indigne devant moi qu'en plein XXIᵉ siècle, on puisse se demander encore si Jésus a existé, s'il était le fils de Dieu. Sornettes, crie-t-il ! Selon cet homme très sûr de lui, il est même ridicule de se poser la question !

J'en reste muet. Je ne réponds pas, par crainte de le blesser.

Il s'estime intelligent alors qu'il vient de nous prouver sa stupidité.

Il s'imagine moderne, progressiste alors qu'il vitupère avec intolérance, qu'il tombe dans un fondamentalisme dangereux – comme tous les fondamentalismes –, le fondamentalisme athée, la doctrine fanatique de ceux qui se croient au-dessus de tout, abusés par rien ni personne.

Selon lui, tous ceux qui croient sont des imbéciles. Et lui qui ne croit en rien vit dans la vérité. Il ne lui est pas venu à l'idée qu'il se contente d'opposer une croyance à une autre croyance, une foi à une autre foi.

La seule attitude intellectuelle honnête concernant l'existence de Dieu ou du Christ consiste à dire : « Je ne sais pas. » L'agnosticisme doit demeurer notre base, à tous.

Lorsque l'on dit « Je crois », on ne dit pas « Je sais ». Ce que je crois n'est pas ce que je sais.

Lorsque l'on dit « Je ne crois pas », on ne dit pas non plus « Je sais que ça n'est pas ». Dans l'ordre de la vérité, ne pas croire à quelque chose ne donne aucun mérite supplémentaire.

Restons humbles et mesurés. Une croyance athée ou

une croyance chrétienne demeurent des croyances. Jamais une science. Et chacune mérite le respect qu'on doit adresser à toute conviction.

Mon interlocuteur au visage écarlate de colère répond donc fièrement à des questions qu'il ne se pose même pas.

Qu'il se les pose d'abord.

Ensuite, peu importe la réponse. Ce qui compte, c'est la question.

Nous sommes tous réunis sous la question, divisés par nos réponses.

L'humanisme doit être interrogatif, sous peine de ne jamais exister.

Depuis l'adolescence, je suis régulièrement visité par une image : je me vois, vêtu d'une longue robe noire, dans la blancheur éblouissante d'une cellule à l'intérieur d'un couvent, regardant la pure lumière du jour qui m'inonde de bonheur. Toujours ce rêve monacal... Il était déposé en moi avant même que j'aie reçu la foi.

Est-ce un fantasme ou une prémonition ? Suis-je sous la pression d'un vague désir ou entrevois-je mon destin ? Seule la vie me l'apprendra. Et encore, si je réalise ce rêve, sera-ce un effet de ma liberté ou un effet de mon destin ?

Parfois je suspecte cette image de n'exprimer qu'une fatigue de vivre et de lutter. A d'autres moments, je la soupçonne d'être la clé de ma vie, le bonheur qui m'attend...

Contrairement à ce que je disais il y a quelques semaines, plus j'avance, moins je me sens singulier. Les réactions au livre me réconfortent. Je m'apparais comme le maillon d'une grande chaîne, celle composée par tous ces artistes qui, depuis des siècles, ont représenté la Passion. Comme un peintre, un sculpteur ou un compositeur, quelque part entre le gribouilleur d'église et Rembrandt, entre le tailleur anonyme et Michel-Ange, entre l'organiste dominical et Mozart, je travaille le motif à ma façon.

Le roman me semble avoir une place justifiée dans cette histoire. Protégé par ce genre, protégé par l'aveu de la fiction, je n'assomme pas le lecteur en lui disant « C'est vrai », seulement « C'est vraisemblable ». Je ne crie pas « Voici LA vérité », juste « Voici mes hypothèses ». Mes pensées se présentent sous la forme de mensonges : une fiction. La fiction a peut-être seule le pouvoir de dire, ici, ce qui doit être dit.

Certes, « roman » signifie subjectif, imaginaire, mais ne signifie pas irréel ni dépourvu de sens. Il est des réalités qui ne peuvent se transcrire dans aucun autre langage. Je me demande si certaines vérités ne sont pas inexprimables autrement que sous la forme d'histoires, de romans, de contes...

Un cinquième évangile ?

Oui, j'ai écrit mon évangile, un double évangile, celui de Yéchoua et celui de Pilate. Mais n'avons-nous pas tous fait, même sans prendre la plume, un travail identique ? Forcément, accablés d'informations, de récits, d'images, nous nous sommes re-raconté l'histoire, faisant saillir tel trait, privilégiant telle scène, gommant telle anecdote. Tous, avec des musiques, des tableaux, des récits, des films, nous nous sommes construit un cinquième évangile.

Je me rappelle la nuit dont est issu ce livre. Il ne s'agit pas tant de ma nuit au désert que d'une autre, quelques années plus tard.

Ce soir-là, pour la première fois de ma vie, j'ai lu les Evangiles. Les quatre. A la suite. Sans décrocher. Dans l'ordre où ils sont édités.

Nuit de glace et de feu. Sentiments contradictoires. Je découvrais le Christ, la violence de l'amour, la trajectoire folle, insensée, généreuse qui a été la sienne, depuis une enfance obscure jusqu'à l'agonie publique. Dans la même nuit, je me suis mis à croire au Christ et à ne pas y croire. J'oscillais constamment.

La divergence entre les quatre textes, leur qualité très inégale, voire leurs contradictions me perturbaient tout en me passionnant. Lors d'un procès, me rappelai-je, le fait que les récits ne s'accordent pas ensemble prouve généralement la sincérité des témoins ; seuls les faux témoins narrent exactement la même histoire. De même en psychiatrie, on sait qu'un sujet traumatisé victime d'une violence ne racontera jamais identiquement son agression, alors que le menteur la répétera mot pour mot. Bref, les difficultés que me procuraient les textes disparates des Evangiles me poussaient à les croire.

De ce soir-là, je devins obsédé par la figure de Jésus. Quelques années plus tard, j'ai décidé d'appeler cette obsession mon christianisme.

Il y a des paroles qui brûlent. Ecrire « Moi, Jésus de Nazareth » m'a demandé des années de réflexion avant que je me risque à la transgression. A un athée, cette décision ne poserait pas problème ; à un juif ou à un musulman, quelques scrupules aisément surmontables ; mais à un chrétien, la perspective de parler au nom de celui qu'il considère comme un Dieu transcendant est terrorisante parce qu'au fond sacrilège.

Sans doute est-ce pour cela que j'ai perpétuellement remis, repoussé ce travail... Non par peur du roman. Mais par peur de ce roman.

Plusieurs fois, des amis, à qui j'avouais que *L'Evangile selon Pilate* m'avait été volé quelques mois avant sa parution, m'ont demandé si je pensais que la nouvelle version était meilleure. Sincèrement j'ai répondu que je l'espérais mais que je n'en saurais jamais rien.

Aujourd'hui, j'aurais pu obtenir la réponse.

Pendant que je décroche les guirlandes et les boules du sapin de Noël, les enfants, Sibylle et Quentin, profitent de ce long moment passé ensemble à rire et bavarder pour me cuisiner sur les secrets de mon secrétaire en marqueterie, un meuble hollandais qui date du XVIIIᵉ siècle. Ne pouvant plus résister à leur curiosité,

je finis par les emmener vers le meuble et je fais jouer
les ressorts de la cachette.

Le tiroir jaillit et je m'aperçois avec surprise qu'il
contient quelque chose. Je sors l'objet : il s'agit d'une
disquette portant l'étiquette « L'évangile selon Pilate,
première et deuxième partie ».

Stupéfait, je suis obligé de m'asseoir. Ainsi, ce
roman que j'avais cru perdu définitivement, ce roman
que j'ai récrit en m'usant les nerfs et la santé, ce roman
qui poursuit désormais sa carrière chez les libraires, ce
roman volé m'attendait depuis des mois dans le seul
endroit où il pouvait être.

Les enfants rient. Pas moi. Je transpire à grosses
gouttes. Je m'en veux. Je m'accuse d'avoir été assez
bête pour re-rédiger le livre sans regarder dans ce tiroir
secret.

Sibylle et Quentin s'éparpillent dans la maison pour
raconter la nouvelle à tout le monde. Je crois que le
spectacle de ma déconfiture doit être, lui aussi, assez
amusant.

Bruno M. arrive, se retient de pouffer en me voyant
si pâle, puis cherche quelque chose de positif à dire :

– C'est bien ! Tu vas pouvoir comparer tes versions,
désormais. Tu vas savoir laquelle est la meilleure...

Je relève la tête, le fixe et murmure :

– Jamais !

Je me dirige vers la cheminée et jette au feu la
disquette qui d'abord résiste, puis se tord de douleur,
craque, noircit, pue et finit par disparaître sous les
bûches qui s'effondrent.

Du même auteur

Aux Éditions Albin Michel :

Romans

LA SECTE DES ÉGOÏSTES, 1994.

L'ÉVANGILE SELON PILATE, 2000.

LA PART DE L'AUTRE, 2001.

LORSQUE J'ÉTAIS UNE ŒUVRE D'ART, 2002.

Le cycle de l'invisible

MILAREPA, 1997.

MONSIEUR IBRAHIM ET LES FLEURS DU CORAN, 2001.

OSCAR ET LA DAME ROSE, 2002.

L'ENFANT DE NOÉ, 2004.

Essai

DIDEROT OU LA PHILOSOPHIE DE LA SÉDUCTION, 1997.

Théâtre

LA NUIT DE VALOGNES, 1991.

LE VISITEUR (Molière du meilleur auteur), 1993.

GOLDEN JOE, 1995.

VARIATIONS ÉNIGMATIQUES, 1996.

LE LIBERTIN, 1997.

FRÉDÉRICK OU LE BOULEVARD DU CRIME, 1998.

HÔTEL DES DEUX MONDES, 1999.

PETITS CRIMES CONJUGAUX, 2003.

MES ÉVANGILES, 2004.

*Le Grand Prix du Théâtre de l'Académie française 2001
a été décerné à Eric-Emmanuel Schmitt
pour l'ensemble de son œuvre.*

Site Internet : eric-emmanuel-schmitt.com